SEGUNDO LIVRO DA **SÉRIE HACKER**

# CONEXÃO EXPLOSIVA

## MEREDITH WILD



Tradução

*Thalita Sdroiewski Uba*

AGIR

Título original: *Hardpressed*




Rua Nova Jerusalém, 345 - Bonsucesso - 21042-235
Rio de Janeiro - RJ - Brasil
Tel.: (21) 3882-8200 - Fax: (21) 3882-8212/8313

CIP-Brasil. Catalogação na fonte
Sindicato Nacional dos Editores de Livros, RJ

W661c

Wild, Meredith, 1948-
Conexão explosiva / Meredith Wild ; tradução Thalita Sdroiewski Uba. - 1. ed. - Rio de Janeiro : Agir, 2015.
336 p. ; 23 cm. (Hacker series ; 2)

Tradução de: Hardpressed
ISBN 978.85.220.3185-6

1. Ficção americana. I. Uba, Thalita Sdroiewski. II. Título. III. Série.

CDD: 813
CDU: 821.111(73)-3

*Para Jonathan.*

# CAPÍTULO 1

— NÃO ACREDITO QUE ESTOU fazendo isso de novo — falei.

Blake deslizou o braço pelos meus ombros. Ele me puxou para perto e eu relaxei no seu calor familiar. Saímos do prédio do escritório dele e andamos algumas quadras. Ele se aproximou e me deu um beijo tranquilizador no rosto.

— Nada de brincadeiras desta vez, prometo.

Dei uma risada e revirei os olhos.

— Uma garantia e tanto.

Eu quase acreditei nele. As últimas semanas tinham sido intensas, mas algo havia mudado entre nós. Eu podia brincar, mas ele tinha minha confiança agora. Depois de todos os meus fervorosos protestos e das minhas tentativas desesperadas de lutar contra meus sentimentos em relação a ele, eu tinha finalmente permitido que ele entrasse no meu coração. Ao menos mais do que eu jamais permitiria outra pessoa, e nada nunca pareceu tão bom.

Ele me lançou um sorriso travesso.

— Não se preocupe. De jeito nenhum eu deixaria que Fiona armasse uma daquelas de novo.

Usando calça *Capri* branca e uma blusa de *Chiffon* azul-marinho, a irmã de Blake, Fiona, estava nos esperando perto da entrada de um café charmoso. Paramos bem em frente à entrada. Lia-se *Mocha* na placa acima. Um jovem cliente abriu a porta e o aroma intenso de café recém-passado e chocolate nos atingiu, produzindo sinais de felicidade em todo o meu corpo. Eu quase tinha me esquecido da nossa missão original quando Fiona nos encaminhou na direção de uma porta não identificada ao lado do café.

— É no andar de cima.

Ela nos guiou por uma escadaria estreita até o segundo andar.

— Quem é o proprietário do prédio, Fiona?

Tentei fazer soar como se fosse uma pergunta qualquer, mas quem eu estava enganando? O fato de estarmos a apenas alguns passos de uma fonte constante de cafeína já era ponto positivo, mas Fiona sabia da minha opinião quanto a alugar de Blake ou de qualquer um de seus subsidiários. Eu confiava em Blake, mas isso não significava que ele ainda não estivesse decidido a se tornar complexamente envolvido com meus negócios em cada chance potencial.

Blake tinha uma série de contradições próprias. Ele podia ser doce e carinhoso ao extremo em um momento e me levar à fúria total com suas tendências ao controle compulsivo em outro. Ele podia microgerenciar tudo com relação ao meu negócio em expansão durante o dia e me foder até me fazer perder os sentidos assim que passávamos pela porta todas as noites. Era óbvio que, às vezes, eu precisava dos dois, mas ainda não sabia ao certo como me sentia em relação àquela dominância na minha vida. Permitir que ele entrasse no meu coração me assustava, mas eu estava aprendendo a ser mais aberta a isso, a confiar nele o máximo que eu conseguia.

Hoje, parte de mim — a parte que desejava separação e independência de Blake — queria ter 100% de certeza de que ele não estaria me enrolando de novo.

— Posso garantir que Blake não tem nenhuma participação na posse deste imóvel — assegurou Fiona.

Parecia tudo muito bom, tudo muito bem, mas há pouco tempo ela me fizera alugar um apartamento lindo e moderno no prédio de tijolinhos na avenida Comm do qual Blake não somente era proprietário, como também morava lá. A linha tênue entre nossas vidas pessoais e profissionais já era embaçada demais. Eu iria bater o pé desta vez.

— Fico feliz em saber.

Fiona remexeu sua bolsa. Apesar das apreensões, minha expectativa cresceu. Ela destrancou a porta e entramos. A sala era pequena, ao menos em comparação ao escritório de Blake. Apesar do mofo e da necessidade urgente de uma limpeza, o lugar era promissor. Atrás de mim, Blake suspirou.

— Fiona, fala sério. Isso é o melhor que você conseguiu?

Ela deu uma olhada irritada para ele.

— Nós — Erica e eu — discutimos o orçamento dela e, pela localização e pelo tamanho, é uma opção razoável. Obviamente, o lugar precisa de amor, carinho e cuidado, mas você tem que admitir que tem potencial.

Dei uma boa olhada em volta, vislumbrando as muitas possibilidades. Eu tinha estado tão ocupada fazendo as coisas andarem fora do meu apartamento, tudo enquanto contratava pessoas, que não tinha tido tempo de ficar animada com aquela mudança. Mas percebi que seria divertido.

— Adoro o piso de madeira.

— É nojento.

Blake arrastou a sola do sapato pelo chão, desenhando uma linha apagada na poeira.

— Tenha um pouco de visão, Blake. Só precisamos dar uma limpada e, com algumas melhorias, este lugar pode definitivamente ter uma atmosfera de estúdio descolado de design.

— Exatamente. Tijolos expostos nunca saem de moda — acrescentou Fiona.

— É bastante antigo.

Blake torceu o nariz.

Dei uma risada e um tapa em seu ombro.

— Me mostre um prédio em Boston que não seja antigo.

O lugar estava bem longe dos escritórios renovados e modernos do Grupo Landon, mas eu tinha expectativas modestas e realistas. O estado atual do local deixava muito a desejar, mas com um pouco de trabalho pesado e algumas reformas, poderíamos fazer aquilo funcionar.

Paramos em frente às largas janelas com vista para a rua. Uma onda de animação atravessou meu corpo. Dar à empresa seu próprio endereço seria um marco e tanto, e faria com que tudo que tínhamos conquistado até agora parecesse muito mais real.

Virei para analisar a expressão de Fiona.

— Acho que gostei. O que você acha?

Fiona apertou os lábios e deu uma olhada em volta.

— O preço é justo e as condições do aluguel lhe dão opções de crescimento. Considerando tudo, eu diria que é uma aposta segura. Você consegue se imaginar aqui?

— Consigo.

Sorri, com a fé renovada nas habilidades imobiliárias de Fiona. No fim das contas, precisávamos de um ambiente de trabalho confortável e acessível para os novos membros do Clozpin, a rede social de moda em que eu tinha passado o último ano investindo.

— Vou fazer algumas ligações e ver se consigo abaixar o preço para você, porque Blake tem razão: o lugar está meio descuidado. Além disso, se você pretende consertá-lo, isso nos dá respaldo para barganhar.

Fiona pegou o celular e saiu na direção do corredor, nos deixando sozinhos novamente.

— Você não me perguntou o que eu achei.

Blake me deu um sorriso de canto de boca.

— É porque eu já sei o que você achou.

— Eu poderia oferecer a você o dobro do espaço e sequer teria que se preocupar em sair do prédio para vir me visitar. Além disso, você teria o desconto de namorada, que eu acho que ninguém cobre nesta parte da cidade.

A assistência não solicitada de Blake em todos os assuntos era uma causa perdida. É claro que ele era controlador, compulsivo e persistente pra caramba, mas ele era antes de tudo um solucionador. Quando as pessoas com quem ele se importava tinham problemas ou precisavam de alguma coisa, ele vinha ao resgate, sem medir esforços ou gastos.

— Eu agradeço a oferta. De coração. Mas você não pode pôr um preço na independência, Blake.

Já tivéramos aquela conversa antes e eu não ia ceder. Ele precisava confiar em mim para tomar as decisões do meu próprio negócio. Essa coisa de confiança era uma via de mão dupla.

— Você pode ser independente. Vamos colocar tudo no papel.

— Pela minha experiência, colocar no papel só me compromete a depender dos seus amplos recursos por um período mínimo de tempo.

Blake já havia me prendido a um aluguel de um ano com meu apartamento, apesar de ainda não ter descontado nenhum dos meus cheques.

— Veja isso como um arrendamento comercial. Você pode garantir o desconto de namorada por, digamos, um período de vinte anos e, depois, podemos negociar daí.

Ele me envolveu em seus braços, me pressionando firmemente contra seu peito, seus lábios a centímetros dos meus.

Meu coração palpitava. Isso ia além das nossas brincadeiras de tentar ser mais esperto que o outro. Só estávamos juntos há algumas semanas e ele já pensava em longo prazo? Meus lábios se abriram levemente enquanto eu lutava para conseguir inspirar direito. As palavras de Blake e a proximidade dele faziam meu mundo girar repetidamente. Ninguém nunca me afetou desse jeito antes e eu estava, gradualmente, aprendendo a curtir a montanha-russa.

— Boa tentativa — sussurrei.

Ele rosnou e fechou a boca na minha. Reivindicou-me com uma urgência delicada, me provocando com pequenas lambidinhas.

— Você me deixa louco, Erica.

— Ah, é? — ofeguei, tentando não gemer quando o ar saiu de mim.

— Sim, em todos os sentidos possíveis. Vamos cair fora daqui. Fiona pode finalizar a papelada se você estiver decidida a alugar esta pocilga.

Ele agarrou meus quadris e me prensou entre seu corpo rijo e a parede. Eu não entendia essa mania dele em me prensar contra superfícies duras, mas eu gostava pra caralho. Deslizei as mãos pelos cabelos dele e o beijei de volta, impotente, me perdendo facilmente em seus braços. Que horas eram? Onde eu precisava ir depois? Analisei mentalmente cada obstáculo possível entre mim e ficar nua com Blake. A coxa dele se posicionou entre minhas pernas, exercendo a pressão perfeita para que a costura do meu jeans me esfregasse por cima da calcinha.

— Ó, Deus.

— Eu juro que se houvesse alguma superfície limpa neste lugar, eu comeria você aqui, agora.

Dei uma risada.

— Você é mau.

Os olhos dele escureceram.

— Você não faz ideia.

Engoli em seco.

Fiona se encostou no batente da porta, de olhos arregalados.

Blake se afastou abruptamente, me deixando tonta e momentaneamente confusa. Pela primeira vez na vida, testemunhei Blake corar enquanto passava os dedos pelos cabelos, aparentemente envergonhado por ter sido pego dando uns amassos na frente de sua irmãzinha.

— Se vocês dois já terminaram, consegui abaixar o preço em mais duzentos dólares. Podemos fechar negócio ou você quer ver mais alguns lugares em outras partes da cidade?

Eu me endireitei e me afastei de Blake para chegar perto dela, sabendo que quanto mais longe eu estivesse dele, com mais clareza eu conseguiria pensar.

— A decisão está tomada. Vamos fechar.

***

— Você é nova no bairro?

A ruiva peituda que estava servindo dois lattes de *crème brûlée* interrompeu meu raciocínio enquanto eu checava meu e-mail com um cuidado obsessivo.

— Mais ou menos. Estou alugando o espaço comercial aqui em cima.

— Da hora. Estou aqui há alguns anos. Abri o café com meus pais, mas eles se aposentaram, então agora sou só eu e os empregados.

— Uau, parabéns. Não achei que você fosse a dona.

Eu a tinha visto várias vezes desde que havia começado a explorar a região e simular meu caminho para o trabalho. Confesso, eu estava ansiosa demais para começar a trabalhar no escritório, e os aromas envolventes vindos do Mocha me atraíam para lá regularmente.

— A maioria das pessoas não acha. E ficam bastante surpresas quando pedem para falar com um supervisor e continuam olhando para mim.

Rimos e estiquei a mão para ela.

— Sou Erica.

— Simone. Estes são por conta da casa.

— Maravilha, obrigada.

— Sem problemas.

Ela voltou desfilando para o bar, com curvas que até mesmo eu invejava. Simone marcava presença no lugar e fazia um latte de arrasar, então não era uma pessoa fácil de esquecer. Os clientes à minha volta a seguiram com o olhar até que ela estivesse escondida em segurança, atrás do balcão. Liz abriu a porta e me encontrou sentada à mesa.

— Uau, você está superbronzeada — disse, admirando a habilidade de Liz de parecer uma modelo de revista com aparentemente muito pouco esforço. De alguma forma, seus cabelos curtos e loiros perfeitos estavam ainda mais claros do que a última vez que saímos para tomar um café. Meu cabelo estava preso em um coque bagunçado e eu estava usando uma calça jeans rasgada e bastante gasta e uma blusa de *tie-dye*, pronta para limpar o escritório lá em cima antes que os móveis chegassem.

— Obrigada! Barcelona foi incrível. Você precisa ir para lá algum dia. Meus pais alugaram uma *villa* e eu basicamente fiquei curtindo a praia o tempo todo. Um paraíso.

— Parece incrível.

— Então, o que tem feito?

Ela tomou um gole de seu latte.

— Consegui o investimento para a empresa, então encontrei um lugar para abrir o escritório, que estou reformando, e estou contratando pessoas.

— Puta merda, parabéns!

— Obrigada.

— Que tipo de profissionais vocês estão contratando?

— Temos alguns programadores, mas ainda estou sofrendo para encontrar um diretor de marketing. Ninguém me impressionou ainda, mas preciso de alguém logo. Não posso cumprir esse papel com todas as outras coisas de que tenho que dar conta.

— Meu Deus, conheço a pessoa perfeita.

Ela bateu uma palma e então começou a remexer a bolsa.

— Ah, é?

— Minha amiga Risa. Ela trabalhou para uma agência de marketing nos últimos verões. Ela se formou com a gente e está procurando emprego agora. Ela é louca por moda. Você ia adorá-la.

Ergui as sobrancelhas. Não que eu *amasse* moda. Tudo bem, eu coordenava uma rede social de moda, mas negócios são negócios. Ser obcecada por moda era coisa da Alli, mas como o cargo dela precisava de uma substituta, talvez valesse a pena conversar com essa menina.

— Estou tentando substituir minha sócia que se mudou para Nova York a trabalho, então ela teria que topar assumir uma grande responsabilidade e receber um pagamento modesto de uma *startup*. Não é bem o emprego dos sonhos.

Liz meneou a cabeça, parecendo inabalada.

— Me parece perfeito, na verdade. Você deveria conversar com ela. Posso estar errada quanto ao que ela está procurando, mas não há mal nenhum em colocar vocês duas em contato. Nunca se sabe.

Dei de ombros.

— Está certo, mas não posso prometer nada, tá?

— Claro. Ela é minha amiga, mas não somos superpróximas, então se não der certo, não tem problema.

— OK, legal.

Esperei que ela me passasse o número de celular de Risa e deixei que minha mente vagueasse por tudo que eu tinha que fazer antes de montarmos nosso QG lá em cima.

— Fico muito feliz por termos retomado contato, Erica. — Liz sorriu docemente, me trazendo de volta à realidade.

— Eu também.

— Pensei muito no que você disse enquanto eu estava viajando. — A expressão dela mudou, ficando mais tranquila. — Eu devia ter sido mais compreensiva com relação a toda aquela situação. Eu nunca havia passado por algo desse tipo, então provavelmente não reagi da maneira que deveria. Desculpe por não ter conseguido ajudar você a superar aquilo, mas quero tentar ser uma amiga melhor para você agora, se não for tarde demais.

O tom de voz dela abaixou quando ela falou comigo, embora o café estivesse zunindo com as conversas dos outros clientes.

— É claro que não. Não se preocupe.

Dispensei o pedido de desculpas dela e todas as emoções que ameaçaram vir à tona. Um dos motivos pelos quais nos afastamos desde o início foi o lembrete constante da época difícil na minha vida que compartilhávamos. Eu realmente queria dar mais uma chance à nossa amizade, mas esperava seriamente que aquilo não significasse reviver o passado toda vez que nos encontrássemos.

— Estamos falando de águas passadas, Liz. Eu superei e não estou interessada em relembrar isso. Tenho um milhão de coisas na minha cabeça agora.

— Certo. — Ela assentiu. — Não sei como você consegue. Eu não consigo me imaginar tocando um negócio. Eu sequer saberia por onde começar.

— Com certeza há uma curva de aprendizado, mas pode-se dizer isso de qualquer coisa, eu acho. Como está indo o seu emprego?

Ela já devia ter começado em seu novo emprego numa das maiores empresas de investimento da cidade.

— Muito bem, tirando o fato de que estou em um inferno de planilhas agora. Mas estou aprendendo muito e tentando entender tudo. Acho que estou gostando. Além disso, tem um monte de caras lindos que trabalham na empresa. Um bônus enorme.

Ri, me lembrando do quanto ela era louca por homens quando dividimos um dormitório no nosso ano de calouras. Na verdade, talvez tenha sido a paixão dela por homens e festas que nos fez sair do campus e ir até uma certa fraternidade à noite. Sacudi a cabeça, afastando os pensamentos daquela noite terrível com Mark.

Agora que eu sabia a identidade do homem que havia me estuprado, eu estava ainda mais determinada a não deixar que aquela experiência me comandasse. Eu era mais forte que a dor que ele deixara em mim e havia chegado longe demais para lamentar a inocência que ele roubara.

— Eu adoraria ver o novo escritório algum dia — disse ela.

— Claro, assim que tudo estiver arrumado, você pode passar lá. Por falar nisso, preciso correr. Os móveis serão entregues amanhã e eu tenho uma longa noite de faxina pela frente.

— Sem problemas. Foi ótimo ver você.

— Você também.

Sorri e dei um abraço rápido nela.

Corri para o segundo andar. Eu não tinha visto o lugar desde que tomara a decisão de alugá-lo. Eu estava eufórica para começar a deixá-lo com a nossa cara, mesmo que isso significasse me sujar um pouquinho.

Parei em frente à porta. Estava completamente irreconhecível com relação à velha porta de alguns dias atrás. A madeira havia sido pintada com um cinza acetinado e o vidro fora trabalhado; estava fosco, com uma silhueta transparente do logotipo da nossa empresa no meio. Girei a chave na fechadura cromada brilhante e abri a porta.

O piso original agora estava brilhante e renovado, após ter sido lixado e envernizado. Acabamentos ornamentais brancos contornavam as janelas e as paredes na junção com o teto. Um novo ventilador de teto e luminárias em trilhos traziam o local ao século XXI.

Peguei o celular e liguei para Fiona.

— Oi, Erica.

— Tem algo que você queira me contar?

— O quê? Ah.

— Achei que já tivéssemos superado isso.

Tentei manter meu tom de voz estável, mas quando ela iria aprender a manter Blake longe dos meus negócios?

— Erica, ele é meu irmão mais velho. O que você quer que eu faça? Ele queria fazer algo para ajudar. Você sabe como ele é.

Sim, eu sabia como ele era e o quanto era impossível dizer "não" para ele, especialmente quando ele encasquetava com alguma coisa. Andei em torno da sala, admirando como o espaço estava completamente transformado desde a última vez que o tinha visto. Eu não podia imaginar nada melhor. Restava a mim apenas mapear mentalmente a posição dos móveis que iriam chegar. Blake fizera todo o resto. Que droga.

— Bom, está incrível. Perfeito.

— Eu sei. Dei uma espiada antes de dar a chave a você. Ele fez um ótimo trabalho. Exatamente o que eu tinha imaginado.

O medo que ela tinha da minha reação claramente se desvanecera, seu entusiasmo era perceptível.

Suspirei e bati o pé no chão. Que droga, eu também estava animada.

— Tudo bem, mas ainda estou brava com você — falei, não muito convincentemente.

— Eu te pago um drink um dia desses e você vai se esquecer de tudo isso.

— Geralmente preciso de mais de um drink para esquecer.

Ela riu.

— Não vou contra-argumentar. Bom, aproveite o novo espaço. Parabéns.

— Obrigada, nos falamos mais tarde.

Larguei a bolsa — pesada com todos os produtos de limpeza que agora eram desnecessários — no chão. Eu me sentei de pernas cruzadas no meio da sala, assimilando tudo. Cada passinho que havíamos dado com a empresa nessas últimas semanas parecia esmagador, e Blake nunca falhava em fazer tudo parecer melhor.

Naquele momento, a porta se abriu e o corpo de Blake tomou conta do espaço. As mãos dele estavam ocupadas com uma garrafa de champanhe, um cobertor e uma sacola de papel. Um sorriso perspicaz curvava seus lábios.

— Como está minha chefe favorita?

— Não posso reclamar — respondi secamente, olhando para cima, para aquele homem impressionante, tão maior que eu.

Ele desdobrou o cobertor, se sentou e deu batidinhas no chão ao seu lado para que eu me juntasse a ele.

— O que é isso tudo?

— Eu estava pensando que podíamos fazer um piquenique no escritório para comemorar as novidades.

Ele deu um sorriso astuto e sacou a rolha do champanhe, servindo duas taças que pegou da sacola.

Nossos olhares se fixaram um no outro. Ele estava analisando meu humor.

— Você está brava?

— Talvez — menti.

Por sorte, ele tinha feito um trabalho tão incrível naquele lugar que eu já tinha perdoado tanto Blake quanto sua cúmplice.

As sobrancelhas dele se ergueram, como se ele estivesse esperando que eu reagisse. Suas lindas íris cor de mel sob cílios longos e grossos eram a atração principal de um rosto que tirava meu fôlego com uma regularidade alarmante. As linhas marcadas de seu maxilar. Sua pele levemente bronzeada e lábios cheios e deliciosos que me lembravam das coisas terríveis e maravilhosas que podiam fazer comigo. Eu poderia ficar olhando para ele por horas e nunca me cansaria da maneira como ele fazia eu me sentir. Possuída e obsessiva. Eu nunca me senti tão desejada ou tão extasiada por outro ser humano. Blake era um lindo e louco pacote completo, e eu amava cada pedacinho dele.

Suspirei, torcendo para não parecer tão desoladoramente apaixonada quanto eu me sentia.

— Estou aceitando sua insanidade.

— Boa menina.

Ele relaxou visivelmente e me deu um sorriso.

Ávida por estar mais perto dele, eu aceitei seu convite anterior e me juntei a ele no cobertor. Peguei a taça de champanhe que ele me entregou e tomei um gole.

— Gostou?

— Adorei.

Apesar das apreensões dele quanto ao local, ele parecia ter visto algum potencial ali, no fim das contas.

— Eu esperava que você gostasse.

— Por que a mudança de opinião?

Ele franziu o cenho.

— Como assim?

— Você deixou bem claro que tinha odiado este lugar quando viemos dar uma olhada.

— Era óbvio que eu ia querer você mais perto. Mas é isso que você quer. Você está aceitando minha "insanidade", como você colocou, e eu estou aceitando sua obstinação.

Fiquei olhando para ele por um momento. Não podia refutar a descrição que ele fez de mim.

— Alguns chamariam isso de progresso.

Ele sorriu de um jeito que me fez acreditar que ninguém nunca tinha chegado tão longe assim com ele antes. Não tínhamos conversado sobre isso, mas Blake não me parecia o tipo de pessoa que se comprometia com muita frequência. Para falar a verdade, nenhum de nós era, mas, de alguma forma, estávamos nos virando. Reformar o escritório tinha passado muito dos limites, mas aceitar minha decisão tinha sido um passo na direção certa.

Tomei um gole do champanhe borbulhante. O silêncio encheu a sala.

— Você precisa deixar eu me virar um pouco, sabia?

Ele ergueu as sobrancelhas.

— Você está ouvindo o que está dizendo?

— Sim, estou. E sei que não vou crescer se sempre tiver você preparando o terreno às vésperas de um desafio ou de um erro. Eu quero essas oportunidades, caso contrário só vou flutuar neste mundo de fantasia onde você faz todos os meus problemas desaparecerem e nunca vou saber direito como é administrar um negócio.

Ele expirou ruidosamente.

— Está bem, então. O quanto você quer que eu me envolva?

— Que tal você me deixar pedir sua ajuda quando eu precisar?

Ele meneou a cabeça.

— Você jamais faria isso.

Revirei os olhos, mas ele estava parcialmente certo. Eu era teimosa demais e raramente pedia ajuda.

— Ei. — Ele segurou meu queixo, virando-me em sua direção. — Estou orgulhoso de você.

— Pelo quê? Ter tomado quatro milhões de dólares de você?

Ele riu.

— Se isso era tudo parte do seu plano mestre, então sim, estou extremamente orgulhoso, porque nunca esperei que isso fosse acontecer.

Sorri, apesar de não gostar muito daquilo tudo. Eu teria feito praticamente qualquer coisa para evitar pegar o dinheiro dele e ele sabia disso.

— Mas é sério, esse é um grande passo. Quero que você se lembre de curtir o momento.

E foi o que eu fiz. Estar com Blake tornava todos os momentos um pouco mais doces. Muito mais doces. Ele conferia a tudo uma espécie de magia que me fazia questionar como eu tinha sobrevivido à existência tediosa que eu chamava de vida antes de ele aparecer e virar tudo de cabeça para baixo.

— Vou curtir, graças a você.

Eu me aproximei dele e o beijei.

Ele segurou meu rosto com a mão e contornou meus lábios com a língua, persuadindo-os a se abrirem, mergulhando em minha boca com movimentos suaves de sua língua.

— Você não vai me perguntar o que tem dentro da sacola?

Eu me afastei ligeiramente, sem ar e um tanto inebriada com o gosto e o cheiro dele. Limpo, forte e masculino, unicamente Blake. Ele se virou e tirou o conteúdo da sacola. Ele colocou no chão uma caixinha de morangos, chantilly e uma pequena jarra de vidro com calda de chocolate gourmet.

— Que tipo de piquenique você tinha em mente?

Ele ergueu a pequena jarra.

— Eles usam esta calda de chocolate incrível nos lattes e nos outros cafés especiais aqui embaixo. Acho que não está à venda, mas quando eu expliquei educadamente que iria lambê-lo do seu corpo nu para inaugurar o novo escritório, eles finalmente cederam.

Dei uma risada e tentei imaginar aquela conversa improvável entre ele e Simone. Ele tirou a tampa e me ofereceu. Mergulhei o dedo no chocolate e, depois, na minha boca. O chocolate envolveu minha língua, o gosto era profano e divino, uma experiência somente superada pela certeza de que Blake colocaria seus planos em prática logo, logo.

— Pensei que você fosse contra sexo no escritório — falei.

— Este é o *seu* escritório. Outras regras.

— Que, pelo que percebi, você já está criando.

Mergulhei o dedo no molho de chocolate novamente, mas antes que eu pudesse levá-lo à boca, Blake o colocou rapidamente na dele e lambeu a ponta sugestivamente.

— Tire a blusa e se deite.

Sorri e me ajoelhei lentamente, tirando a blusa.

— Você está mandão hoje.

Ele pegou uma máscara de seda preta da sacola e a colocou sobre meus olhos.

— Não é um estado de espírito, gata. É quem eu sou. É melhor você se lembrar disso.

A respiração dele era quente em minha clavícula. Prendi a respiração com a expectativa da boca dele em mim, mas me surpreendi ao sentir a mão dele deslizar pelas minhas costas. Os dedos dele abriram meu sutiã habilmente e eu ouvi a peça aterrissar a alguns metros dali. De peito desnudo e arrepiada pelo frio, fiquei totalmente ciente de minha vulnerabilidade atual.

— Deite-se e não me faça repetir novamente.

Soltei o ar que estava segurando, repentinamente enfraquecida pelo comando e a severidade da voz dele. Discutir contra aquele pedido simples, mas vigoroso, era um pensamento distante, rapidamente esmagado pelo desejo de que ele controlasse meu corpo pelo tempo que achasse adequado.

Obedeci e me deitei, repousando as mãos no tecido texturizado do cobertor, frio contra o calor que cutucava por debaixo da minha pele. Ele desabotoou meu jeans e abaixou o cós, parando pouco antes do púbis.

Ele traçou um caminho de beijos quentes na minha barriga que me deixaram ávida por mais. Eu me curvei na direção do toque dele à medida que ele acariciava as saliências dos meus ossos do quadril com os polegares.

— Eu adoro esta parte do seu corpo — murmurou ele. — Uma das muitas. Seu corpo... Erica, você é gostosa pra caralho.

— Me toque.

— Vou tocar, mas estaria indo depressa demais. Pare de se contorcer.

— Você está me torturando — reclamei.

Ele riu silenciosamente.

— Eu mal comecei.

Com essas palavras, ele se afastou de mim, criando uma distância nada bem-vinda entre nós. A sala ficou gelada novamente. Onde ele estava e o que estava fazendo? Tremi quando a primeira gota de calda escorregou para dentro do meu umbigo. Ele traçou um caminho até meu peito, circundando meus mamilos, que se enrijeceram com a sensação.

— Você gosta de morangos?

Sorri com a sugestão.

— Sim.

— Ótimo. Vou te dar um.

O aroma fresco dos morangos se misturou ao do chocolate quando ele repousou um pedaço da fruta no meu lábio inferior. Abri a boca, mas Blake o segurou a poucos centímetros do meu alcance. Curvei-me para pegá-lo até que, finalmente, ele me permitiu enterrar os dentes nele. Mastiguei e engoli, saboreando o gosto e a nova experiência de combinar minha obsessão por Blake com meu amor por comida. Estranho, mas eu não conseguia reclamar de ter muito de uma coisa boa — ou muitas coisas boas, nesse caso.

Ele me deu um beijo inesperado no pescoço, mordiscando minha pele. Ele passeou até a clavícula e no meio dos meus seios. A língua dele diminuiu a velocidade e circundou um mamilo após o outro. Ele deu chupões e lambidas suaves por todo meu tronco, estendendo sua atenção a cada pedacinho de pele exposta. Ofeguei com a sensação da língua dele provocando e demorando deliciosamente a limpar minha pele do chocolate. Quando terminou, ele deslizou a mão por dentro da minha calça e a colocou sobre meu sexo por cima da calcinha encharcada.

— Vou foder você agora, Erica. Você quer isso?

A respiração dele em cima da pele molhada do meu mamilo me arrepiou, minha pele elétrica devido a todas as maneiras que ele a estimulara.

Gemi alto afirmativamente, minhas mãos quase dormentes de tanto apertar a coberta, tentando conter tanta excitação. Pronta para explodir, soltei a coberta e levei as mãos aos cabelos dele, agarrando as mechas sedosas que deslizavam por meus dedos enquanto eu segurava a cabeça dele com força em cima do meu mamilo. Ele me mordeu gentilmente e eu gritei.

Ele me segurou pelos pulsos e os colocou acima da minha cabeça.

— Fique parada.

A sacola fez mais um ruído, e então ele amarrou minhas mãos com uma espécie de tecido sedoso e apertou o nó, garantindo que eu não conseguiria me soltar.

Ele tirou minhas roupas da cintura para baixo e eu ouvi as roupas dele caírem no chão perto dos meus pés antes de seu corpo encobrir o meu.

Girei os pulsos, uma tentativa inútil, já que não havia jeito de eu me libertar sozinha. Enquanto eu fazia aquilo, meu coração disparou, o pânico se instalando. Ele já fez isso antes, me deixar impotente, incapaz de tocá-lo ou de me mover. Aquelas amarras foram um pouco fáceis de manejar, mas estas não deixavam eu me mover. Eu não conseguia vê-lo agora. Eu estava indefesa e no escuro. Um medo frio se alojou em mim, substituindo Blake por um pesadelo, a lembrança mais sombria.

— Blake.

Minha voz estava em descompasso, marcada pela inquietação que crescia. Eu não tinha certeza se conseguiria fazer aquilo.

A mão dele repousou sobre meu coração, meu peito subindo e descendo rapidamente com a respiração que eu não conseguia mais controlar.

— Shh, gata. Estou aqui com você — murmurou ele.

Ele cobriu meu corpo com o calor do seu próprio, reivindicando minha boca com a dele, carinhoso e cheio de amor, silenciando meus medos. Ele beijou meu maxilar e seguiu para a pele sensível de meu pescoço, logo abaixo da orelha.

— Você está me sentindo? Sou eu, Erica. Sempre serei eu.

Com aquelas palavras, meu corpo relaxou debaixo dele. Abri as mãos que estava apertando em punhos e me foquei no toque dele, que era diferente de todos os outros. Ninguém jamais havia me tocado do jeito que ele me tocava, como se conhecesse meu corpo melhor que eu mesma.

Lentamente, meu pânico diminuiu, dissipando-se enquanto ele se reintroduzia ao meu corpo, a voz dele me trazendo de volta àquele momento, ao nosso momento.

— Fiquei duro o dia todo só de pensar em você assim. Você sabe como é impossível trabalhar desse jeito? Pensar nesse seu corpo apertadinho tremendo de baixo de mim, pronto para me receber?

Centímetro a centímetro, minha pele ganhou vida, excitando-se à medida que as mãos e a boca dele me reivindicavam. Toques urgentes e quentes, beijos molhados. A voz dele me guiando por cada movimento, cada intenção. Meus quadris giraram em ritmo com o movimento dos dedos dele me massageando, deslizando por entre meus lábios molhados e me penetrando, uma promessa do que estava por vir.

Eu me concentrei no contato. Estava ofegando, tentando imaginar — sem rumo algum — por quanto tempo eu conseguiria aguentar aquilo. Céus, ele adorava me torturar.

— Você está bem?

Ele segurou meus pulsos carinhosamente e me tocou com a delicadeza de uma pluma na pele sensível da face inferior dos meus braços.

Despertei do meu desejo para ouvir a pergunta dele. O pânico estava tão longe agora que eu o via do retrovisor. Não conseguia pensar em mais nada além da deliciosa inevitabilidade de tê-lo dentro de mim.

— Mais que bem. Não pare.

Blake abriu minhas pernas para ele. Ele se encaixou na minha entrada e me penetrou, lento o suficiente para me deixar levemente maluca. Prendi a respiração até que ele chegasse ao fundo, me esticando ao máximo. Ele tomou minha boca em um beijo intenso e eu respirei o ar dele, enquanto ele movia os quadris gentilmente, me lembrando da intensidade com a qual ele podia me possuir em todos os sentidos. Gemi e o fogo se espalhou pelas minhas veias, me aquecendo de um membro ao outro enquanto me agarrava ao corpo dele da única maneira que conseguia. Engatei os tornozelos atrás das coxas dele, forçando-o para dentro de mim; a necessidade de tê-lo se movendo dentro de mim era quase maior do que eu podia suportar.

Ele envolveu minha cintura com o braço e fez uma almofada com a mão sob meu cóccix, me protegendo do chão duro enquanto me penetrava com mais força. Ofeguei, com o alívio e o êxtase me inundando.

Ele entrava e saía de mim, encontrando um ritmo estável. Entre beijos, ele murmurou ao meu ouvido:

— Te amo, gata. Estar dentro de você... assim. Controlando seu prazer. Eu preciso disso.

Ele sussurrou as coisas que queria fazer comigo, o quanto cada minuto dentro de mim o fazia se sentir, permanecendo ali comigo para que eu nunca esquecesse quem estava me amando.

— Blake, ó Deus...

Não havia nada além do som da voz dele e de seu pau se movendo dentro de mim. Nenhuma distração, apenas a reivindicação feroz do corpo dele sobre o meu.

Meu lábio tremeu enquanto a tensão crescia.

— É isso. Agora você vai gozar alto e forte e me apresentar aos seus vizinhos.

Ele, usando apenas uma mão, segurou as minhas com força sobre minha cabeça, e a outra apertava meu quadril. Então, me erguendo alguns centímetros do chão, ele me penetrou com tanta força que seu pau atingiu aquele ponto dentro de mim que fez tudo ficar branco e preto.

O nome dele saiu da minha boca em um grito rouco. Cores explodiram atrás dos meus olhos enquanto meu corpo se agarrava ao dele, o tremor se esparramando pelo meu peito.

— Jesus, Erica... Porra, faz assim.

Os dedos dos meus pés se curvaram com as últimas investidas dele, que nos levaram às nuvens. Ele agarrou meus quadris com força e se afundou em mim uma última vez com um gemido alto.

Blake desabou em cima de mim, seu corpo úmido e febril. Girei minhas mãos novamente, querendo tocá-lo e acarinhá-lo durante os tremores pós-coito. Ele removeu o tecido habilmente, me libertando. Pisquei por causa da luz que banhava a sala quando ele removeu a máscara.

O rosto de Blake estava relaxado, mas seus olhos estavam sombrios e sérios. Ele acariciou meu rosto reverentemente, tirando pequenas mechas de cabelo do caminho enquanto recuperávamos o fôlego.

— Senti falta dos seus olhos. Na próxima vez, quero vê-los durante cada minuto que eu fizer amor com você, o tempo todo, até o fim. Quero que você veja o que faz comigo.

# CAPÍTULO 2

— EU *AMO* MODA.

Eu não duvidava. Usando um vestido de grife transpassado preto, justo, combinando com saltos dos quais eu com certeza iria cair, Risa Corvi era muito elegante. Quase elegante demais. Ela não tinha a beleza sem esforço de Alli, mas nada estava fora do lugar — desde seu cabelo preto superescuro na altura dos ombros às unhas francesinhas recém-feitas.

Ela passava uma imagem cara. Aposto que depilava as sobrancelhas regularmente também. Admito, eu provavelmente poderia aprender algumas coisas com ela. Dei uma olhada em seu currículo. Para uma candidata de nível inicial, ela exibia alguns trabalhos impressionantes, mas eu ainda estava cética quanto a contratar a amiga de uma amiga.

— Percebi. Me fale sobre as campanhas em que você trabalhou.

Risa pegou uma grande pasta de portfólio com seções de material impresso organizadas por campanha. Cada página estava alinhada perfeitamente e o conteúdo era igualmente limpo e profissional. Muitas fotos de bancos de imagens de modelos com sorrisos falsos e perfeitos — porque as suas aposentadorias as deixavam *extremamente* felizes. A técnica era batida e bem distante do que éramos como empresa.

— Isto é ótimo, Risa. Mas, sendo franca, é muito *mainstream*. Queremos ser *mainstream*, mas também queremos um diferencial em nossa marca que a faça parecer jovem, exclusiva e descolada.

— Entendo perfeitamente. Isto aqui é muito convencional. Obviamente, nestas campanhas eu estava limitada ao que o cliente queria, mas poderia explorar muito mais vertentes no Clozpin. Podemos pegar a alta costura arrojada e torná-la limpa e elegante, sabe? Simples, porém sexy.

O que ela estava falando era promissor, mas será que ela conseguiria pôr em prática? Dei uma folheada no restante do portfólio e a analisei por um momento.

— Como você se sente em relação a *networking* e vendas? Conseguir novas contas é provavelmente o componente mais crítico dessa vaga. Você pode amar moda o quanto quiser, mas precisa conseguir vendê-la.

— Concordo, mas é realmente difícil vender algo que você não ame. Posso vender esse serviço e se tiver que participar de eventos fora do horário do expediente por causa do *networking*, por mim, tudo bem.

Recostei na cadeira e ponderei as palavras dela. Ela queria muito o emprego. Ninguém podia negar aquilo. Nas últimas duas semanas de entrevistas, eu não havia encontrado ninguém que transpirasse tanta paixão quanto ela nos últimos cinco minutos.

Não tínhamos nenhum convívio real de escritório, então eu não fazia ideia de como ela iria se dar com Sid e sua nova trupe de tecnólogos. Melhor ainda, como ele iria se dar comigo? O tempo estava se esgotando e eu precisava tomar uma decisão. Contratá-la ali na hora parecia ser impetuoso, mas ela era, basicamente, perfeita.

Ela respirou fundo.

— Ouça, eu entendo que esse é o seu bebê, Erica. Você parece ser alguém com quem seria ótimo trabalhar e aprender. A decisão é sua, claro, mas eu realmente adoraria fazer parte dessa equipe.

Ela me fitou com seus olhos azul-escuros, querendo captar a próxima pergunta da entrevista, sem dúvida.

— Você está satisfeita com o salário?

— Com certeza.

Ela gesticulou com a mão decididamente.

Apertei o botão da caneta, hesitando, mesmo já tendo tomado uma decisão.

— Tudo bem.

— Tudo bem?

— Vamos fazer acontecer.

Um sorriso largo se espalhou pelo rosto dela.

— Mesmo? Ó Deus, você não vai se arrepender!

Eu me levantei e, quando apertamos as mãos, a mão dela tremeu ligeiramente contra a minha. Uau, será que ela estava tão nervosa assim?

— Você pode começar na segunda. Vamos resolver a papelada quando você entrar.

— Ótimo, muito obrigada.

O sorriso colado no rosto dela não iria desaparecer tão cedo, dava para perceber.

***

Alli se espreguiçou no cobertor ao meu lado enquanto eu jogava migalhas aos patos na lagoa. Os jardins públicos ficavam a poucas quadras do meu apartamento e, em um dia lindo e quente como hoje, o parque ficava cheio de famílias, turistas e pessoas como nós. Eu parei de trabalhar mais cedo para buscá-la e decidimos que um pouco de sol seria o primeiro item da programação do final de semana prolongado dela comigo.

— Tinha me esquecido do quanto eu gosto do verão aqui.

Os olhos dela estavam vagos e melancólicos, como se seus pensamentos estivessem aqui, mas também em algum outro lugar.

— Já está com saudades de Boston?

Alli se apoiou no cotovelo.

— Acho que sim. Nova York parece sugar você para o meio do turbilhão. Às vezes, eu tenho dificuldades em imaginar minha vida fora da cidade, mas preciso dizer que estou gostando da mudança de cenário. Eu precisava de uma folga.

As últimas semanas foram de adaptação para nós duas. Após três anos dividindo um dormitório, estar agora a 320 quilômetros de distância tinha chacoalhado nossa amizade. Mas, lá no fundo, eu sabia que apenas a distância não poderia prejudicar o que tínhamos.

— Sem dúvidas. Notícias de Heath?

— Ele está bem.

— Eu achei que você fosse vê-lo, em vez de vir para cá, sabe, me ver.

Fiquei feliz por ela não ter ido, é claro. Depois de ter posto Alli a par de tudo que aconteceu entre mim e Blake, e do ressurgimento de Mark aparentemente do nada, concordamos que nós precisávamos conversar cara a cara.

— Amigas em primeiro lugar, meu bem.

Ela sorriu e me deu um cutucão.

Retaliei jogando algumas migalhas de pão nos cachos perfeitamente desgrenhados que desciam por suas costas.

— Pensa em visitá-lo em Los Angeles?

— Não. Ele precisa de um tempo e, francamente, eu também. Finalmente tenho minha própria casa e a mudança foi estranhamente libertadora. Todos os dias eu sentia como se estivesse esperando por ele lá. Agora, estou finalmente começando minha vida na cidade, sem que todos os momentos girem em torno dele e de nós.

Assenti com a cabeça, sabendo muito bem o quanto a independência podia ser importante em um relacionamento. Manter Blake levemente distante era uma batalha constante quando tudo que eu queria era estar envolta na confiança e na segurança de seu mundo hipercontrolado. O mundo de Blake era seguro, mas nem sempre era real.

— Isso faz sentido. Quando ele volta da reabilitação?

— Daqui a um mês ou algo assim. Ainda não tenho certeza.

— E depois? Vocês vão juntar os cacos e tentar de novo?

— Acho que sim. Não nos comprometemos a nada, mas...

Ela se deitou de volta e ficou olhando para as árvores acima de nós.

— O que foi?

— Eu só... Eu sinto falta dele. Só isso.

Fiz uma pausa, sem querer forçar a barra. Ela estava sofrendo com a separação, mas eu ainda não estava convencida de que Heath era bom para ela. Mesmo que fosse o irmão mais novo de Blake.

— Às vezes, tudo que ouço são as pessoas nos julgando.

Eu me encolhi ligeiramente, torcendo para que ela não tivesse lido a expressão em meu rosto ou em meu cérebro.

— Tipo, que diabos estou fazendo perdendo meu tempo com alguém como ele? Meus amigos, até mesmo você, acham que ele é sinônimo de encrenca e eu admito, ele tem problemas. Mas não posso desistir de nós. Ele merece outra chance.

Ela secou uma lágrima antes que ela pudesse cair.

Deitei-me ao lado dela no cobertor e esperei que ela se recompusesse. Descobrir que Heath tinha problemas com drogas tinha sido um choque, mas eu não podia ignorar o fato de que eles estavam perdidamente apaixonados. Eu nunca tinha visto Alli tão nas nuvens, e Heath a levara até lá. Eu torcia para que ela conseguisse fazer o mesmo por ele, o suficiente para distanciá-lo do vício que poderia arruinar a chance deles de felicidade.

— Alli, eu me preocupo com você e quero que seja feliz. Se pareceu que eu estava julgando, é porque estou preocupada com seu bem-estar, não porque questiono o valor de Heath como pessoa. Acredite em mim, eu sei muito bem que ninguém e nenhum relacionamento é perfeito. Ele tem problemas, mas nem toda esperança está perdida, tenho certeza.

Ela virou a cabeça e me deu um sorriso fraco.

— Obrigada.

— Se ele conseguir sair dessa, vocês ainda podem fazer isso dar certo. Só não faça burrices. É só isso que quero.

Ela riu.

— Estou tentando. Acho que não sou muito esperta quando estou apaixonada.

— Talvez esse tempo seja bom. Obviamente ele precisa resolver as próprias questões, mas vocês dois também podem ter um tempo para realmente pensar no relacionamento de vocês sem estarem tão intensamente envolvidos.

— Você tem razão. Quanto mais tempo eu passo longe dele, melhor eu penso, sabe? — Ela respirou fundo. — Enfim, chega de falar de mim e dos meus problemas. E você e Blake? Ele ainda está deixando você louca?

— Você sabe que sim.

— De um jeito bom ou ruim?

— Os dois, mas estamos nos entendendo.

Ela me deu um sorriso.

— Acho que Blake se encontrou em você, Erica.

— Ah, é?

— Sim, tenho certeza de que você não aceita as merdas dele. O sr. Bilionário da Programação provavelmente não faz a menor ideia de como lidar com você o colocando em seu devido lugar.

Ri com a imagem que ela desenhou de nós. Alli provavelmente estava certa. Eu não conseguia imaginar muitas pessoas desafiando Blake da maneira que eu fazia. Mas eu o fazia por autopreservação, não por esporte. Mesmo assim, o esforço da guerra nos deixava loucos. Em sua maior parte, no bom sentido.

— Ele me mantém ocupada e provavelmente pode dizer o mesmo de mim. Não há momentos entediantes, isso é certo.

Sorri para mim mesma e meu coração deu uma pequena cambalhota quando pensei nele. Blake era cheio de desafios. Eu nunca sabia que diabos esperar dele, mas esse era outro aspecto do nosso relacionamento do qual eu não me cansava nunca. A correria, a negociação e, quando a ocasião pedia, a deliciosa rendição.

— Certo, sua cara está me dando náusea.

Dei uma risada.

— Desculpe.

— Não se desculpe. Só estou amarga e solitária. De qualquer forma, permaneça firme. Sei que você vai, mas os Landon podem ser bastante persuasivos.

Ela ficou séria por um minuto, então um sorriso curvou seus lábios e caímos na risada.

***

Entrar no escritório ainda me tirava o fôlego às vezes. O lugar estava lindo com a iluminação sutil e as elegantes estações de trabalho. Sid estava sentado ao lado de dois dos novos membros da equipe. Eu me apoiei na mesa em torno da qual eles se encontravam. Fizeram uma pausa e olharam para cima.

— E aí, meninos? Quais as novidades?

Chris tinha mais ou menos uma década a mais que a gente. Este não era o primeiro emprego dele em uma *star-*

*tup*, então ele trouxe consigo certa experiência que a maioria de nós não tinha. Grandalhão, ele tinha cabelos ruivos vivos, compridos e encaracolados, na altura dos ombros. Com base em seus trajes da última semana, ele parecia ter uma afinidade com camisas havaianas.

Do outro lado do espectro, tínhamos contratado James como nosso dedicado designer e desenvolvedor *front-end*. Ele era outro tipo de pessoa. Com uma juba de cabelos ondulados quase pretos, pele bronzeada e olhos azuis intensos, ele era de longe o cara mais naturalmente extrovertido de todo o pessoal. Com um belo corpo e um quê de *bad boy*, graças ao pedacinho de tatuagem que espiava por debaixo da camisa, ele também não era de se jogar fora.

— Bom dia, Erica.

Ele lançou um sorriso que me pegou desprevenida.

Sorri de volta, surpresa por ter sido cumprimentada com tanto entusiasmo tão cedo de manhã. *Boa contratação*, pensei.

Sid expirou pela boca, aparentemente não compartilhando da energia matutina de James.

— Estamos tentando traçar um plano para desenvolver as atualizações de que falamos, mas é um pouco difícil com esse bando de desajustados tentando nos derrubar 24 horas por dia.

— Essa não.

Eu me encolhi um pouco, sem fazer ideia de como resolver aquele problema *tecnicamente* sem pedir para que Blake fizesse sua magia. Ele tinha sido frustrantemente vago em relação à sua associação com o M89, mas, claramente, devido a seja lá o que for que ele tenha feito para deixá-los tão magnificamente putos, os hackers não iriam desistir facilmente.

— Enfim, estamos resolvendo. Não se preocupe com isso.

Ele fez uma careta e se concentrou no monitor, parando periodicamente para fazer algumas anotações.

— Posso ajudar?

— Não.

A resposta dele foi previsivelmente curta e grossa. Para o Sid que eu conhecia, que estava regularmente emburrado por conta de seus horários de sono irregulares, encarar desafios às dez da manhã era inaceitável. Revirei os olhos e percebi que James estava sorrindo torto.

— Me mantenha informada.

Afastei-me da mesa e desapareci por trás do biombo que separava meu escritório do restante do espaço. Devido ao tamanho da sala e ao orçamento, eu tinha decidido abrir mão da privacidade que uma parede garantiria e, no fim das contas, fiquei grata por Blake ter honrado meu desejo em sua reforma secreta. Eu me sentia isolada o suficiente para fazer meu trabalho em paz, mas ainda conectada o suficiente para dar pitaco no que quer que fosse que Sid e sua equipe estivessem fazendo. Além disso, Risa logo se juntaria a nós e provavelmente teríamos que nos comunicar muito mais pelas vias tradicionais. Ao menos falávamos a mesma língua.

Quando a reunião informal deles terminou, chamei Sid via Skype para vir falar comigo. Ele entrou, me diminuindo em minha mesa com toda sua altura. Ele se acomodou em uma cadeira à minha frente.

— Por que esse comportamento, Sid? Estamos no mesmo time aqui.

— Eu sei, mas estou ficando realmente cansado de tapar buracos em um barco afundando.

— Estamos afundando?

Ele suspirou.

— Não. Mas ficar constantemente remendando vulnerabilidades e corrigindo essas merdas que eles estão causando, enquanto tento desenvolver coisas novas, está ficando cansativo pra caralho, Erica.

Recostei na cadeira, perplexa. Sid raramente falava palavrões, então os nervos dele estavam à flor da pele. Quando os meus nervos estavam à flor da pele, eu chorava na privacidade da minha sala ou canalizava minha raiva sendo obsessivamente produtiva. Quando os de Sid estavam, todo mundo sofria.

— O que faremos? Quero ajudar. Só não faço ideia de como, Sid.

— Fale com o seu namorado. Não é ele que tem todas as respostas?

— Na maioria das vezes, ele tem mesmo. Mas ele não tem uma pílula mágica para isso. Estou perdida.

A estratégia de Blake, até então, tinha sido simplesmente tornar o site completamente impenetrável. Como eu tinha me recusado a deixar que a equipe de programadores dele tomasse conta do site, a responsabilidade tinha caído inteiramente sobre Sid. Agora, Chris e James partilhavam desse fardo.

— Em um nível básico, há algumas melhorias que eu posso fazer no site. Em algum ponto, teríamos de redesenvolvê-lo de qualquer forma para acomodar o crescimento em larga escala. A única coisa em que consigo pensar é trabalhar nisso em vez de fazer essas atualizações. Aí ao menos estaremos trabalhando com uma fundação mais sólida, já que certamente sofreremos mais ataques em curto prazo.

— Sid, você está me assustando. Reconstruir o site do zero? Tem que haver outra maneira. Estamos prestes a ter um embalo importante no marketing.

— Não estou aqui para dizer o que você quer ouvir. Sugiro que você converse com Blake. O que quer que ele tenha feito para nos causar isso, ele deveria saber consertar, porque não foi para isso que eu escolhi trabalhar aqui.

A resposta de Sid foi um soco no estômago.

— Certo, por que você não reúne os meninos e repassa a eles as tarefas de hoje e tira o dia de folga? Volte renovado, eu espero ter algumas respostas amanhã.

Tentei manter minha voz estável, apesar da vontade de dizer para ele crescer e parar de choro nessa porra. O mercado de trabalho é repleto de desafios. Eu assumi o grosso das responsabilidades da coordenação geral da empresa, deixando com ele a tarefa de se focar apenas no que lhe interessava — o desenvolvimento. Mesmo assim, ele estava agindo como se todo o mundo conspirasse contra ele. É verdade que uma pequena facção estava, de fato, conspirando contra nós, mas ele estava sendo um pouco dramático.

Sid bufou e saiu do meu pseudoescritório. Ele resmungou alguma coisa para os meninos e se largou de volta na cadeira. Sorri. No fundo, Sid era tão obstinado quanto eu e não desistiria. Tínhamos isso em comum.

# CAPÍTULO 3

ALLI PASSOU UM POUCO DE pó bronzeador enquanto nos arrumávamos no meu banheiro. Ela me emprestou uma saia com estampa de leopardo que me caiu como uma luva e tomou a liberdade de combiná-la com uma blusa preta tomara que caia. Eu tinha a sensação de que Blake iria querer tirar aquela roupa de mim em algumas horas com os dentes. Céus, eu queria que ele fizesse isso.

Depois de dois dias de programas de meninas, Alli estava planejando sair para jantar e tomar uns drinks com uns amigos, então Blake e eu podíamos colocar o papo em dia. Minha pele estava formigando de saudades dele.

Já tínhamos sobrevivido a períodos breves de separação antes, mas eles geralmente eram caracterizados por eu estar totalmente furiosa com ele, o que ajudava a apaziguar a minha atração insuportável por ele. Tudo o que eu sentia com relação a Blake agora era um desejo épico, especialmente depois do sexo arrebatador que fizemos no escritório alguns dias atrás.

Eu adorava passar um tempo com Alli e ficava feliz com esse afastamento temporário de nossos respectivos namorados, se isso significasse reviver a amizade que havíamos passado nos últimos três anos construindo. Além de lidar com os irmãos Landon, tínhamos muito no que trabalhar. Eu a deixei a par de tudo que havia acontecido, desde Blake arruinando meu acordo com Max até a loucura de ter Mark surgindo do nada em minha vida.

Heath aparecia em nossas conversas com uma frequência que me fez questionar o quanto Alli realmente estava apreciando aquele tempo longe dele. Mas esta noite, ela estava quieta.

— Está tudo bem?

Ela sorriu, rápido demais.

— Sim, claro.

Terminei de me arrumar e, quando saí, Blake estava descansando no sofá da sala de estar que eu havia comprado para o apartamento. Usando uma camisa branca com as mangas dobradas e jeans escuros, ele estava tão ridiculamente gostoso que eu pensei seriamente em montar nele ali mesmo, naquela hora.

Quando nossos olhares se encontraram, o queixo dele caiu um pouquinho. O sentimento era mútuo.

— Está pronta?

Sorri.

Alli se juntou a nós e interrompeu meu olhar de laser pelo corpo escultural de Blake. Ele se levantou para cumprimentá-la e lhe deu um beijo rápido no rosto.

— Você está ótima, Alli. É bom ver você.

— Digo o mesmo.

O sorriso dela era fraco, aparentemente contido por alguma emoção que estava borbulhando por debaixo da superfície.

Tentei ler sua linguagem corporal. Será que ela estava nervosa ou com vergonha de ver Blake depois daquele episódio com Heath em Nova York?

— Então, acho que estamos de saída — falei baixinho, tentando abafar o constrangimento que eu torcia para que somente eu estivesse reparando.

Nos despedimos e Blake desceu a mão pelas minhas costas, me dando um leve empurrão na direção da porta. O poder e a sugestão do toque dele fizeram minha pele formigar, deixaram meus nervos em alerta. Repentinamente, amaldiçoei nossos planos de jantar fora quando tudo que eu queria era arrastá-lo lá para cima, para o apartamento dele, e foder até o amanhecer.

***

Saímos do apartamento e Blake me levou para cima, com os dedos entrelaçados nos meus.

— Você esqueceu alguma coisa?

Antes que ele pudesse responder, entramos no apartamento dele e os aromas de uma refeição caseira preencheram o ar. Blake havia cozinhado sem nenhuma ajuda minha.

— Uau.

A cozinha estava uma bagunça, mas, por outro lado, a mesa da sala de jantar estava lindamente servida com várias travessas combinando, cheias até a boca de massa, salada e pão. A iluminação da sala era suave, o clima intensificado pelas velas acesas espalhadas pelo recinto.

— Pensei que podíamos ficar em casa — murmurou ele.

— Mas eu me arrumei toda.

Soltei o corpo, me acomodando no abraço dele, deixando que seus braços me envolvessem.

— Fico feliz que você tenha se arrumado. Você está incrível. Teremos muita sorte se conseguirmos ir até o final do jantar.

Mordi meu lábio e meu apetite vacilou. Blake era, de longe, o item que dava mais água na boca em qualquer cardápio, mas eu precisava de combustível se fosse abusar dele a noite toda, como eu pretendia.

— Tudo parece ótimo. Não consigo acreditar que você fez tudo isso sozinho.

— Espero que você goste.

Nos sentamos à mesa e ele serviu o vinho enquanto eu me servia do espaguete à bolonhesa de Blake — que logo se tornaria famoso, segundo ele próprio. Dei uma garfada e fiquei agradavelmente surpresa. Espaguete é um prato difícil de estragar, mas com a pouquíssima experiência culinária que ele tinha, eu estava preparada para o pior. Um silêncio confortável se instalou enquanto comíamos, mas eu ainda estava pensando em Alli.

— Como estão as coisas com Alli? — perguntou Blake, como se estivesse lendo meus pensamentos.

Dei uma mordida em meu pão de alho antes de responder. Alli estava em uma situação complicada no momento, tanto apaixonada quanto desiludida com seu relacionamento turbulento com Heath. Eu não sabia ao certo quanto deveria contar.

— Acho que ela só está passando por muita coisa neste momento. Com Heath e a mudança.

— Mudança?

— Ela saiu do apartamento.

— Espero que ela não tenha feito isso por minha causa.

Os olhos dele se ergueram ao encontro dos meus.

Meneei a cabeça, me lembrando da antiga insistência fervorosa de Blake para que eu me mantivesse distante de Alli enquanto ela estivesse envolvida com Heath. Eu havia me recusado terminantemente e ignorado o pedido dele e, ainda bem, aquele tinha sido o fim da discussão. Com tudo que estava acontecendo na minha vida naquele momento, a última coisa de que eu precisava era me isolar das poucas pessoas às quais eu podia recorrer.

— Não. Na minha opinião, Alli precisa de um pouco de espaço para colocar a cabeça no lugar enquanto Heath está longe. Não acho que ela tenha tido a chance de ser muito independente desde que se mudou para a cidade.

Hesitei com aquele último pensamento. Eu queria sondar o terreno. Blake e Heath tinham suas diferenças, mas ainda eram irmãos. Eu não queria causar problemas entre Heath e Alli se ele ainda não soubesse que ela tinha se mudado.

Blake assentiu.

— Como está o trabalho?

— Bom e ruim.

— Como assim?

Terminei minha última garfada de espaguete antes de escolher as palavras.

— Contratei uma diretora de marketing. Ela começa na segunda e Alli vai me ajudar a treiná-la de onde ela parou.

— E a parte ruim?

— Estou ficando preocupada com a segurança do site. Sid está prestes a arrancar os cabelos. Não sei bem o que dizer a ele.

Arrisquei lançar um olhar questionador. Eu estava tocando em um assunto que ele detestava discutir.

Ele se recostou na cadeira e jogou o guardanapo na mesa.

— Você não me dá acesso ao código, Erica. Que diabos você quer que eu faça?

— Não é por falta de confiança, Blake. Precisamos ter o controle do código para o longo prazo e você sabe disso. De qualquer forma, permanecemos no escuro quanto a por que estamos sendo, inexplicável e incansavelmente, atacados por esse grupo.

Ele ficou olhando para além de mim, evitando meus olhos e a súplica que os preenchia. Um nó desconfortável se formou em meu estômago. Eu odiava os segredos dele. Eles me consumiam como meus próprios segredos costumavam me consumir antes de eu entregar meu coração e minha alma a Blake. Revelar meu passado para ele havia diminuído o fardo, mas eu não sabia como fazê-lo confiar em mim da mesma forma.

— Você quer minha confiança, Blake. É por isto que eu tenho dificuldades em dá-la facilmente a você. Você esconde coisas de mim.

— Se não estou divulgando informações, é para seu próprio bem.

— Não posso decidir isso sozinha? Meu Deus, eu não sou uma criança.

Ele murmurou um palavrão, foi até a sala de estar e se afundou no sofá.

Decidi me sentar no outro sofá, sem saber ao certo como o restante da conversa se desenrolaria. Talvez uma distância mais segura e menos sexual fosse melhor, se quiséssemos chegar a qualquer coisa produtiva.

— Você disse que consertaria isso. Você me prometeu. E se não for tão fácil assim, tudo bem, mas eu mereço saber o que realmente está acontecendo. Talvez eu possa ajudar.

Ele expirou pelo nariz e deixou a cabeça desabar no sofá.

— Você já sabe que eu fui membro do M89 quando era adolescente.

— Sim — respondi em voz baixa.

Ele se inclinou para frente e apoiou os cotovelos nos joelhos, evitando olhar diretamente para mim.

— O que você não sabe é que eu liderava o grupo com outra pessoa.

— Quem?

Minha voz era baixa e hesitante. Eu não queria dar nenhum motivo para ele não me contar as coisas que eu tanto queria — e de que precisava — saber.

— Cooper. O nome dele era Brian Cooper.

Fiz uma pausa.

— Era?

O maxilar dele se contraiu. Ele jogou para trás os cabelos castanho-escuros que haviam crescido desde a última vez que tínhamos nos encontrado e que caíam teimosos sobre sua testa. Tive vontade de me aproximar dele e ajeitar aquilo, mas não queria interromper o momento.

— Ele se matou.

— Meu Deus. — Coloquei a mão na boca. Não era de se espantar que ele não quisesse tocar no assunto. — Quando?

— Depois que o grupo foi pego hackeando contas bancárias, eles prenderam todo mundo. Só que eu não estava participando das operações há semanas. Cooper era um amigo, e, quando veio com o plano original, eu topei hackear as contas dos caras de Wall Street, mas daí ele quis mexer nas contas individuais. Pessoas comuns, que investiam suas esperanças de aposentadoria com esses babacas, mas, fora isso, não tinham nenhuma conexão com o esquema Ponzi daqueles merdas. Não consegui aceitar isso, então saí do grupo. Nossa amizade tinha acabado e, obviamente, ficou um clima ruim entre nós. Quando os federais começaram a me interrogar...

Um silêncio pesado se instalou e meu coração se contorceu, Blake estava inexoravelmente ligado às circunstâncias que levaram ao suicídio de seu amigo.

— Porra, sei lá. Eu era jovem e revoltado e tudo aconteceu rápido demais.

Ele esfregou os olhos com as mãos, como se estivesse tentando apagar as visões que tinham aparecido neles.

— Está tudo bem. Me conte.

Saí do sofá adjacente para me juntar a ele, querendo estar próxima, embora estivesse preocupada com o que ele pudesse dizer. Mas eu queria saber.

— Contei a eles a verdade. Como eu cooperei, eu basicamente me livrei, então os investigadores puseram a pressão em cima dele. Eu não estava tentando me salvar, Erica. Eu só queria que a verdade fosse dita. Se eu ia afundar com o navio, queria que as pessoas soubessem o que eu defendia.

— Querido...

As palavras ficaram presas em minha garganta.

A dor encobria os olhos dele. Anos de arrependimento o impediram de me contar aquilo na primeira vez em que o site saiu do ar.

— Eles não foram muito longe antes de ele se matar. Aquilo encerrou definitivamente a investigação. Os fundos foram devolvidos e o restante de nós só levou um tapa na mão. Como éramos todos menores de idade, eles arquivaram os registros. É por isso que a maioria das coisas que você leu a meu respeito é apenas boato. Apenas algumas poucas pessoas realmente sabem o que aconteceu.

— Como o grupo continuou ativo depois de tudo isso?

— Não continuou, mas alguém o ressuscitou há alguns anos.

— Um membro original?

— Duvido. Mas, sinceramente, eu não sei. Não estou mais nesse círculo. Porém, com base na insistência deles em serem um pé no meu saco, quem quer que esteja por trás dessa nova geração do grupo está fazendo isso pelo Cooper. Eles provavelmente o idolatram como se ele fosse algum maldito mártir da causa. Qual seria essa causa ainda é um mistério para mim.

— Você já tentou entrar em contato com eles?

— Não. Não negocio com terroristas.

A raiva frustrada que eu havia aprendido a reconhecer sempre que ele falava sobre os hackers substituiu a expressão de dor em seu rosto. Blake era poderoso e incrivelmente talentoso, mas essas pessoas conseguiram, de alguma forma, desestabilizá-lo. Isso me assustava, porque ele podia ser minha última e única defesa contra eles.

— Não é um caminho difícil de seguir, considerando o quanto eles estão dedicados a arruinar tudo em que você toca?

— Nós conhecemos as estratégias deles. Eles são previsíveis, então minha equipe descobriu maneiras eficientes de mantê-los longe dos nossos negócios. Eles são vândalos, mas depois que você descobre a tática deles, consegue frustrá-los. Não posso fazer o mesmo por você até que você me permita.

— Você não está olhando para a raiz do problema.

Ele suspirou.

— Quem quer que eles sejam, enxergam Cooper como um mártir. E eu sou Judas. Nada com relação a isso vai mudar enquanto eles existirem.

— Acho que você está perdendo o foco.

— Vou conversar com o Sid de manhã, está bem? Isso é tudo.

O tom severo em sua voz me fez pausar. A vulnerabilidade de Blake desaparecera, mascarada com maestria por trás de sua raiva. Mas eu não sou boba. Ele e Cooper foram amigos um dia. Com certeza a morte dele deve tê-lo abalado. Blake parecia assumir uma responsabilidade pessoal por quase tudo à sua volta. Eu saquei a reação nos olhos dele quando ele falou sobre Cooper, mas tão rapidamente quanto ele tinha se aberto, ele se fechara novamente.

Eu queria beijá-lo naquele momento, reconfortar o homem que eu amava e aliviar a dor que ainda habitava dentro dele. Eu me aproximei hesitantemente e coloquei a mão em seu rosto. Ele reagiu ao meu gesto, colocando a mão em cima da minha e virando minha palma para cima para dar um beijo carinhoso antes de colocá-la no sofá entre nós.

— Não fique bravo comigo — murmurei.

— Não estou. Só não gosto de falar sobre isso.

— Talvez você se sentisse melhor se falasse.

Ele grunhiu e revirou os olhos. Eu podia sentir que ele estava se afastando de mim por conta daquela sugestão. Deslizei a mão por debaixo da camisa dele, acarinhando cada gomo de seu abdômen sob meus dedos. Eu estava determinada a seduzi-lo para tirá-lo do mau humor que o havia tomado. Nada conseguia me afastar melhor da cacofonia dos meus pensamentos do que estar nua com Blake. Eu suspeitava de que o mesmo valesse para ele.

— Senti sua falta — sussurrei.

O rosto dele relaxou e eu sorri, aliviada. Ele acariciou meu rosto reverentemente, traçando um caminho da minha bochecha ao meu queixo. Antes que eu pudesse dizer mais alguma coisa, ele juntou os lábios com os meus e possuiu minha boca com um beijo. Suave e carinhoso, o beijo logo esquentou. Ele se afastou abruptamente.

— O quê?

Ele olhou para além de mim.

— Não consigo fazer isso agora.

— Como assim?

Montei nele do jeito que eu queria fazer, minha saia subindo indecentemente pelas coxas. Puxei-o em outro beijo. Curvei-me na direção do peito dele, não deixando espaços entre nós, fanática pelo toque dele. Assim que eu agarrei os cabelos dele, ele se afastou, desenrolando meus dedos e segurando-os com delicadeza ao lado do meu corpo.

— Erica, pare. Eu preciso... esfriar a cabeça.

Antes que eu pudesse questioná-lo, ele deu um tapinha gentil na minha coxa, um sinal para eu sair de cima dele. Lentamente, obedeci. Ele voltou para a cozinha, onde começou a limpar tudo. Juntei-me a ele e comecei a ajudar, mas ele me parou.

— Pode deixar. Eu cuido disso.

Ele fez uma pausa e olhou para mim. Apoiando o quadril no balcão, ele parecia ilusoriamente casual, considerando a tensão que transbordava dele.

— Ouça, tenho trabalho para fazer para amanhã e me parece que você também tem. Você se importa se dermos a noite por encerrada?

Vasculhei os olhos dele em busca de respostas, mas ele parecia mais frio e fechado do que nunca. Fiquei olhando para ele, perplexa e sem palavras, engolindo em seco enquanto a rejeição se acomodava sobre mim. Será que eu tinha forçado a barra? Ele não entendia meus motivos?

Tudo que eu pensava em responder parecia, na minha cabeça, débil, desesperado. *Por que você não quer estar comigo? Por que não posso ficar?* Pensar nas respostas sinceras que ele podia dar me assustava. Eu não tinha certeza se queria saber por que ele não me queria esta noite.

***

Meu apartamento estava vazio e sem vida, sem sinal de Sid ou Alli para consolar a solidão e a mágoa que me inundavam. Blake nunca tinha me rejeitado antes. Eu estava vestida para matar e o homem era um maratonista sexual. De alguma forma, tínhamos conseguido sobreviver aos últimos dias fora das camas um do outro, mas agora ele estava me afastando?

Larguei a bolsa no balcão e fiquei parada em pé na escuridão silenciosa da sala, tentando descobrir como a confissão de Blake sobre seu passado tinha criado tamanho abismo entre nós. Fui até o quarto e me observei no espelho. Eu me sentia péssima. Blake não tinha apenas recusado uma noite em sua cama. O fato de que ele não me queria por perto me dilacerava o peito, me deixando com uma sensação doentia e desesperançosa.

*Não*. Eu não podia deixar isso para lá.

Voltei a sair, pegando minhas chaves no caminho.

Entrei no apartamento de Blake, mas ele não estava em lugar nenhum à vista. Fui até o quarto dele, onde ouvi o chuveiro ligado. Hesitei na porta que dava ao banheiro da suíte. Pelo vidro, eu podia ver as mãos de Blake pressionadas contra a parede, a água escorrendo por seu enorme corpo imóvel. Ele era lindo, apesar da tristeza que nos assolava e ameaçava nossa noite. Dei mais um passo adiante. Ele virou a cabeça na minha direção.

Fiquei imóvel, esperando pela reação dele. Ele desligou o chuveiro. Prendi a respiração ao vê-lo quando ele saiu. Sob circunstâncias normais, Blake era uma visão a se admirar. Agora, totalmente nu e pingando água, ele não poderia estar mais impressionante. Um exemplar de primeira da beleza masculina.

A pele dele estava arrepiada e seu pau, duro como pedra, sobressaindo-se em seu corpo maravilhoso.

*Mas que porra?*

— Blake.

Minha voz mal era um sussurro.

— O que você quer, Erica?

A voz dele era seca; seu rosto, sem expressão, como se eu fosse uma estranha. Ele se secou metodicamente com a toalha.

— Eu...

Eu não tinha palavras. Meu grande plano de voltar de fininho ao apartamento dele e seduzi-lo, e não aceitar "não" como resposta, tinha ido pelos ares pela percepção repentina de que a sedução talvez fosse uma causa perdida.

— Vá para casa, Erica. Já disse a você, tenho que trabalhar.

— Balela. Quer me explicar por que você passou os últimos dez minutos tomando um banho gelado e agora está com a maior barraca armada que eu já vi, mas fica me cortando?

— Não quero brigar com você. Podemos simplesmente dar a noite por encerrada?

Ele passou por mim e seguiu na direção do quarto. Eu o segui, determinada a conseguir respostas.

— Vamos conversar sobre isso. Se você vai me rejeitar, pode ir me dizendo por quê.

Minha voz tremeu. Eu estava perdendo o controle e cenários selvagens passavam por minha cabeça.

— Você está saindo com outra pessoa? — perguntei, incrédula.

O que é que tinha acontecido desde nossa última vez juntos no escritório? Será que eu fiz algo errado?

Ele fez uma careta e fechou as mãos em punhos.

— Meu Jesus. Não. Será que dá para você me deixar em paz?

As palavras dele machucaram. Eu o odiei naquele momento. Como ele conseguia fazer eu me sentir tão pequena e insignificante com sua indiferença enquanto eu estava ali, quase implorando por intimidade a ele?

— Você está certo. Não preciso dessa merda.

Ele suspirou.

— Gata...

Virei e fui batendo os pés até a porta. Antes que eu a alcançasse, ele apressou o passo e a bateu na minha frente. Blake segurou meu cotovelo e me virou para ficar de frente para ele.

— O que você quer de mim, Erica?

Minha respiração ficou ofegante. Meu coração disparou de raiva misturada com desejo, que crescia gradativamente. Eu não conseguia decidir qual emoção ganharia ou por qual eu estava torcendo. Mas eu não estava ali para brigar com ele.

— Quero que você me foda.

O maxilar dele ficou tenso e ele apertou meu braço ainda mais, dolorosamente.

— Por que você não me quer?

Minha voz era miúda, quase irreconhecível. Enfraqueci na mão dele e minha raiva deu lugar a outra coisa. Uma vulnerabilidade primitiva que Blake tinha descoberto.

Os movimentos seguintes dele foram tão rápidos que eu mal consegui distingui-los. Ele puxou minha saia para cima e rasgou minha calcinha em um movimento violento, machucando minhas coxas quando o tecido raspou em minha pele. Um segundo depois ele me içou para a cintura dele e me jogou contra a porta. E, então, lá estava ele. Penetrando tão fundo que eu gritei. Curvei as costas contra a porta, uma dor bruta rasgando meu peito. Gemi com o alívio que se seguiu. Ele estava comigo de novo, finalmente.

Ele investiu novamente e eu berrei. O calor se espalhou por mim, meu corpo derretia em torno do dele.

Eu me acalmei quando senti a sobriedade dele. Seu corpo estava congelado contra o meu, completamente imóvel. Abri os olhos para fitar seus olhos intensos e questionadores. Céus, ele era lindo. E era meu. Mas, de alguma forma, nas últimas horas eu o tinha perdido. Eu precisava mantê-lo comigo para mostrar que necessitava dele daquele jeito desesperadamente.

— Não pare. Por favor — implorei.

Deslizei os dedos pelos seus cabelos úmidos, puxando as mechas com cuidado. Apertando as pernas em torno de sua cintura, agitando os quadris, motivando o movimento dele. Eu só precisava de um pouquinho de fricção para liberar meu orgasmo. Eu já estava molhada em torno dele. Ele mal tinha se mexido quando um gemido silencioso escapou de meus lábios trêmulos. O calor se alastrou por minha pele e eu tremi, meu sexo se contraindo na ereção dele, meu olhar nunca deixando o dele.

Os lábios dele se abriram um pouco, seus olhos estavam embaçados de emoção.

— Você vai ser a minha morte, eu juro.

Beijei-o intensamente.

— Acabe comigo. Não me faça implorar — sussurrei na boca dele.

— Deus me acuda, eu nunca quis algo tanto assim. Você... isto.

Ele se afastou e me penetrou novamente.

Xinguei, berrando com cada nova investida punitiva que enviava sensações inimagináveis pelo meu corpo. Uma mistura ofuscante de prazer, dor, raiva e amor tomou conta de mim, me levando de um orgasmo diretamente a outro. Incapaz de conter o frenesi que tinha se formado, me agarrei desesperadamente a ele, com minha boca em seu ombro.

Todos os seus músculos se contraíam, distendidos e rígidos, sob meu toque. Meus dentes se afundaram na pele dele e eu enterrei as unhas com força, arranhando a pele dele até o cotovelo. Minha boceta se contraiu em torno dele. Blake grunhiu, aumentando a velocidade.

— Olhe para mim. — A voz dele era tensa de desejo. — Preciso ver você.

Reuni todas as minhas forças para erguer os olhos, encontrando os dele. Contemplar toda a sua beleza enfraqueceu meus braços, me amolecendo nas mãos dele. Não importava o que eu fazia com ele. Era isso que ele fazia comigo.

Os olhos dele nunca deixaram os meus quando ele me bateu contra a porta em sua última estocada.

Engoli um ofego.

— Blake!

— Me sinta. Quero que você me sinta por completo, Erica — disse ele roucamente.

Um grunhido sufocado se seguiu enquanto ele se esvaziava dentro de mim e provocava o último orgasmo que meu corpo podia aguentar.

Ficamos parados ali por um instante antes de desabar no chão. Ele se deitou de barriga para cima sobre o tapete oriental. Enrolei-me preguiçosamente no corpo dele, exausta pelo que acabara de acontecer entre nós, mas ainda precisando do contato, ainda precisando saber que ainda estávamos conectados, juntos.

Ficamos assim, sem falar, sem nos mexer, até que ele subiu minha saia um pouquinho, passando o polegar sobre a pele sensível de onde ele havia removido o obstáculo da minha calcinha há poucos minutos.

Olhei para baixo e as mãos dele seguraram minha bunda.

— Você vai ficar com hematomas aqui também.

Olhei de volta para ele e vi seus lábios apertados em uma linha fina.

— Por que eu me importaria?

— Talvez você devesse.

Deslizei a mão pelo peito dele.

— Não sei o que está passando na sua cabeça, mas eu gostaria que você conversasse comigo. Se você realmente não quiser, posso viver com isso. Mas não me rejeite. Não consigo suportar.

— É isso que você chama de rejeição? Usar seu corpo como um saco de pancadas?

Franzi o cenho com a definição de Blake para o que tínhamos acabado de fazer. Tudo bem que foi um pouco bruto e provavelmente me deixaria dolorida no dia seguinte, mas qualquer momento que vivêssemos juntos significava alguma coisa.

Eu me ajoelhei, montando nas coxas dele, e coloquei as mãos dos dois lados de seu corpo. Tentei ler seus olhos, mas ele evitou meu olhar penetrante, preocupando-se com a pele vermelha da minha coxa em vez disso.

Tirei a blusa e o sutiã.

— O que você está fazendo?

— Chamando sua atenção.

Um calor passou pelos olhos dele.

— Sou todo ouvidos.

— Eu gosto quando você perde o controle assim, Blake. Não transforme isso em algo sujo e errado.

O pau dele ficou duro sob a minha coxa.

— Mas e se for? Deixar você toda roxa... Assustar você.

— É por isso que você vem se reprimindo a noite toda?

— O que eu sinto... por você, Erica. Com todo o resto que está acontecendo, às vezes é simplesmente intenso demais. Eu me sinto como se fosse estraçalhar nós dois. Eu queria que esta noite tivesse sido diferente. Eu realmente queria — Ele fechou os olhos por um momento. — Você merece ser idolatrada. Amada.

Franzi o cenho, tentando entender como meu amante com tendências dominadoras estava escapando de mim.

— Eu me sinto amada, de fato. Gosto de acordar de manhã com a lembrança das suas mãos em mim, mesmo que eu esteja um pouco dolorida. Isso é novo para mim, eu admito.

— Mas eu assustei você antes.

Ele me encarou, me desafiando a contrariá-lo.

— Às vezes eu realmente fico assustada, mas confio em você. — Fiz uma pausa. — Gosto das coisas que temos feito.

— Você sabe que isso é apenas a ponta do iceberg das coisas que eu quero fazer com você, não sabe?

Prendi a respiração, mas não perdi tempo com o medo que se instalou em meu estômago.

— Então vamos cavar mais fundo.

Eu duvidava daquelas palavras mesmo enquanto as dizia, com minha pulsação acelerando novamente. Blake já estava me fazendo ultrapassar limites que eu sequer sabia que tinha. Eu o estava acompanhando bastante bem, mas agora, sabendo que os desejos dele eram tão vastos e desconhecidos para mim, eu não conseguia não me sentir sobrecarregada.

— Não.

A voz dele era baixa, mas firme.

— Por quê?

Torci para ter conseguido mascarar minhas dúvidas.

— Porque isso não está certo. Eu não deveria querer... *machucar* ou prender você. Isso é uma merda e é a última coisa em que você deveria ter que pensar com tudo pelo que você passou. Percebi isso na vez passada. Levei as coisas longe demais. No segundo em que prendi você, eu me arrependi.

— Então por que você não parou?

Ele ficou em silêncio.

— Me conte.

Blake suspirou.

— Porque eu sabia como te acalmar, te mostrar como curtir aquilo.

— E eu curti.

— Isso não quer dizer nada. Eu não deveria ter desafiado você daquele jeito.

— Eu quero ser desafiada, Blake. Se for algo que você quer, eu quero também.

— Não, não é assim que vai ser. Erica, pode tirar isso da sua cabeça. Você não vai se submeter a isso por minha causa. Você foi... estuprada, pelo amor de Deus. Minha compulsão por controle quando estamos fodendo é a última coisa de que você precisa. Você não é a pessoa certa para isso.

Minha pele arrepiou. E se eu não pudesse ser o que ele queria? O que ele precisava? Eu podia botar a maior banca do mundo, mas minha necessidade do amor de Blake se enraizara para além do meu controle consciente.

— O que você quer dizer com isso?

Ele se sentou, o peito de frente para o meu, esquentando meu corpo com o dele. Blake acariciou minhas costas.

— Quero dizer que preciso resolver isso, por você, por nós. Obviamente, não conheço outra forma de desligar isso a não ser evitando você às vezes. Esta noite foi...

— Falar sobre Cooper mexeu com você.

Ele fechou os olhos, encolhendo-se com a memória que passou por sua cabeça, qualquer que fosse. Ele os abriu e me beijou carinhosamente.

— Você é tudo para mim, gata. Não quero andar para trás e falar sobre o passado. Toda a merda sobre a qual eu não tenho controle.

— Mas ter controle sobre mim faz você se sentir melhor — sussurrei.

Ele assentiu.

— Preciso mudar isso.

— E se eu não quiser que você mude?

# CAPÍTULO 4

MINHA BARISTA RUIVA PREFERIDA COMEÇOU a preparar nossos lattes para viagem enquanto Alli batucava as unhas no balcão.

— Como foi a sua noite? — perguntei.

— Boa. Só uns drinks com a galera de sempre. E a sua?

— Boa.

Dei uma olhada em torno do café, evitando fazer contato visual com ela.

Blake tentara valentemente evitar o assunto me fodendo até eu perder os sentidos. Embora ele tenha se contido, a estratégia funcionou perfeitamente bem. Eu não me lembrava de quando pegara no sono, cansada e exausta demais para pensar em qualquer coisa.

Eu não tinha certeza de como navegar o golfo que havia entre nós agora. Blake era um mistério para mim em tantos sentidos, mas, quanto mais eu descobria sobre ele, mais eu me apaixonava perdidamente por aquele homem. Tínhamos que descobrir como superar isso de algum jeito. Afastar-se de mim não iria funcionar.

Olhei de volta para Alli. Ela não estava radiando aquela energia costumeira que aumentava ainda mais sua beleza natural. Hoje, os olhos dela estavam inchados e cansados.

— Está tudo bem?

Ele se alegrou um pouquinho.

— Sim, estou bem.

— Você ficou fora até tarde?

— Não. Na verdade, voltei cedo.

Sacudi a cabeça, confusa, e esperei que ela continuasse.

Ela se arqueou ligeiramente, derrotada, deixando que a fadiga transparecesse em sua expressão mais uma vez.

— Heath não ligou ontem. Estou preocupada.

— Tenho certeza de que está tudo bem.

— Não passamos nem um dia sem nos falarmos desde que ele foi para lá. Fiquei acordada esperando pela ligação dele, mas nada.

— Tenho certeza de que ele vai ligar hoje. Não se preocupe.

Ela concordou com a cabeça e mordeu o lábio.

— Você quer fazer a reunião de marketing mais tarde para poder descansar um pouco?

Coloquei a mão em cima da dela, querendo que minha amiga feliz e exuberante retornasse. Eu mal a reconhecia daquele jeito.

— Não, estou bem. Você tem razão. Tenho certeza de que não é nada.

Ela deu um sorriso fraco.

Simone entregou nossos cafés e eu paguei, acrescentando uma gorjeta generosa. Ela acenou enquanto saíamos para a rua. Subimos a curta escada. Risa já estava lá. Chequei meu relógio. Ela estava adiantada e nos cumprimentou com cada gota de entusiasmo que estava faltando em mim e em Alli. Ela estava usando calça *Capri* preta estampada e uma blusa preta, criando um visual impecavelmente profissional. De jeans escuro e camisa *Portofino*, eu me aproveitei do código de vestimenta decididamente casual que os meninos tinham estabelecido.

— Alli, esta é Risa Corvi, nossa nova diretora de marketing.

Risa esticou a mão.

— Alli, é um prazer enorme conhecer você, fico tão contente que a gente possa conversar hoje!

— Eu também.

Nos acomodamos à pequena mesa de reuniões nos fundos do escritório e coloquei Alli e Risa a par de tudo.

Estávamos ali há quase uma hora quando Blake entrou, um metro e oitenta de pura delícia. Meus olhos se fixaram nele, como se sua entrada tivesse sugado todo o oxigênio da sala e eu estivesse aguardando a permissão dele para respirar de novo. Parei de olhar para ele tempo suficiente para pegar Alli e Risa o secando também.

— Estou atrapalhando?

Ele me deu um sorriso de canto de boca e veio em nossa direção com as mãos nos bolsos. Ele estava usando seu uniforme de trabalho habitual, calça jeans e a camiseta justa da conferência à qual tínhamos ido em Las Vegas. Aquela tinha sido uma boa viagem.

Risa quase caiu da cadeira, levantando-se em um pulo para apertar a mão dele, seus olhos brilhando com uma apreciação óbvia.

— Você deve ser o sr. Landon. Sou Risa Corvi.

— Me chame de Blake.

— Estávamos repassando alguns números de associados, se você quiser se juntar a nós — falei rapidamente.

— Claro, só vou falar com Sid primeiro.

Assenti com a cabeça e o observei se afastar, admirando plenamente o quanto a bunda dele ficava fantástica naquele jeans e como a calça ficava esticada na região das coxas. *Controle-se, Erica. Você está no trabalho.* Eu não tivera o suficiente dele na noite passada? Jesus, o que havia de errado comigo?

Sacudi a cabeça para voltar à realidade. O olhar de Risa estava fixo onde o meu estava antes. Pigarreei para chamar a atenção dela.

Ela se voltou rapidamente para mim.

— Desculpe. Ele é... Uau.

Risa suspirou e remexeu suas anotações.

Alli revirou os olhos. Meu corpo ficou imediatamente tenso, entrando no modo irracionalmente defensivo e ciumento. Cliquei o botão da caneta ansiosamente enquanto escolhia algumas frases que passavam em minha cabeça para falar para Risa. Infelizmente, nenhuma delas era, nem de longe, apropriada para pronunciar em voz alta. Mordi a língua, sem querer que a primeira reunião de Risa no trabalho fosse com sua chefe fazendo um escândalo sobre o investidor da empresa, que ela, por acaso, estava namorando.

Respirei fundo e tentei me focar em minhas anotações. Blake era maravilhoso. Ele fazia as pessoas se virarem onde quer que fosse e aqui não seria diferente.

— Onde estávamos?

Alli interrompeu meus pensamentos, aparentemente ansiosa para encerrarmos.

Antes que pudéssemos retomar, meu celular tocou na minha mesa.

— Me deem licença por um minuto. Continuem, vocês duas.

Agachei atrás da divisória e procurei pelo celular na bolsa. Congelei quando vi o número. Peguei o telefone rapidamente e atendi.

— Daniel, oi — apressei-me, torcendo para que eu tivesse atendido antes que ele desligasse.

Eu não falava com ele desde que tinha ido à sua casa em Cape Cod há duas semanas, sob circunstâncias das quais ele não tinha a mínima ideia. Eu não sabia ao certo se o tempo que passamos sem nos falar fora tão constrangedor para ele quanto para mim.

— Erica, como vai?

Sorri com o tom grave e confiante de sua voz.

— Estou bem. E você?

— Ah, você sabe, ocupado com a campanha. Mas eu queria perguntar a você sobre seus planos para sexta-feira. A empresa vai patrocinar a Spirit Gala deste ano e temos alguns convites extras. Várias pessoas importantes estarão lá, talvez até uma ou outra celebridade. Talvez seja uma boa oportunidade de *networking* para você.

— Isso me parece maravilhoso! Tem certeza?

— Absoluta. Eu gostaria de ver você de novo.

— Obrigada, eu também. Queria ter ligado, mas...

Para falar a verdade, eu realmente não sabia como Daniel se sentia com relação a manter contato comigo. Tudo bem, ele era meu pai biológico, mas só tínhamos descoberto isso recentemente. Mal nos conhecíamos. Fora ter me deparado com o enteado dele e meu pesadelo vivo, Mark, nosso encontro fora agradável e significativo. Eu queria ter um relacionamento com ele, mas entre sua campanha para governador e a máquina corporativa que era a vida dele, eu não sabia ao certo onde eu poderia me encaixar. Ambos concordamos que eu deveria permanecer fora do radar como sua filha ilegítima.

— Não se preocupe. Vou mandar alguns convites para você. Convide Landon e quem mais você quiser que se socialize por você.

— Me parece excelente. Muito obrigada!

— Espero ansioso por vê-la, Erica.

A afeição que eu ouvira na voz dele foi interrompida ab-ruptamente quando a ligação encerrou. Fiquei olhando para o telefone por alguns instantes até que ouvi Blake entrar.

Ele me abraçou, seu corpo se curvando atrás do meu.

— Está tudo bem? — murmurou ele, dando um beijo quente em meu pescoço.

Coloquei os braços por cima dos dele. Eu queria mantê--lo próximo só para o caso de ele ter qualquer intenção de ir embora de repente. Ele com toda certeza não iria me dispensar tão cedo.

— O que você vai fazer na sexta à noite? — perguntei.

— Levar você para a cama.

Meu rosto ficou quente e me virei nos braços dele até ficar de frente para ele.

— Isso pode ser arranjado, mas Daniel nos convidou para um evento de gala que a empresa dele está patrocinando e eles têm alguns convites extras.

— Você está me chamando para um encontro?

Dei um sorriso malicioso e pensei em fazer um comentário sobre o "encontro" da noite passada, que envolveu um jantar preparado por ele e muito sexo intenso e frustrado, mas pensei melhor.

— Está interessado? Eu provavelmente arrumaria outra companhia num piscar de olhos — provoquei.

— Só por cima do meu cadáver.

Ele me apertou ainda mais, me abraçando deliciosamente perto, moldando meu corpo ao dele.

— É bem alto nível. Suponho que você possa deixar de lado as camisetas espirituosas e se arrumar direitinho?

— O que você acha?

Meu coração acelerou com a mera visão de Blake em um smoking. O que aquilo poderia fazer comigo pessoalmente era quase assustador.

— Acho que mal posso esperar.

— Tenho que voltar ao trabalho, mas vamos jantar com Alli, já que é a última noite dela aqui.

— Seria legal.

— Mando uma mensagem quando sair.

Ele deu um passo para trás, mas eu segurei a barra da camiseta dele, como se pudesse mantê-lo imóvel com aquele pedacinho de tecido.

Eu não queria deixá-lo ir. A noite passada tinha sido intensa e eu precisava saber que ele ainda estava comigo. Por mais próximos que estivéssemos, emocionalmente abalados, pensar nele me rejeitando de novo, algum dia na vida, me assustava demais. Eu nunca mais queria me sentir daquele jeito de novo.

— O quê?

— Quero que você fique aqui um pouquinho mais. Isso é tão errado assim?

— Nem vou comentar.

Os olhos dele escureceram e ele se aproximou. Deslizando as mãos pelos meus braços, ele se inclinou para me beijar.

Totalmente ciente da falta de privacidade, congelei, preparando-me para a enxurrada de sensações que ele provocava. Estávamos curtindo o momento. Os lábios dele se encontraram com os meus, quentes, controlados. Abri a boca, mas ele se afastou.

— De novo, não — murmurei.

Ele respondeu minha revirada de olhos com um sorriso malicioso e acariciou a crista do meu lábio inferior com o polegar.

— Acho que você tem um fetiche por sexo no escritório, meu bem — sussurrou ele.

— Você é meu fetiche, Blake. O local não importa muito.

Ele riu, o som grave reverberou pelo meu corpo. Mordi o lábio forte demais, substituindo o formigamento que ele deixara ali por uma pontada de dor.

— O sentimento é mútuo. Mas isso ainda não resolve o nosso problema. Quero esparramar você nesta mesa e te foder até você gritar, mas como você uma vez disse de forma perspicaz, alguns de nós precisam trabalhar.

— Cala a boca.

Segurei a camiseta dele e o puxei de volta para mim, forçando sua boca na minha, abafando um rosnado baixinho que ecoou pelo corpo dele. Ele deu um apertão forte em minha bunda, pressionando nossos corpos um contra o outro e me lembrando dos acontecimentos da noite anterior. O corpo dele, sua presença, me submetia muito facilmente. Uma onda de desejo intoxicou meus sentidos, me fazendo esquecer tudo que não fosse a sensação de abraçá-lo, suas mãos em meu corpo, sua língua dentro de mim. Eu queria mais. Eu sempre queria mais.

Ouvi vagamente o ruído de saltos se aproximando. Interrompi o beijo bruscamente e peguei Risa nos espiando, boquiaberta. *Segura essa, querida.* Blake era meu e eu não podia ter deixado isso mais claro do que daquele jeito. Se ela queria ter uma queda por ele, iria ter que entrar na fila.

Blake parecia estar esperando por minha reação. Eu sorri e dei um beijo rápido nele antes de me afastar um pouco.

— Tchau, gato.

Um relance de compreensão passou pelo rosto dele. Ele era calculista ao extremo e sabia o quanto eu podia ser ciumenta. Tudo bem que eu estava exagerando completamente, mas Risa entendeu o recado.

Ele retribuiu meu sorriso deliberado e se afastou lentamente, dando um aceno gentil de cabeça ao passar por ela.

— Me desculpe. Eu não...

Risa estava de olhos arregalados e queixo caído.

Imediatamente me arrependi do que fiz. Aquele era o primeiro dia dela, afinal de contas.

— Não precisa se desculpar. Eu queria perguntar uma coisa a você, na verdade.

— Claro. O que é?

— Ganhamos convites para a Spirit Gala, na sexta à noite. Você estaria interessada em ir e representar a empresa? Você pode levar um acompanhante, é claro.

— Prefiro não.

Ergui as sobrancelhas.

— Digo, eu adoraria ir. Prefiro não levar um acompanhante. Fica mais fácil fazer *networking* assim.

— Ah, claro. Tudo bem. Me avise se mudar de ideia.

— Ótimo, mal posso esperar! — Ela deu um sorriso largo e uma olhada para o caderno que estava segurando. — Alli e eu repassamos a maioria das minhas dúvidas, mas ela queria que eu conversasse com você sobre algumas coisas de que ela não tinha certeza. Você tem um minuto?

— Claro. Espere aqui. Volto em um instante.

Deixei-a ali para encontrar Alli, que parecia tão irrequieta quanto de manhã, checando o celular na mesa da sala de reuniões.

— Terminaram?

Ela assentiu com a cabeça.

— Acho que sim. Se você não se importar, acho que vou voltar pro apartamento. Preciso arrumar a mala e tirar o atraso de algumas coisas do trabalho.

— Você está de férias, sabia?

— Não com este evento, infelizmente.

— Tudo bem, vejo você à noite. Podemos ir jantar com Blake mais tarde, se você estiver a fim.

— Me parece ótimo.

Ela se levantou, me deu um abraço rápido, deu um tchauzinho para Sid e foi embora.

***

Alli e eu nos sentamos a uma mesa alta no bar ao ar livre, bebericando martinis de pera enquanto esperávamos Blake se juntar a nós. O tempo estava perfeitamente agradável. O sol estava se pondo e uma brisa morna soprava por cima de nós. Dias como esse tornavam o longo inverno suportável. Tudo parecia possível. Eu só queria que Alli se sentisse da mesma forma. Ela parecia melhor, um pouco mais descansada, mas algo ainda estava errado.

— Não posso acreditar que você já está indo embora. Sinto como se você tivesse acabado de chegar.

Alli tomou a decisão de trabalhar em Nova York, e eu tinha escolhido ficar em Boston. Agora, nossas vidas estavam criando raízes. Eu queria que ela voltasse. Com o investimento que a empresa tinha conseguido, ela poderia. Alli sabia disso tão bem quanto eu, mas guardei esses pensamentos para mim. Ela não precisava de mais confusão, ou pior, remorso somado ao que ela já estava lidando no momento.

— Eu sei. Não me sinto pronta para voltar também.

— Talvez eu possa visitar você em breve.

Ela se animou.

— Eu adoraria. Quero que você veja meu apartamento novo.

— Também quero. Vamos ver isso à medida que as coisas fluem. O trabalho provavelmente vai ser intenso por um tempo, até que todo mundo se organize e a gente estabeleça uma rotina.

— Certo.

— O que achou da Risa?

Não tivéramos chance de conversar sobre a substituta dela na empresa desde a reunião de marketing daquela manhã.

Ela tomou mais um gole de seu drink.

— Ela é esperta. Parece focada, como você. Acho que vai se sair bem.

A descrição casual de Alli me fez pensar se ela estava com ciúmes. Eu havia previsto essa possibilidade, mas Alli era uma pessoa boa e, no final das contas, apoiaria qualquer decisão que fosse boa para a empresa.

— Fico feliz que tenha achado isso. Ela não é nenhuma Alli Malloy, mas parece determinada. Espero que, depois do curso intensivo desta manhã, ela comece a mexer os pauzinhos e eleve a empresa ao próximo nível.

— Tomara. *Você* gosta dela?

Percebi o sorriso dela e soube imediatamente aonde ela estava querendo chegar.

— Sei o que você está pensando, e não, não vou me descabelar por ela ter secado Blake. Eu viveria uma eternidade de tristeza se começasse a fazer isso agora. Juro que, se eu ganhasse um dólar para cada vez que uma mulher olha para ele por tempo demais, não precisaria de um investimento.

— Uma eternidade, é?

Franzi o cenho.

— Tanto faz. É uma expressão, Alli.

Ela começou a rir e, então, parou abruptamente. O foco dela se afastou de mim. Ela ficou branca.

— O que foi?

— Meu Deus — ofegou.

Virei e meu olhar se fixou rapidamente em Blake, andando ao lado de ninguém menos que seu irmão.

Parecia que Alli havia visto um fantasma, apesar de Heath parecer mais saudável do que eu jamais o tinha visto, com bochechas coradas e um brilho nos olhos, que não paravam de olhar para os dela. Algo mudou no ar. Fiquei tão vidrada nos dois quanto eles estavam um no outro.

A cor retornou ao rosto de Alli. Ela levantou do banco e colocou os cabelos atrás da orelha, com a mão trêmula. Deu alguns passos hesitantes na direção dele e ele deu duas passadas largas na direção dela, erguendo-a e envolvendo-a em seus braços. Ela gritou e um sorriso largo surgiu no rosto dele enquanto ele a levantava do chão em seu abraço.

Ela enrolou os braços no pescoço dele, aconchegando-se ali enquanto ele a abraçava apertado. Eles ficaram daquele jeito pelo que pareceu serem minutos. Quando Alli se afastou, os olhos dela brilhavam com lágrimas não derramadas. Ela puxou Heath para beijá-lo e ele foi de encontro a ela com igual fervor, como se estivesse passando fome.

Não deveríamos estar ali — ou eles não deveriam estar ali —, mas a presença de todos não parecia importar a nenhum dos dois. Cutuquei Blake e ele concordou com a cabeça.

— Vamos ver se a mesa está pronta — murmurou ele.

Deixamos os dois e fomos atendidos pela anfitriã, que nos arranjou uma mesa prontamente. Eu ainda estava me recuperando.

— O que acabou de acontecer?

Minha adrenalina ainda estava correndo pelas veias. Eu estava entusiasmada por Alli, mas minha cabeça estava girando com a rapidez de tudo aquilo.

— Ele voltou — respondeu Blake, com naturalidade.

— De vez?

— Desde que se mantenha longe de encrenca.

Olhei para o outro lado do restaurante, onde o casal ainda estava parado. Alli estava rindo e secando as lágrimas enquanto Heath a cobria de beijos. Eles pareciam incrivelmente felizes. Em uma questão de instantes, a nuvem de dúvida e tristeza que rodeava minha mais querida amiga se fora. A alegria que senti por ela esmagou a preocupação que ainda persistia com relação ao relacionamento deles.

— Como ele conseguiu sair tão cedo?

— Conversei com o juiz e resolvi tudo. Ele pegou o primeiro avião de volta.

Eles se juntaram a nós, sua energia era palpável. Alli parecia uma nova pessoa. Ambos pareciam.

— Erica, que ótimo ver você.

Eu me levantei e dei um abraço em Heath. Ele me abraçou de volta, com força, então se afastou e me deu um meio sorriso, como se estivesse tentando me dizer algo sem falar. Talvez ele estivesse se desculpando por ter destruído Alli emocionalmente nas últimas semanas. Sorri de volta, repentinamente incapaz de ter qualquer reserva emocional perante a alegria contagiante deles.

— Como você tem passado?

Encolhi-me internamente. Será que aquela era a pergunta errada a se fazer a alguém que acabou de sair da reabilitação?

— Ótimo. Melhor que nunca.

O entusiasmo e a confiança na resposta dele reprimiram minha preocupação e todos nos acomodamos à mesa. Ele parecia tão diferente. Não apenas saudável, mas mais real, mais genuíno de alguma forma.

Pedimos bebidas e comida. Heath ficou só na água. Eu me senti instantaneamente culpada por querer um segundo martini.

— Vamos brindar — disse Heath, assim que as bebidas chegaram, como era de se esperar.

— Com certeza — concordei.

— A que devemos brindar? — perguntou Alli.

— Ao recomeço.

O olhar dele se voltou para Alli e ela foi recíproca, com os olhos brilhando.

— Ao recomeço — murmurou ela.

Pronto. Qualquer pergunta que talvez existisse com relação à situação do relacionamento deles após a reabilitação havia sido respondida naquele momento. Eu só conhecia outras duas pessoas tão perdidamente apaixonadas e nem queria pensar no quanto eu ficaria destruída se tivesse que passar semanas longe de Blake. Eu me tornaria uma poça de gosma romântica, que nem aqueles dois.

— Bom, o momento é perfeito — eu disse. — Alli está voltando para Nova York amanhã. Talvez vocês possam viajar juntos.

Heath tossiu um pouco e apoiou os cotovelos na mesa. Ele olhou rapidamente para Blake e depois para mim.

— Na verdade, vou ficar em Boston por um tempo.

Alli ficou branca novamente e olhou para ele.

— O quê? Por quê?

— Uma questão legal. Blake conseguiu me tirar de lá mais cedo, mas preciso ficar em Boston pelo resto do tempo que eu passaria no centro de reabilitação em Los Angeles, para poder terminar o tratamento aqui.

— Mas... — Alli interrompeu a si mesma.

Não havia "mas" com relação às opções dele. Só o fato de Heath poder estar por perto agora já era um sinal de sorte.

— Eu não me dei conta disso.

Alli virou o rosto para frente, afastando seu corpo do dele pela primeira vez desde que eles tinham se sentado juntos.

— Vamos dar um jeito, está bem?

A voz dele era baixa enquanto ele pegava a mão dela e a apertava na sua.

Após um instante, ela engoliu em seco e concordou com a cabeça.

— Está bem.

O brilho de Alli retornou com um pequeno sorriso.

O restante da noite correu sem maiores incidentes. Conversamos, colocando o papo em dia e contando histórias. Heath me fez perguntas sobre a empresa que revelavam o quanto Blake já havia lhe contado. O fato de ele ter falado de mim para Heath, apesar da distância e das circunstâncias, significava algo para mim. O fato de ele ter organizado esse encontro significava ainda mais.

Semanas atrás, nós quatro sentados aqui juntos parecia impossível. Blake não queria que eu me relacionasse com

Alli, muito menos Heath, com todos os problemas que ele tinha trazido para a vida dela. Agora ele havia saído de sua rotina para juntá-los novamente. Eu não conseguia entender, mas estava genuinamente feliz por ele ter feito aquilo.

Alli e Heath foram andando à nossa frente no caminho para casa. Alli ria e se apoiava nele. Eu meio que esperava que eles saíssem correndo em direção ao quarto mais próximo. Na última vez que estive com eles, eu mal conseguia suportar. Desta vez era diferente. Eu não estava sofrendo com a distância de Blake, como era o caso em Nova York, e, de alguma forma, o amor deles simplesmente amplificava o nosso. Eu me apoiei em Blake e ele passou o braço em torno dos meus ombros. Deslizei a mão pela cintura dele e enganchei o polegar em um passador de cinto, adorando a maneira como nos encaixávamos.

— Obrigada — falei.

As coisas não eram perfeitas, mas Alli estava feliz, eu estava feliz, e Blake era o motivo.

***

Afundei ao máximo na banheira. Mais um centímetro e meu nariz ficaria submerso. Gemi em meio à água quente, deixando que as ondas de relaxamento me inundassem.

Os dedos de Blake massageavam as solas dos meus pés com habilidade de expert. Eu não sabia ao certo o que tinha feito em minha vida anterior para merecer um momento tão completamente perfeito, mas estava amando.

Quando eu já havia sido massageada por completo, me libertei das mãos dele. Fiquei de joelhos, acomodando as pernas confortavelmente ao lado das coxas musculosas de Blake.

Contornei a linha marcante de seu maxilar com os dedos, admirando cada traço divino que me deixava tão impossivelmente atraída por ele.

— Você é bom demais para mim.

— Nada a ver — murmurou ele, dando um beijo suave na minha boca.

— Mas você me mima.

— Você merece ser mimada.

Eu me derreti com aquelas palavras. Seu rosto estava relaxado, feliz, uma ilustração do momento. Eu quase não me sentia digna daquilo, apesar de não saber ao certo por quê.

Com a herança da minha mãe, eu tive oportunidades que seriam apenas sonhos para a maioria das pessoas. Mas não me lembrava da última vez que me sentira mimada por alguém que tinha muito afeto por mim e que não fosse Marie. Uma pequena parte de mim não conseguia aceitar aquilo completamente.

— Como é que você sabe se eu mereço?

Tentei ler os lindos olhos cor de mel dele. Ele me deu um sorriso de um milhão de watts, e meu cérebro entrou em curto circuito.

— Eu sei tudo.

Inclinei a cabeça para o lado e o analisei com um sorriso.

— Como é que pude esquecer? O senhor do universo.

Ele beijou meu pescoço, aproveitando-se da nossa posição.

— Agora você está no caminho certo.

A respiração quente dele fez minha pele úmida se arrepiar.

— Você acha que eles vão ficar bem?

Enrolei uma mecha do cabelo dele no dedo.

Ele assentiu. Nós dois compartilhávamos a preocupação quanto ao futuro de Alli e Heath, apesar de eles provavelmente estarem quebrando tudo no quarto de hóspedes de Blake enquanto conversávamos.

— O que ele vai fazer agora?

— A princípio, Heath vai ficar comigo por um tempo, até que a gente decida o que ele vai fazer a seguir. Enquanto isso, vou fazê-lo se envolver mais com o trabalho. Ele precisa começar a levar a empresa a sério de uma vez por todas. Ele está encostado porque eu deixei. Mas responsabilidade é provavelmente o melhor remédio neste momento — algo ou alguma coisa para se preocupar além das próprias necessidades superficiais.

— Não consigo acreditar que você fez isso por eles. Você não parecia muito otimista com relação às coisas antes.

— Eu não estava.

— O que mudou?

Ele se mexeu debaixo de mim e eu me afastei um pouco, sentindo que ele precisava de espaço para o que queria dizer. Ele encharcou os belos cabelos com a água ensaboada da banheira. Contornei as curvas rígidas de seu peitoral. Não havia nada mais sexy do que Blake molhado.

Afastei-me do inventário mental que fiz de todas as qualidades sexys de Blake para pressioná-lo.

— Fale.

Ele suspirou.

— Não sei. Acho que fiquei mais empático com relação à situação dele. Não pela questão da droga. Obviamente, não consigo levar isso numa boa. Mas pelo desespero na voz dele quando ele falava de Alli. Como se ele não conseguisse respirar sem ela, como se tudo que havia dentro dele que o motivava a seguir adiante, o que provavelmente não era muita coisa, estava sendo sugado pelo fato de não estar perto dela.

Ele fez uma pausa, soltou as mãos dentro da água e acariciou meus quadris com os polegares, apertando-me possessivamente.

— Ele a ama.

Terminei o pensamento dele, mais convencida do que nunca do que eles compartilhavam.

— Eu sei que ama. O jeito que ele fica toda vez que eles não estão juntos, é assim que eu me sinto toda vez que você foge de mim. E eu não poderia querer isso para mais ninguém.

Meu coração se despedaçou. Todas as vezes que eu o tinha afastado, por medo, autopreservação e raiva pura e legítima. Mas todas as vezes que eu o fiz, meu coração ansiava por ele, uma dor que ia até os ossos e que me enfraquecia ao extremo. Parte de mim queria manter aquela linha desenhada entre nós, mantendo-o a uma distância segura da minha vida profissional. Mas lutar tanto contra isso me deixava destruída.

— Me desculpe.

Minha voz estava repleta de emoção.

Ele me silenciou e me puxou para perto, de modo que nossos corpos ficaram alinhados. Molhados, deslizávamos um no outro. A pele dele na minha, seus braços enrolados no meu corpo, estávamos muito próximos. A consciência disso começava a levantar fervura no meu baixo ventre, serpenteando lentamente com cada toque, mas nossos movimentos eram cautelosos e deliberados à medida que nos acariciávamos com um cuidado infinito. Eu estava oprimida, torturada pelas emoções potentes que me possuíam na presença dele.

Talvez Marie tivesse razão. Tínhamos passado do ponto de ser o melhor que podíamos sozinhos. O que éramos juntos tinha se tornado tão mais poderoso, uma força que me tirava o fôlego e tornava tudo secundário. Por mais que eu odiasse admitir, Blake Landon estava rapidamente se tornando tudo para mim.

Com cada movimento de nossas línguas e passeio de nossas mãos, meu coração inchava de amor. De confiança. Enquanto meus toques se tornavam urgentes, os de Blake ficavam mais controlados, mais carinhosos, embora ele pudesse ter me possuído com o desejo feroz que tínhamos um pelo outro. Eu me afastei, decidida de que esta noite seria diferente.

— Quero que você assuma o controle esta noite.

Ele me encarou.

— Controle total. O que quer que você precise.

Mantive minha voz estável, mesmo me preocupando com aquilo em que eu estava me metendo.

O corpo dele ficou tenso debaixo de mim.

— Erica, não vamos fazer isso, OK?

— Eu te amo e quero fazer isso por você. Confio que você vai me levar o mais longe que achar que eu consigo. Eu... Eu não posso prometer nada porque não sei exatamente o que você quer, mas quero tentar.

— Pare.

Ele se mexeu, me dando um leve empurrão para me afastar. Um pânico nasceu dentro de mim.

— Não, espere. Por favor. — Suspirei e apertei a cabeça com as mãos, odiando o que eu estava prestes a admitir. — Parte de mim... Mesmo quando estou brigando com você em cada passo do caminho, tem uma parte de mim que quer dar a você controle sobre tudo. Submissão de verdade — encolhi por dentro quando aquelas palavras saíram de mim. — Pensar em me deixar levar... Eu estaria mentindo se dissesse que não é uma ideia tentadora e viciante. Eu tenho cuidado de mim mesma há tanto tempo.

Ele fez um carinho com as articulações dos dedos na minha bochecha e o calor se alastrou por meu corpo. Ele estava me ouvindo. Eu queria acreditar que ele podia, de alguma forma, entender, sentir o peso que eu carregava com tão poucas pessoas em quem realmente confiar.

— Você cuida das pessoas, e eu sei que poderia confiar em você a respeito de qualquer coisa que eu lhe desse. Reconheço e luto contra isso, porque me assusta pra caramba. Não posso lhe dar tanto controle sobre minha vida. Simplesmente não posso. Mas acho que com relação ao sexo, posso lhe dar o controle que quer.

— Como é que você vai fazer isso? Apertando um botão?

— Acho que consigo. Eu...

— E tudo que você passou? Como é que você pode sequer pensar que as coisas que eu quero são saudáveis para você?

— Não sei o que você quer. Me mostre e eu vou lhe dizer.

Ele suspirou pesadamente.

— Erica, você é uma mulher forte e independente. Diferente de todas as pessoas que eu já conheci. Você me prova isso todos os dias, não importa o quanto eu torne as coisas difíceis para você. E eu não quero tirar isso de você, forçar você a fazer coisas que você não quer de verdade.

— Como você sabe que eu não quero?

Ele sacudiu a cabeça e desviou o olhar.

— E se eu for longe demais e isso for algo do qual a gente não consiga voltar?

— Eu confio em você.

Eu o beijei, me deleitando com a fricção sedosa de nossos corpos sob a água. Ele estava duro. Talvez já tivesse planejado algo. Eu iria lhe mostrar que podia ser a pessoa certa para qualquer coisa que precisasse. Então, um pensamento arrepiante passou pela minha cabeça.

*Sophia.*

Eu sequer tinha certeza se dissera o nome dela em voz alta, até que a expressão de Blake ficou sombria. Os lábios dele se apertaram em uma linha fina.

— Não, gata. Não vamos falar disso.

— Não, espere. Ela fazia todas essas coisas submissas que excitam você tanto assim?

Ele hesitou.

— Apenas me conte — ralhei. Eu não queria ficar de rodeios com relação a isso.

Ele fez uma pausa longa. Então, concordou lentamente com a cabeça, evitando meus olhos.

Tão rapidamente quanto ele tinha respondido a pergunta, eu desejei que ele não tivesse. *Sophia, sua vaca*. Eu agora a odiava ainda mais do que antes. O ciúme quase me paralisou. Ser comparada fisicamente com a ex-namorada modelo de Blake já era difícil. Saber que ela tinha sido o que ele queria sexualmente era quase mais do que eu conseguia suportar. Me encolhi do meu lado da banheira novamente. A água estava ficando desconfortavelmente fria.

Blake me fitou.

— Não era uma questão de fazê-la "fazer" as coisas. Ela *queria* ser submissa comigo. Essa porcaria foi ideia dela. Não preciso nem dizer que assumir um papel dominador com ela não foi muito desafiador. Mas ela sempre queria ir mais fundo. As coisas que ela queria que eu fizesse beiravam o perigo, por vezes. *Não* é isso que eu quero com você. Mas, estando em um relacionamento desse tipo por tanto tempo...

— É disso que você sente falta agora. — Terminei a frase para ele, sabendo que era verdade antes mesmo da confirmação.

— Às vezes, sim.

— As coisas que temos feito... Você estava me testando para ver se eu conseguiria aguentar?

— De certa forma. Eu lhe dei um empurrãozinho. Acho que nós dois percebemos isso.

— E as vezes que eu assumi o controle...

Ele recostou a cabeça na banheira.

— Têm sido difíceis para mim. Tentei ser tão cuidadoso com você, Erica. Você não faz ideia.

— Me diga o que você quer, Blake.

— Não tem importância alguma a essa altura.

— Eu mereço saber.

Prendi a respiração, esperando a resposta.

— Submissão total. Controle total sobre o seu prazer e a sua dor.

A voz dele era seca, casual, como se estivéssemos negociando um acordo empresarial e aqueles fossem os termos.

O ar saiu de mim em uma lufada brusca à medida que a realidade das palavras dele me atingia. Será que aquilo era algo que eu podia dar? Um tipo diferente de pânico tomou conta de mim. Abracei os joelhos, tentando afastar o frio que agora aumentava. Eu não podia perder Blake.

— Por mim tudo bem — me apressei em dizer, antes que pudesse realmente analisar o assunto.

Um vinco profundo marcava a sobrancelha dele e seus olhos se arregalaram um pouco, como se minha concessão realmente o tivesse assustado. Ele se sentou fora da água, apoiando os braços nos joelhos.

— Por que você faria isso?

— Porque você significa mais para mim do que qualquer pessoa jamais significou. Preciso, pelo menos, tentar.

— Isso não tem a ver com me agradar.

— Você tem razão. Tem a ver com eu amar você o suficiente para me arriscar. Acho que finalmente estou me acostumando com isso.

Levantei e fui me secando com a toalha no caminho para o quarto. Eu estava tremendo agora, arrepiada. A água não estava tão fria assim. Eu estava apavorada. Por quê? Blake jamais me machucaria de verdade. *Ele jamais me machucaria*. Fiquei parada em pé na beirada da cama, sem saber ao certo o que fazer.

Blake surgiu logo atrás de mim. Fechei as mãos em punhos no tecido felpudo da toalha que estava amontoada em meus seios. Respirei fundo para suprimir os tremores silenciosos que cambaleavam meu corpo.

— Não é isso que eu quero. Isso que você está sentindo agora. Não fizemos nada ainda e você já está morrendo de medo.

Virei para encará-lo.

— Me diga o que fazer. Estou nervosa. Tenho medo de fazer algo errado.

— Não, você está com medo de que eu vá machucar você.

Apertei o maxilar e odiei o fato de ele ter dado voz aos meus medos — medos que eram uma parte tão profunda de mim. Eles me acompanhavam há anos. Eu queria chorar só de pensar que jamais me livraria deles.

— Eu sei que você não vai me machucar.

— Se você tem tanta certeza, por que está com medo?

Engoli seco.

— Você sabe por quê.

Ele ergueu meu queixo, me forçando a encará-lo. Os olhos dele eram uma infusão de emoções sob a luz suave do quarto. Ele estava decidindo. Eu podia ver os cálculos acontecendo. Ele estava sopesando a força de seu desejo contra a chance bem real de eu me apavorar se ele fizesse alguma coisa muito distante da minha zona de conforto.

Larguei a toalha e pressionei meu corpo contra o dele. A pele dele queimava contra a minha. Meu corpo começou a se desenrolar com o calor do contato.

Ele colocou a mão em meu seio e segurou meu mamilo entre os dedos, girando o bico enrijecido com cuidado.

— E se eu só quiser jogar você na cama e te foder até você perder os sentidos? O básico. Papai e mamãe. Com força.

Mordi o lábio. As palavras dele se espalharam por mim como uma onda de calor. Aquilo parecia bastante interessante, mas ele estava se esquivando de mim.

— Tenho certeza de que você consegue pensar em algo mais criativo que isso.

Ele me silenciou com um beijo intenso.

— Devagar. Vamos devagar. Vou fazer amor com você, gata.

As palavras dele pareciam mais uma afirmação do que uma expressão do que ele realmente queria, lá no fundo. As mãos dele eram implacáveis, me apertando e me soltando cuidadosamente como se ele estivesse em guerra com seu próprio corpo. A urgência dele acendeu um fogo em mim. Uma chama quente nasceu em meu peito e se espalhou pelos meus membros até que minha pele estivesse tão febril quanto a dele.

Eu o beijei de volta, engolindo as frases que iriam menosprezar o que nós dois queríamos, ansiávamos. Agarrei os ombros dele, enrolando meus dedos em seus cabelos. Eu não conseguia ficar perto o suficiente. Queria persuadir o animal que queria sair de dentro dele e partir para cima de mim com tudo. Eu não estava mais com medo. Eu precisava dele.

— Me possua do jeito que você quer. Faça o que quiser. Céus, por favor. Eu preciso disso, preciso de você — gemi, me esfregando desamparadamente nele.

— Não — negou ele com veemência por entre dentes cerrados.

O corpo dele estava tenso, imóvel, como se qualquer movimento fosse arruinar sua resolução.

Lambi os lábios, quase enlouquecida com a sensação da ereção dele contra minha barriga. Eu o queria tanto que achava que iria ficar maluca. Eu não conseguia mais esperar. Em um instante, me ajoelhei e acariciei a ereção dele com as mãos. Eu descobriria como ser submissa com ou sem a ajuda dele. Escorreguei a boca pela ponta e chupei, envolvendo a cabeça sensível com a língua. Gemi, amando o gosto dele, o cheiro sutil de seu corpo.

Ele soltou um suspiro, como se estivesse prendendo a respiração há tempo demais. Eu o lambi, o chupei e raspei os dentes bem delicadamente até ele tremer ligeiramente. Submissa ou não, eu dava as cartas nessa posição. Mas talvez não precisasse.

Reduzi o ritmo e relaxei a boca. Segurei-o por trás e empurrei tudo para dentro, até que ele bateu no fundo da minha garganta. A respiração dele assobiou por entre seus dentes. Ele deslizou para fora de mim lentamente, seu pau repousando em meus lábios. Enfiei as unhas na bunda dele e ele se jogou para frente, na minha boca. Engoli, em um movimento oscilante em torno da cabeça do pau dele.

— Caralho. — Ele deslizou os dedos pelo meu cabelo, sustentando minha cabeça. — O que você está fazendo comigo?

— Quero que você foda minha boca. Me controle com suas mãos. Me mostre o que você quer.

Aquelas palavras saíram como uma ordem, mas eu não pude evitar. Ele precisava entender que eu estava pronta para aquilo agora.

— Você não ouve porra nenhuma do que eu digo.

Dei um sorriso malicioso, deslizando a língua preguiçosamente por cima e ao redor da ereção dele, em câmera lenta. Esperei por ele, chupando-o fundo de novo e de novo.

Soltando um grunhido grave, ele enrolou o punho em meus cabelos e investiu levemente com os quadris. Eu o recebi por completo e ávida com cada investida cuidadosa. Então, ele as intensificou, atingindo o fundo da minha garganta, me dando o máximo que eu podia aguentar.

— Você fica tão linda assim, gata... de joelhos. Todinha pra mim.

Ele acariciou minha bochecha e se afastou para me deixar recuperar o fôlego antes de fazer exatamente o que eu tinha pedido a ele. Ele segurou meus cabelos com mais força, quase dolorosamente, enquanto me manipulava, fodendo minha boca com investidas calculadas. Ele ofegou forte, me dando mais.

Gemi, amando a pele sedosa da ereção dele deslizando na minha língua enquanto eu me esforçava para recebê-lo por inteiro.

Os sons que ele fazia me asseguravam de que aquilo o estava deixando louco. Uma névoa fina cobriu meu rosto enquanto eu me entregava ao momento. Eu queria me tocar, sentir quão molhada ele já tinha me deixado, mas não o fiz. Mantive as mãos apoiadas nos músculos das coxas dele, que haviam se contraído e pareciam montes de pedra.

Eu não conseguia parar de pensar em como seria tê-lo dentro de mim, metendo com o mesmo fervor e a mesma paixão. O poder absoluto do corpo dele era evidente nessa posição. Minha boca não poderia sustentar as investidas ferozes que ele normalmente dava quando estávamos fodendo. Ele estava cuidadosamente contido para essa posição mais delicada, mas detinha controle completo. Eu estava tão vulnerável, completamente à mercê dele. Confiar nele e permitir que ele obtivesse seu prazer em mim era viciante.

Enfiei as unhas levemente em suas coxas, com meu desejo atingindo o ápice.

— Você está bem?

— Não pare.

— Não acho que conseguiria, mesmo que quisesse. É bom demais. Bom pra caralho, na verdade.

Fechei os lábios em torno dele novamente e subi os dedos até seu abdômen. Os músculos se flexionavam e contraíam com cada investida cuidadosa até que ele gritou, jorrando o sêmen quente em minha garganta. Engoli e sequei cada gotinha remanescente dele com minha língua.

Ele me soltou e nos colocou na cama, onde desabou, me deitando em seu peito. Ele franziu o cenho, com os olhos fechados, enquanto recuperava o fôlego. Dei vários beijos quentes no peito dele, lambendo a depressão de sua clavícula. Ele segurou meus pulsos, com os olhos abertos, mas ainda cheios de desejo.

— Se você continuar assim, vai ter o que quer.

— Seria um castigo ou uma recompensa por ter enlouquecido você?

O rosto dele ficou mais ameno e ele riu.

— Ainda não decidi. Não consigo pensar direito.

Emiti um ruído apreciativo de expectativa.

— Mal posso esperar para descobrir.

Eu sabia que ele não poderia recomeçar tão rápido, mesmo assim continuei meu terrorismo no peito dele com a boca. Eu sempre queria mais dele. Dar prazer a Blake era viciante e eu precisava de mais uma dose. Subi nele avidamente. Lambi o sal de sua pele, ainda escorregadia do suor de seu êxtase. O cheiro limpo e masculino dele me drogava de tesão. Antes que eu pudesse descer mais, ele me deitou de costas. Blake me empurrou cama acima e escancarou minhas pernas. Contorci de expectativa. A única coisa melhor que chupar Blake era ser chupada por ele. Ele tinha uma boca supremamente talentosa.

Ele se acomodou em uma posição privilegiada e ficou olhando para mim, sua respiração ainda ofegante. Ele me tocou delicadamente, subindo e descendo pelas minhas coxas. Mexi-me ansiosamente, plenamente consciente da ânsia entre minhas pernas.

— Toque-se.

— Por quê?

— Simplesmente faça. Faça tudo que você faria se eu não estivesse aqui para foder você agora.

Hesitantemente, abaixei a mão e comecei movimentos lentos sobre meu clitóris. Blake deu beijos em minhas coxas, minhas panturrilhas, meus tornozelos, em todos os lugares, menos onde eu mais o queria.

— Você pensa em mim quando faz isso?

A respiração quente dele enviou calafrios por mim. Meu corpo se contraiu em resposta.

— Não faço isso desde que nos conhecemos. Prefiro muito mais o seu toque ao meu. Por que você não me toca? Por favor.

— Não pare. Quero assistir você. Você tem um vibrador?

Revirei os olhos, levemente ofendida por ele ter que perguntar.

— Sou uma mulher moderna. É claro que tenho um vibrador.

— Onde está?

Hesitei, repentinamente me sentido tão tímida quanto moderna.

— Na minha gaveta de calcinhas. Por quê?

Ele deu um beijo de boca aberta na parte interna da minha coxa que me fez arfar.

— Só queria saber. Continue.

Obedeci, deixando que meus dedos adotassem um ritmo que meu corpo conhecia bem. Os movimentos eram fáceis e suaves porque eu já estava molhada. Ele poderia me penetrar facilmente agora. Sem resistência alguma.

— Você é linda aqui embaixo. Tão bonita e rosada. Quero depilar você algum dia. Lamber toda a pele macia. Você já fez isso alguma vez?

Meneei a cabeça. Eu não sabia ao certo como me sentia com relação àquela análise tão próxima das minhas partes íntimas. Ele estava me irritando. Eu só queria que ele me chupasse ou me fodesse de uma vez.

— Não consigo fazer isso.

Pela primeira vez na minha vida, dar prazer a mim mesma estava começando e me enfurecer. Eu queria as mãos dele em mim. Eu sentia como se estivesse me contentando com menos, embarcando em uma viagem solitária rumo ao orgasmo como um meio para um fim. Nada parecido com as aventuras inesperadas e delirantemente prazerosas a que Blake me levava.

— Você está com vergonha?

— Não... Um pouco, talvez. Mas não quero gozar desse jeito.

— Você não vai. Você está me dando o que eu quero e, confie em mim, nada nem ninguém vai fazer você gozar além de mim de agora em diante. Você vai me mostrar como se masturba e aí, quando estiver prestes a gozar, vou colocar meu pau em você. Você consegue fazer isso?

— Você pode usar sua boca? — supliquei.

Ele se apoiou sobre um cotovelo e deu uma meia revirada dos olhos.

— Sabe, Erica, você não está sendo exatamente obediente. Eu dei a você o plano de jogo, que, para sua sorte, não envolve nenhum brinquedo porque eles estão no meu apartamento. Mas se você continuar falando, vou simplesmente ter que colocar você na minha perna e dar umas boas palmadas. Entendeu?

Dei uma risada, que logo sumiu. O olhar dele era totalmente sério. *Ah, ele não estava brincando.*

Respirei fundo e fechei os olhos para não cair na tentação de dar risada. Desafiar Blake era divertido, mas eu não queria levar palmadas como uma criança petulante agora.

Mantive os olhos fechados para poder me concentrar, tentando esquecer que Blake estava assistindo a tudo. Fiquei tensa e me contraí, segurando meu seio, me curvando na direção do meu próprio toque. Eu estava chegando perto, meus movimentos ficando mais urgentes, menos graciosos. Minha mente girava. Imaginei que era Blake que estava ali. O nome dele saiu de meus lábios repetidas vezes. Eu precisava dele dentro de mim. Estava prestes a gozar quando ele agarrou meus pulsos, segurando-os com força ao lado do meu corpo.

— Preciso provar você por um minuto, gata.

A língua dele se achatou e açoitou meu clitóris. A escalada lenta e constante para meu orgasmo se intensificou e ficou íngreme. Gritei quando a boca dele me arremessou perigosamente para perto do precipício. Mexi os quadris, desesperada por ele, por mais contato delicioso com Blake. Ele se afastou, mas antes que eu pudesse protestar, ele enterrou o pau até o talo dentro de mim em um único movimento, rapidamente seguido por outro.

— Blake, ó Deus, vou gozar — gritei. Meu corpo tremia com os prazeres ardentes que me tomavam por completo.

— É isso mesmo, quero sentir você rebolar no meu pau. Você já está toda apertadinha.

Ele continuou com suas investidas castigadoras, fazendo círculos cuidadosos com o polegar no meu clitóris até que eu gozei com uma série de gritos selvagens. Jurei, em meu êxtase inconsciente, de que nada jamais tinha sido tão bom. Nunca.

Blake encontrou o próprio prazer em algum lugar em meio à chama embaçada do meu orgasmo e desabou em cima de mim. Ficamos deitados ali, exaustos, nossas respirações rasas e irregulares.

— Boa menina — sussurrou Blake.

# CAPÍTULO 5

NO DIA SEGUINTE, DECIDI ME atrasar para o trabalho para que pudesse me despedir de Alli. Heath e Blake estavam na sala de estar, conversando em voz baixa, botando o papo em dia. Para quatro pessoas que se gostavam tanto, todos tínhamos muito o que conversar.

Ajudei Alli a arrumar a mala, já que ela estivera ocupada passando a noite com Heath. Eu podia dizer pelo seu estado esgotado e maldormido que eles tiveram uma noite intensa. Provavelmente não menos intensa do que a minha com Blake. Ela tinha razão quanto aos Landon nos mantendo ocupadas. Que Deus acuda nós duas.

Mas a cor havia voltado ao rosto dela e seu humor estava vivaz de novo. Ela teve dificuldades para fechar a mala, que sempre parecia crescer após uma visita, apesar de não termos feito compras. Alli venceu e se endireitou, as mãos nos quadris. Chequei o horário. Só tínhamos mais alguns minutos antes de a mandarmos para o aeroporto.

— Acho que é isso — falei.

Tentei não pensar em quanto tempo se passaria antes que eu visse Alli de novo.

Lágrimas escorreram pelo rosto dela. Ela me abraçou apertado e fungou no meu ombro. Tinha sido uma visita ótima, mas eu sabia que as lágrimas dela não eram todas para mim.

— Vai ficar tudo bem, eu prometo.

— Você promete?

Ela se afastou, segurando minhas mãos com força entre as suas.

— Prometo.

*Volte para cá e podemos ficar todos juntos*, pensei, mas engoli as palavras. Não tinha por que tocar nesse assunto. Essa era uma escolha dela. Ela sabia que sempre poderia voltar.

— Heath te ama e eu te amo.

— E você ama Blake!

Ela riu por entre as lágrimas.

Eu a abracei de novo. Nos separamos quando Heath colocou a cabeça para dentro do quarto.

— Hora de ir, gata.

Ela me deu um apertão e acenou em despedida, desaparecendo pela porta com Heath.

Blake veio até mim quando uma lágrima escorreu pelo meu rosto. Droga. Eu iria sentir falta daquela menina. Ele a secou e me puxou em um abraço. Enrolei os braços na cintura dele, grata por ao menos não ter de me despedir de Blake tão cedo. Eu não podia e não queria imaginar isso, nunca.

***

— Tem certeza de que vai caber?

Esperei impacientemente enquanto Marie abria o zíper da capa protetora e removia a embalagem da lavanderia a seco.

— Acho que sim. Mandei tirar um pouco da parte de cima.

Dei uma ligeira risada enquanto escondia modestamente os seios — que sempre pareceram um pouco grandes para meu corpo mignon — com o braço. Eu estava parada em pé no meu quarto, de calcinha e sutiã, enquanto Marie revelava o vestido. Um longo de seda preta texturizada com uma estampa de ornamentos de veludo azul-petróleo desbotado.

Entrei no vestido e Marie fechou o zíper. O decote coração se ajustou aos meus seios confortavelmente. Feliz por não estar com os peitos explodindo para fora do vestido, fui até o espelho para ver como o resto tinha ficado. O vestido sereia abraçava minha cintura e meus quadris perfeitamente, e as faixas largas do tecido *vintage* se abriam na altura dos meus joelhos.

Marie parou ao meu lado, mais alta que eu por quase uma cabeça, tão vibrante e maravilhosa como sempre. Ela foi a melhor amiga da minha mãe, mas, com o tempo, realmente se tornara uma das minhas melhores amigas também. Às vezes, ela era a mãe de que eu precisava; noutras, apenas uma amiga com quem eu podia conversar sobre coisas das quais eu não conseguia nem pensar em falar com minha mãe. Mas, em momentos assim, ela me olhava do jeito que minha mãe me olharia. Os olhos dela marejaram um pouco enquanto admirávamos o belo vestido juntas.

— Às vezes, eu me esqueço do quanto você é parecida com ela.

Sorri e contive as lágrimas. Agora que eu conhecia meu pai, conseguia apreciar um pouco as características que herdei de minha falecida mãe. Tínhamos os mesmos cachos loiros e pele clara, mas eram os olhos de meu pai que eu via no espelho.

Fiquei repentinamente tensa ao pensar que o veria esta noite. Nada nessa situação era simples.

— Bom, ela tinha um gosto incrível.

As sobrancelhas dela se ergueram um pouco.

— Na verdade, foi o Daniel que comprou este vestido para sua mãe. Ela o usou na nossa formatura.

— Mas o deixou com você.

— Ela deixou algumas coisas comigo, mais por conveniência, suponho. Me disse para doar tudo. Mas este era lindo demais para doar. Fico feliz por tê-lo guardado. Olhe para você.

Ela deslizou as mãos pelos meus braços e me deu um aperto leve.

— É perfeito.

Escorreguei as mãos pelo tecido, amando a mistura de texturas macias e ásperas, do veludo à seda. O vestido caía tão bem em mim. De alguma forma, minha mãe conseguira me dar um presente verdadeiramente lindo sem sequer saber.

Antes que eu pudesse ficar emotiva de novo, o interfone tocou na cozinha. Saí correndo do quarto para atender. Alguns segundos depois, deixei o entregador entrar. Ele estava segurando uma caixa rosa com um laço preto perfeito. Suas sobrancelhas se ergueram quando ele examinou meu traje formal demais para a hora do almoço.

— Desculpe, estou renovando o guarda-roupa — brinquei, nervosa.

— Não tem por que se desculpar. — Ele me deu uma secada óbvia antes de tirar um papel do bolso. — Hum, só preciso que você assine aqui.

Assinei e peguei a caixa. Fechei a porta depois que ele saiu e coloquei a caixa na mesa, ansiosa para abri-la. Peguei o pequeno cartão anexado ao lado e o li.

*Erica,*
*Me faça um agrado e use isto hoje à noite.*
*Com amor, B.*

Meu coração ficou levemente apertado. Merda, e se ele tivesse me comprado um vestido? Eu não podia me desfazer deste. Ainda faltavam horas para o evento, mas eu já não queria tirá-lo mais.

Relutantemente, puxei a ponta do laço e removi as camadas de papel rosa até chegar a uma lingerie preta de renda delicadamente dobrada. Tirei da caixa um conjunto de sutiã tomara que caia, uma calcinha e um par de meias 7/8 de seda com bordas de renda. O homem tinha um gosto refinado, e lingeries não fugiam à regra.

Marie apareceu atrás de mim e soltou um assobio.

— Certo, essa é a minha deixa. Meu trabalho aqui está completo.

Repentinamente envergonhada, larguei a lingerie de volta na caixa.

— Você é oficialmente minha salvadora de trajes formais. Muitíssimo obrigada, Marie.

— Sempre às ordens, minha menina. Fico feliz em poder ajudar. Por favor, tire fotos! Ah, por falar nisso, esqueci de contar a você que Richard vai estar lá com o fotógrafo que estará cobrindo o evento. Talvez ele consiga fazer uma menção a você no artigo dele.

— Maravilha, vou ficar de olho para ver se o encontro.

— Ele é alto, tem a pele morena e não quer um relacionamento sério. Impossível não achar.

Dei uma risada.

— Mas, é sério, ele viu fotos suas em todo o meu apartamento, então tenho certeza de que vai se apresentar em algum momento.

— Entendi. Vou ficar atenta.

Ela me deu um beijo rápido e foi embora, me deixando sozinha com nada além da expectativa esmagadora quanto à noite que estava por vir.

***

Coloquei a lingerie que Blake tinha me dado e dei uma voltinha na frente do espelho, me analisando. Meu cabelo estava preso e cachos soltos emolduravam meu rosto. Eu estava usando brincos de diamante que pertenceram à minha mãe e os combinara com os braceletes de diamante que Blake tinha me dado.

*Que garota de sorte eu sou*, pensei, inebriada. Tentar fazer *networking* com toda essa expectativa sexual seria interessante, sem dúvidas.

Alli já tinha voltado para Nova York e Heath estava agora hospedado no apartamento de Blake. Talvez isso fosse uma coisa boa. Ele tinha mencionado brinquedos eróticos recentemente, e pensar em ser sujeita a seu arsenal de acessórios dominadores me intimidava um pouco. Podíamos nos virar apenas com nossos corpos. Certamente não precisávamos de ajuda.

Nesse momento, a silhueta de Blake preencheu o vão da porta. Prendi a respiração ao observá-lo. O verde dos olhos dele brilhava em meio ao preto e branco marcante de seu smoking perfeito.

Observei o reflexo dele enquanto ele caminhava lentamente na minha direção, me devorando com os olhos.

— Você está adiantado.

Ele parou atrás de mim, capturando meu olhar no espelho.

— Talvez eu tenha subestimado quanto você estaria tentadora nesse seu traje. Essa calcinha deixa sua bunda fantástica.

— Melhor pra você — provoquei, dando um passo para trás para poder sentir o calor do corpo dele, perigosamente perto.

Ele inspirou bruscamente por entre os dentes. Blake colocou uma mão no meu quadril e me puxou para trás, de modo que nossos corpos se encostaram.

— Eu não pude esperar para ver você com ela.

— Também senti sua falta.

Sorri e me inclinei na direção dele, jogando a cabeça para trás. Meu corpo relaxou no dele. Qualquer minuto longe um do outro se arrastava. *Seria possível soar mais desamparada e dependente?* Ignorei aquela vozinha e, ao menos por hora, me rendi à sensação de plenitude na presença dele.

Meu sorriso desapareceu quando ele deslizou os lábios pelo meu pescoço, pegou o brinco de diamantes com a boca e mordeu meu lóbulo delicadamente. Deixei um gemido escapar dos meus lábios e meu corpo ficou tenso com uma expectativa quente. Ele vagueou por minhas curvas. Deslizando a mão pela minha barriga, Blake continuou rumo ao sul e passou por cima da minha calcinha e do meu sexo. Ele parou de repente e seus olhos se arregalaram.

— Mas que... ?

Ele me virou, engatou os dedos nas laterais da calcinha e a abaixou sem cerimônia alguma, revelando o resultado da minha primeira depilação completa.

Mordi o lábio, nervosa e tímida por estar tão exposta.

— Gostou? Eu queria surpreender você.

— Me considere surpreso. — Ele me empurrou contra a cômoda e se ajoelhou, levando a calcinha para o chão consigo. — Meu Jesus. Você realmente me ama.

Minha risada se transformou em um ofego quando ele jogou minha perna por cima de seu ombro e caiu de boca em mim, me lambendo, me abrindo com os dedos para poder atormentar a pele sensível. O homem tinha uma boca formidável e tudo parecia tão... diferente lá embaixo. Mais intenso, como se eu estivesse sendo tocada pela primeira vez. Um nervo exposto apenas para ele. Arrepiei com a respiração dele sobre mim. As sensações dos lábios e da língua dele enquanto eles provocavam minha pele desnuda me fizeram estremecer.

Dei uma olhada para o lado, observando nosso reflexo no espelho de corpo inteiro. Meu rosto estava vermelho, e meus seios, empinados, pesados e sensíveis sob o sutiã. Assisti-lo me chupar com tanta paixão, aquele homem perfeitamente lindo em seu smoking igualmente perfeito, me dando prazer como se sua vida dependesse disso, era possivelmente a coisa mais erótica que eu já testemunhara. Meu coração inchou com aquela visão. O calor me inundou, se espalhando por mim como um fogo incontrolável até que eu queimasse de amor e tesão.

Meus olhos se fecharam quando ele chupou meu clitóris. Meu corpo escorregou na direção do orgasmo iminente.

— Não pare, por favor.

— Não vou sair daqui nunca. Você é doce pra caralho. E agora... Porra.

Ele circundou minha entrada com a língua e atirou-se nela, me fodendo com mergulhos rasos.

Agarrei a beirada da cômoda. Eu estava a poucas chupadas de perder toda a força das pernas e rezei para conseguir me manter em pé quando a hora chegasse.

— Isso, assim, Blake, ó Deus, vou...

— Goze para mim, gata.

A rouquidão das palavras dele vibrando no meu sexo foi suficiente. Uma série curta de gritinhos agudos deu lugar a um gemido quando ele me levou além do limite. Tremi incontrolavelmente, fora de mim com o prazer que ele me deu. Blake segurou meus quadris com firmeza, efetivamente me mantendo de pé enquanto os tremores se dissipavam. Tentei me recompor, lutando para respirar.

Ele se levantou e me deu um empurrão leve na direção da cama. Me larguei nela, aérea e mole.

— Isso foi inesperado — falei, minha voz leve, embriagada de êxtase.

— Bom, você odeia fazer *networking*, então talvez isso irá relaxar você.

O riso borbulhou até a superfície e eu sorri, delirante e saciada. Apoiado em um cotovelo, Blake se deitou ao meu lado com um sorriso malicioso de satisfação. Abaixei os olhos e imediatamente reconheci o contorno da ereção dele debaixo da calça do smoking. Aquela situação tinha se tornado um pouco unilateral. O sorriso dele ficou mais largo e ele parou minha mão quando me mexi na direção dele.

Fiz um bico, decepcionada com a recusa dele.

— O que foi agora?

— Isso pode esperar.

— Por quê? Temos tempo.

Era o que eu achava, de qualquer forma. Eu tinha perdido toda noção de espaço e tempo em meu recente blecaute orgástico.

— Gratificação adiada, meu bem. Vou ficar entediado demais nesse negócio, pelo menos poderei imaginar tirar essas meias de você com os dentes e lambê-la da cabeça aos pés a noite toda. Quando chegarmos em casa, estarei pronto para fazer algumas coisas verdadeiramente obscenas com você.

Meus mamilos enrijeceram, roçando quase dolorosamente o cetim do sutiã à medida que meus seios inchavam com cada inspiração trêmula. Às vezes, eu ficava convencida de que ele poderia me fazer gozar só com palavras. Eu adorava o quão devasso e honesto ele era com relação a sexo. E, pelo que parecia, ele estava começando a aceitar minha abertura aos seus hábitos pervertidos. Eu só esperava que ele me levasse lá a passinhos de bebê. Eu nunca soube quais eram os meus limites até que Blake os derrubava, um a um.

— Que tipo de coisas obscenas? — perguntei, igualmente curiosa e ansiosa.

— Tenho algumas ideias.

— Pode ir contando.

— Hmm, não, eu gosto demais de surpreender você. Além disso, isso vai lhe dar algo em que pensar. Expectativa do desconhecido.

— Me dê uma dica.

Os olhos dele brilharam e ele deu um sorriso malicioso.

— Sem chance. Vamos colocar aquele vestido lindo em você antes que eu perca a cabeça de tanto te olhar com toda essa renda.

Ele se afastou, mas eu o trouxe de volta para mim, puxando-o pelas lapelas pretas de seu smoking até que nossos lábios se encontraram. Eu ainda estava me recuperando do orgasmo e tinha uma vontade inexplicável de me provar nos lábios dele. Ele me beijou de volta com carinho, passando os dedos pelo meu rosto. Eu me perdi novamente, me esquecendo do tempo e da realidade até que ele se afastou gentilmente.

— Se você não me soltar, gata, vou fazer você gozar de novo. E aí jamais sairemos daqui porque eu não posso aguentar muito mais.

***

Convidados deslizavam pelos corredores do museu em seus trajes elegantes. Blake e eu os seguimos, entrando em um extenso pátio fechado. O local por si só era de tirar o fôlego, com janelas de 12 metros de altura que iam do chão até o teto, com uma vista das paredes de pedra originais iluminadas na noite de verão. Eu havia participado de alguns eventos grandiosos de Harvard, mas nada desse tipo.

Parei na sacada de onde se via todo o evento e assimilei tudo aquilo.

— Linda — murmurou Blake no meu ouvido.

— É de tirar o fôlego.

Fiquei olhando, maravilhada, feito criança.

Ele passou a mão pela minha cintura e me puxou com firmeza para seu lado. Eu me virei para olhar para ele. Seus olhos queimavam nos meus com a mesma intensidade tempestuosa que eu tinha passado a amar, a desejar.

— Eu não estava falando da vista.

Ele passou o polegar pelos meus lábios e me deu um beijo rápido.

Meu coração deu uma cambalhota enquanto eu o inspirava. As imagens e os sons ao nosso redor deixaram de existir por um minuto enquanto eu me deleitava na obra de arte que era Blake.

Uma voz penetrou em meus pensamentos. Alguém chamou meu nome de longe. Daniel, de braços dados com Margo, se aproximou de nosso posto na sacada. Daniel estava elegante em seu smoking e Margo usava um longo e fluido vestido de cetim verde-esmeralda que combinava com seu corpo magro e seus cabelos ruivos.

Hesitei, sem saber ao certo como cumprimentá-los em público, até que Margo me deu um beijo no rosto.

— Erica, é tão bom ver você. Você está encantadora.

— Obrigada. Também é maravilhoso ver você.

Os homens deram um aperto de mãos e Daniel me cumprimentou com um sorriso caloroso. Uma emoção passou pelo rosto dele, que foi rapidamente mascarada por seu sorriso ensaiado, ainda mais largo agora.

— Linda, Erica. Landon é um homem de sorte.

O sangue correu para as minhas bochechas com o elogio.

— É *vintage*?

Margo passou as pontas dos dedos delicados pelos floreios de veludo do meu vestido, obviamente o aprovando.

— Hum, sim — respondi nervosamente, meu olhar se voltando para Daniel, traído pelos próprios olhos.

Em minha exaltação infantil com o vestido, eu nunca jamais imaginei que Daniel iria reparar nele, muito menos se lembrar de sua origem. Mas pela expressão de dor em seus olhos, ele lembrava.

Daniel pigarreou.

— Bom, por que não vamos socializar, para ver quem podemos apresentar a você?

— Seria ótimo — respondi rapidamente, ávida para dispersar o momento constrangedor que só Daniel e eu podíamos compreender totalmente.

Margo franziu o cenho levemente.

— Eu posso dar uma voltinha com Erica, querido. Por que vocês dois não vão buscar uma bebida?

Algo sem palavras aconteceu entre os dois. Não consegui identificar.

— Certo. Me deixe lhe pagar um uísque, Landon. Talvez eu o convença a fazer uma doação para minha campanha.

Os lábios de Blake se ergueram um pouco.

— Não faço política, mas aceito o uísque.

Daniel riu alto e deu um tapinha casual no ombro de Blake. Margo rapidamente enganchou o braço fino no meu e nos guiou escadaria abaixo para o meio da multidão.

— Como você tem estado, querida?

Ela desacelerou o suficiente para pegar duas taças de champanhe de uma bandeja que estava passando e me entregou uma.

— Bem. E você?

— Bem, na medida do possível. A campanha tem sido estressante, é claro.

— Posso imaginar. Mas Daniel deu a entender que as coisas parecem promissoras.

— Os números oscilam, as previsões mudam. Estamos ficando um pouco para trás, mas ele me diz que tudo pode mudar no último minuto.

Ela deu de ombros e lançou um meio sorriso para mim.

— Ainda há tempo. Tenho certeza de que ele tem as melhores pessoas trabalhando para ele.

— Ele tem, disso eu sei. Eu só me preocupo. Ele precisa canalizar todas as suas energias nesse esforço de seguir adiante.

Ela ficou me encarando, como se quisesse me dizer algo mais. Esperei que ela continuasse.

— Ele fala com frequência de você, Erica. Eu sei que ele quer ter uma relação, construir algo com essa nova descoberta. Mas se você se preocupa com ele, deve dar a ele um pouco de espaço até que as eleições passem. Ele precisa vencer, e Deus nos livre se algo vier à tona sobre o relacionamento de vocês... Poderia ser devastador. Você entende, querida?

Engoli o resto do champanhe, torcendo para que ela não percebesse como suas palavras tinham me machucado. Eu não havia procurado Daniel desde nosso último encontro justamente por essa razão. Eu esperava que ela entendesse que ele tinha me convidado, não o contrário. Ela não estava sendo rude, mas isso não diminuía a dor de saber como ela se sentia em relação ao meu potencial envolvimento na vida de seu marido.

— Claro. Eu... Eu vou ficar na minha. Não deve ser difícil, já que nossas vidas mal se sobrepõem.

Ela pegou minha mão, deu um aperto leve e sorriu.

— Obrigada.

Sentindo-me sufocada pelas palavras dela, dei uma olhada em volta, desejando que eu fosse bem conectada o suficiente para conhecer qualquer uma daquelas pessoas ao meu redor, até que parei de repente em dois rostos familiares.

— Você me dá licença, Margo? Estou vendo uma amiga.

Ela assentiu. Atravessei o recinto na direção de Risa, vestida com um longo inteiro preto com um decote perigosamente baixo nas costas.

— Erica, oi! Você está fantástica!

— Obrigada, você também.

Ela retribuiu meu sorriso e ambas olhamos para o cavalheiro que eu interrompera com minha chegada.

— Erica, acho que você conhece o Max.

— É claro.

— Você parece bem, Erica.

Max me deu uma secada lenta que terminou com um sorriso torto. Eu tinha esquecido o quão charmoso ele podia ser, seu cabelo loiro curto e a pele bronzeada contrastando com o branco luminoso da camisa de seu smoking. Na verdade, fiquei surpresa por não ter encontrado Risa derretida em uma poça aos pés dele, visto que ela havia aprovado, óbvia e descaradamente, os homens lindos que embelezavam nosso escritório. Se eu a pegasse flertando na mesa de James mais uma vez, provavelmente teria que falar alguma coisa. Pelo bem dele.

— Igualmente.

— Risa me disse que o site está indo bem.

Dei uma olhada para Risa e percebi, agradecida, que ela não fazia ideia do que havia acontecido entre nós. Eu não tinha me encontrado ou conversado com Max desde que Blake arruinou o acordo que estávamos a minutos de fechar. Eu saí correndo da sala de reuniões da Angelcom com uma raiva chorosa, incapaz de realmente explicar o que tinha acontecido. Com isso, nosso relacionamento foi efetivamente rompido, já que Blake não queria ter nada a ver com ele quando se tratava de investimentos e vice-versa.

— Até então, estamos bem. Temos boas expectativas de crescimento agora que temos Risa na equipe.

— Sem dúvida. Ela é uma expert em *networking*.

Ela deu um tapa brincalhão no ombro dele e riu.

— Bom, Max tem me apresentado, então não posso levar todo o crédito.

Risa transpirava uma mistura de animação e timidez que a maioria dos homens provavelmente engolia. Ela era bonita e passava uma imagem meiga. Mas podia conseguir o que queria e eu estava interessada em saber como ela faria isso. Especialmente com alguém como Max. Se ela conseguisse dobrar o poderoso *playboy*, eu ficaria nada menos que impressionada.

Ficamos de conversa fiada até que o foco de Max desviou de nós.

— MacLeod. Bom ver você. Curtindo a festa?

Max esticou a mão para o outro convidado de smoking, cujos olhos castanho-escuros brilharam quando encontraram os meus.

— Estou trabalhando nisso.

— Erica, este é...

— Como está, Mark? — interrompi a apresentação de Max e me forcei a encarar o olhar fixo de Mark.

Por dentro, alarmes disparavam e meu coração batia forte no peito, mas eu me recusava a mostrar qualquer fraqueza para ele.

— Bem melhor agora — murmurou ele.

Max sorriu, espelhando o olhar lascivo de Mark em mim. Apertei minha *clutch* com mais força e angariei todas as minhas energias para parecer educada e inabalada, plenamente ciente de que minha reação à proximidade de Mark seria notada por todos à nossa volta. É claro que os dois homens se conheciam por causa dos negócios da empresa de Daniel, mas Max era a última pessoa que precisava saber de meu passado sombrio com Mark.

Eu sabia que podia encontrar Mark aqui e tinha jurado a mim mesma que manteria a compostura se por acaso o encontrasse. Se Daniel faria parte da minha vida, em algum momento, Mark continuaria a aparecer. Eu não podia ter um ataque de pânico toda vez que isso acontecesse.

Não mais um fantasma, Mark tornara-se real. Real demais. Uma criatura tangível com um nome, um passado, com vulnerabilidades e fraquezas tão reais quanto as minhas. Tentei me lembrar de tudo isso enquanto ele me secava sem o menor pudor.

— Que tal uma dança?

Mascarei meu nojo à proposta. Max e Risa nos olharam com expectativa.

— Talvez depois. Preciso de um refil.

Toquei minha taça vazia. Eu precisava de bem mais que uma taça para considerar o pedido.

— Eu pego para você. Vá dançar.

Max piscou e pegou minha taça.

Max nunca tinha me dado motivos para odiá-lo. Mesmo com os alertas de Blake, eu frequentemente questionava se as intenções dele eram mesmo tão maliciosas quanto Blake as fazia parecer. Agora eu o odiava por razões que ele jamais entenderia. Mark pegou minha mão e me puxou para a pista de dança, segurando forte. Eu me mexi mecanicamente para segui-lo, envolvida rápido demais naquela situação para planejar uma saída.

Ele diminuiu a velocidade e me girou para perto dele. Uma onda de náusea me inundou com o contato repentino de nossos corpos. Fiquei tensa, certa de que ficar fisicamente debilitada na pista de dança não pegaria bem para o que quer que eu esperasse conseguir profissionalmente esta noite.

— Relaxe — cantarolou ele, se aproximando tanto de mim que sua boca estava em meu ouvido, sua respiração quente e úmida em minha pele.

Todos os lugares em que nossos corpos se conectavam enviavam choques de dor pelo meu sistema. Anos de ódio dele e das lembranças que ele tinha me dado estavam programados em meu cérebro, dizendo para meu corpo lutar.

Apertei o maxilar e respirei fundo por entre dentes cerrados, não porque ele queria que eu o fizesse, mas porque eu estava determinada a passar por aquilo sem dar um chilique completo.

— Por que você está fazendo isso?

Minha voz era instável. Eu queria soar mais controlada do que me sentia.

— Não consigo ficar longe. Acho que senti sua falta. Fiquei tão feliz por ter feito Daniel convidar você. Eu tinha a sensação de que você viria se ele convidasse.

— O que você quer de mim? Só me deixe em paz, por favor.

— Acho que você sabe.

A boca dele raspou no meu pescoço e todo meu corpo congelou, o pânico se instalando. Meu foco embaçou com as lágrimas que ameaçavam cair. Casais ao nosso redor sorriam e dançavam, e eu não conseguia ver Blake em lugar nenhum. Max e Risa estavam parados além da pista de dança jogando conversa fora. Eles não seriam de nenhuma ajuda para mim agora.

*Ele não pode machucar você aqui.* A razão falava baixo e foi rapidamente esmagada pelos pensamentos altos e alarmantes que giravam na minha cabeça. Ele já tinha me emboscado antes, mesmo em meio a um círculo de amigos e outras pessoas. Eu não podia subestimá-lo.

— Sabe, eu ainda consigo me lembrar de tudo daquela noite.

O único benefício de estar tão perto dele era que eu não podia ver seu rosto. O rosto dele, aquele sorriso irônico terrível que estava permanentemente incorporado à minha memória. Fechei os olhos, tentando bloquear todas aquelas lembranças, mas eu me lembrava de tudo.

— Aquela foi a sua primeira vez? Deve ter sido. Você era tão apertada. Estava tão assustada.

Lutei contra a vontade de me debater e tentei empurrá-lo enquanto ele erguia meu pulso, segurando-o como uma prensa, aproximando nossos corpos ainda mais com o outro braço.

— Eu adoro uma boa briga, mas não vamos causar uma cena na festa do papai, combinado?

— Me solte. Por favor — implorei.

Comecei a tremer incontrolavelmente. Homem ou fantasma, eu precisava me afastar.

A banda diminuiu o ritmo para o final da música.

Quando eu pensei que acabaria gritando, Mark finalmente afrouxou a pegada e me soltou.

— Até a próxima, Erica.

Ele deu um sorriso malicioso.

Eu me afastei, relaxando apenas um pouco com a separação. Tentei me orientar na pista de dança. Onde Blake estava? Eu precisava sair dali. A música recomeçou e as pessoas começaram a se mover em torno de nós, conversando e rindo. Tudo parecia um caos ao meu redor.

— Está tudo bem?

Daniel surgiu atrás de mim, dando a volta com Margo ao seu lado.

A realidade de que Daniel estava ligado a Mark, aquela pessoa horrível que quase me arruinara de vez, era mais do que eu podia suportar. Virei sem responder e saí da pista de dança, escapando por um corredor que levava ao pátio externo.

O pátio estava iluminado com as pequenas luzes de Natal enroladas nas árvores que acompanhavam um caminho de tijolos. Assim que saí, respirei fundo o ar da noite. Eu estava tonta, meus dedos estavam formigando e eu sabia, por experiência própria, que estava a um passo de hiperventilar. O ar frio se esparramou por minha pele, que agora estava coberta por uma camada fina de suor, um resquício dos últimos minutos de puro pânico.

— Erica.

Daniel veio correndo atrás de mim, com olhos cheios de preocupação.

— Você está bem?

— Não — Sacudi a cabeça e, então, pensei melhor na minha reação. A razão estava lentamente retornando a mim na ausência de Mark. — Sim, estou bem. Desculpe. Só preciso de um pouco de ar.

— Aqui, venha por aqui.

Ele me segurou delicadamente pelos ombros e me guiou até um canto vazio do pátio. Nos sentamos em um banco de ferro forjado. Todo meu corpo parecia pesado, letárgico. Eu estava sob o vestido que tinha acabado de ter um contato indecente com o homem que me estuprou.

Soltei a cabeça nas mãos. Eu odiava Mark. Verdadeiramente e com cada grama do meu ser. Eu passei anos da minha vida com medo dele. Sem nunca saber quando ou como ele poderia voltar à minha vida. Agora que ele estava aqui, o medo deu lugar a uma raiva poderosa. Antes, a única pessoa a quem eu podia culpar pelo estupro era eu mesma. Eu estava bêbada demais, era ingênua demais. Cada cenário trazia os acontecimentos daquela noite de volta às minhas ações e como eu podia ter evitado aquilo de alguma forma. Aqueles dias tinham acabado. Mark era tão cruel quanto eu sempre imaginara que ele fosse, e toda a raiva e dor que eu senti depois daquela noite, por causa daquela noite, eram obra ele.

Daniel colocou uma mecha de cabelo delicadamente atrás da minha orelha.

— Mark disse alguma coisa a você?

A voz dele me trouxe de volta ao presente e, quando eu olhei para ele, ele estava franzindo o cenho, evidentemente preocupado. Fechei os olhos, pressionando os dedos nas minhas têmporas. Lágrimas ameaçavam sair e eu suprimi um choro. Algo com relação a Daniel, a maneira como ele me olhava, me fazia querer mais do que eu jamais esperei do pai que nunca tive.

— Erica.

A voz dele ficou mais severa.

— Eu conheço Mark — soltei, imediatamente desejando não ter dito aquilo.

— Não entendo.

Engoli em seco, tentando esconder as emoções que me preenchiam enquanto procurava pelas palavras certas. Eu não tinha pensado direito em nada daquilo. Tudo aconteceu muito depressa.

— Da faculdade. Nos encontramos antes. Eu... Eu não sei.

Analisei os olhos dele, querendo que, de alguma forma, ele adivinhasse — simplesmente entendesse sem que eu lhe contasse. O rosto dele parecia pálido e estoico, não me dando indicação alguma do que ele pudesse estar pensando.

Eu queria que a hera das paredes do pátio me engolisse e me depositasse de volta em meu quarto, longe dessas pessoas, de todo mundo que jamais conseguiria entender pelo que eu havia passado. Então ouvi a voz de Blake, como uma luz na escuridão. Ele correu para se juntar a nós.

— Erica. Procurei você em toda parte.

Sentindo-me fraca, concordei silenciosamente com a cabeça, empurrando o banco para me levantar. Daniel se levantou comigo, me apoiando com a mão em meu cotovelo.

— Blake, acho que Erica não está se sentindo bem. Você deveria levá-la para casa.

Blake franziu o cenho e dividiu olhares entre nós.

— Claro.

Rápido assim, Daniel se afastou, voltando para a festa.

— Gata, você está bem?

— Sim — sussurrei. — Me leve para casa.

# CAPÍTULO 6

*A MÚSICA ESTAVA ALTA, REVERBERANDO pelas paredes da casa. Mesmo do lado de fora, o barulho era ensurdecedor. Eu não conseguia respirar, não conseguia pensar. Meus membros se moviam com muita lentidão, minha mente estava nebulosa por conta do álcool. Perambulamos lá fora. Eu não entendia por quê, até ele me jogar na grama em uma sombra escura no quintal. Eu não conseguia angariar forças para me libertar do peso do corpo dele enquanto ele me prendia no chão. Antes que eu percebesse, ele estava me rasgando como uma faca, cerrando os dentes enquanto o fazia.*

*Abri a boca para gritar, mas nada saiu, minha voz tinha sumido. Eu estava tremendo, lutando, cega e muda quando ele chamou meu nome.*

*Ele me conhecia. Ele sabia meu nome.*

— Erica!

A voz de Blake invadiu o pesadelo. Meus olhos se abriram de imediato.

— Você estava sonhando.

As mãos dele deslizaram pelos meus braços. Cada toque doía.

— Não — Recuei, lutando para me manter na realidade. — Por favor, não. Não me toque. Não consigo.

Eu me empurrei para longe, quase caindo da cama em minha urgência por escapar do toque dele. Cambaleei até o banheiro, me apoiando na pia. A pessoa que eu via no espelho era alguém que eu conhecia, alguém que eu não via há muito tempo. Meus olhos estavam cansados e escuros; minha pele, vermelha do pesadelo. Joguei água no rosto, o frio rapidamente me resfriou e me trouxe de volta para o presente.

Lentamente, os acontecimentos da noite retornaram. A dor rastejou por mim. Eu havia voltado à estaca zero. Depois de todas as garantias que eu dera a mim mesma de que eu conseguiria lidar com o ressurgimento de Mark em minha vida, eu estava de volta exatamente para onde começara. Ficaria olhando por cima do ombro, esperando por ele em cada esquina. Só que agora as chances de ser encontrada eram muito maiores. Um soluço escapou de mim e eu caí de joelhos, o chão frio e duro.

Blake entrou no banheiro e se ajoelhou a poucos passos de mim.

— Eu fiz isso, Blake. Eu o trouxe de volta. Tudo isso é culpa minha.

— Quem, gata?

— Mark.

Minha voz era um sussurro, engolida pelos soluços que se seguiram. Abracei meu próprio corpo, tentando afastar a dor. Céus, a dor era tão intensa, pulsando por minhas veias com cada batida do meu coração. Meu estômago revirou com a lembrança do tormento físico e emocional por que ele me fizera passar. Eu tinha esquecido o que Mark podia fazer comigo, depois de todos esses anos. Tentei recuperar o ritmo da minha respiração e arrisquei olhar para Blake, com medo do meu estado naquele momento.

Ele se encolheu, sua expressão contraída de preocupação e contenção. As mãos dele repousaram sobre os joelhos, fechando-se ansiosamente em punhos.

— Me diga o que fazer.

O silêncio se instalou enquanto eu pensava no pedido. Eu mal conseguia me controlar do jeito que estava.

— Quer que eu vá embora?

— Não — apressei-me em dizer. — Por favor, não vá... Eu... Eu não quero ficar sozinha.

Suprimi a nova onda de lágrimas que ameaçou cair com a ideia de não tê-lo ali comigo. Eu queria tocá-lo, lembrá-lo do quanto eu precisava dele, mas estava firmemente fechada em meu casulo, indisposta e incapaz de permitir que qualquer um se aproximasse no meu atual estado de espírito.

Mesmo assim, pensar em passar por isso sozinha era simplesmente insuportável.

— Então não vou a lugar algum.

Ele se mexeu, encostando na parede do banheiro e me observando atentamente.

O som da voz dele me inundou e eu relaxei um pouco. Respirei fundo e sequei as lágrimas errantes.

— Converse comigo — disse.

— Sobre o quê?

— Qualquer coisa. Me conte algo... feliz. Quero ouvir sua voz.

O rosto dele relaxou, assim como seus olhos.

— Nossa história é a mais feliz que eu conheço. Eu nunca pensei que fosse encontrar alguém como você. Você é linda, inteligente. E forte. Céus, você é tão forte. Às vezes, me deixa completamente impressionado.

As lágrimas voltaram, como se meu corpo estivesse se livrando de todas as emoções que eu havia acumulado. Eu amava Blake tanto. Ele não podia sequer entender quanto. Sob o peso de tudo aquilo, eu não me sentia nada forte, mas saber que ele via força em mim me dava uma réstia de esperança. Eu poderia superar isso de alguma forma.

— Você está me matando. Ver você assim, Erica, me destrói. Me diga o que eu posso fazer. Como posso consertar isso?

Dei uma ligeira risada.

— Você não pode me consertar, Blake. Mas obrigada pela intenção.

Respirei mais uma vez, determinada a sair do chão. Eu me levantei, chocada com a imagem que me olhava de volta no espelho. Meus olhos estavam inchados e vermelhos. Eu parecia tão devastada quanto me sentia. Joguei mais água no rosto e me sequei antes de voltar para o quarto.

Larguei-me com tudo na cama, me encolhendo com o cobertor que era desnecessário em uma noite quente. Eu precisava me encasular no conforto daquela coberta, porque sabia que não suportaria as mãos de Blake em mim agora. Meu coração queria, mas eu estava sensível demais, assustada demais com o efeito do toque de qualquer pessoa em mim. Ele se deitou e ficamos olhando um para o outro, o mais longe um do outro do que jamais tínhamos estado em uma cama juntos.

— Me desculpe — sussurrei.

— Você não tem nada por que se desculpar.

— Você não deveria ter que lidar com isso.

— Nem você, mas cá estamos. E eu não vou a lugar algum até que você me diga para ir embora.

Eu me estiquei para pegar na mão dele. Pegamos no sono assim, de mãos dadas, um toque simples e suficiente para me lembrar de que ainda tínhamos um ao outro.

***

Acordei em uma cama vazia, com o cheiro de café da manhã flutuando quarto adentro. Meu sorriso desapareceu quando me levantei. Minha cabeça estava latejando como se eu tivesse passado a noite bebendo, em vez de chorando.

Coloquei minha calça de moletom confortável e me juntei a Blake na cozinha. Ele se virou do fogão, onde preparava ovos mexidos.

— Como você está?

— Melhor.

Eu me acomodei em uma das cadeiras na ilha central.

Ele me serviu uma xícara de café, adicionando quantias generosas de açúcar e creme, exatamente como eu gostava. Agradeci e tomei um gole, me sentindo um pouco mais preparada para começar o dia.

Ele serviu dois pratos e comeu o dele em pé, do outro lado da ilha. Ele ainda mantinha o mesmo espaço do qual eu precisara na noite passada.

— Quer conversar sobre o que aconteceu? — perguntou ele baixinho.

Eu estava tão envolvida no meu horror noite passada, e ele não fazia a menor ideia de onde aquilo tudo surgira. Eu não queria contar a ele, preocupá-lo, mas ele me ajudara a passar a noite. Esteve lá por mim de um jeito que ninguém nunca estivera. Ele merecia respostas, por mais que eu não quisesse dá-las.

Recostei na cadeira e olhei para o céu ensolarado. O sol já estava banhando o apartamento pelas largas *bay windows* da sala de estar.

— Encontrei Mark ontem à noite.

Olhei para Blake. Os músculos de seu rosto se contraíram e toda sua postura mudou, como se Mark estivesse ali e ele estivesse pronto para a briga.

— O que ele disse?

Engoli em seco, procurando as palavras certas. Mark tinha sido vago, mas suas intenções eram claras quando ele me segurou na pista de dança. Eu sabia disso agora.

— Ele deu a entender que... ainda me quer.

Blake largou o garfo no prato.

— Por que você não me contou antes? Eu não fazia ideia.

— Eu não queria chatear você. Sei como você é. Você ia ficar preocupado, exagerar.

— Pode crer que sim, vou ficar preocupado. Meu Deus, Erica. Preciso saber dessas coisas. — Ele respirou fundo e passou a mão pelos cabelos. — Vou arranjar um segurança para você, começando hoje.

— Não, Blake. Está vendo, é disso que estou falando. Você está exagerando.

— Quando alguém ameaça estuprar minha namorada, eu tenho que reagir. Pode chamar do que quiser, mas vou pirar se ele sequer chegar perto de você.

— Contratar um guarda-costas para me observar noite e dia é demais. Não vou viver sob a sombra dessa ameaça pelo resto da vida. Não posso viver assim. Eu *já* vivi assim e não posso fazer isso de novo.

— Mas e noite passada? Eu nunca vi você daquele jeito. Você estava completamente inconsolável. — As mãos dele se fecharam em punhos no balcão. — Eu sequer podia tocar em você.

— Não costuma ser tão ruim assim.

Meses haviam se passado desde a última vez que eu tive aquele mesmo pesadelo. O contato com Mark tornara a lembrança fresca novamente, reabrindo a ferida. Tremi ao pensar naquilo, brincando com a comida em meu prato. Meu apetite desapareceu, substituído por um nó em meu estômago criado pela verdade nas palavras de Blake. Eu precisava que minha cabeça contornasse o medo que Mark plantara, embora ainda não soubesse ao certo como lidar com isso.

Mas eu tinha bastante certeza de que ter um guarda-costas em tempo integral não era o caminho a seguir.

— Se fizermos isso, ele vence. Você pode ao menos tentar entender isso?

— Acho que ele vencerá se descobrir uma maneira de encontrar você sozinha de novo. Diga se isso não é algo que preocupa você.

Eu me encolhi com aquele pensamento.

— Eu era um alvo fácil antes. Deus, eu estava quase inconsciente. Ele só estava tentando me assustar desta vez e tenho certeza de que é essa a curtição dele. Com você e Daniel próximos, não vejo como ele poderia, efetivamente, vir atrás de mim.

Todos esses pensamentos eram racionais, mas eu mal acreditava neles.

— Bom, vou garantir que ele não vá.

O maxilar dele se contraiu e se projetou. A determinação estava estampada em seu rosto. Eu não via aquela expressão desde que ele implodira meu acordo com Max.

— O que você tem em mente?

— Melhor você ficar em casa hoje, Erica. Foi uma noite longa. Você precisa descansar.

A boca dele estava apertada em uma linha fina.

Esperei que ele olhasse para mim, mas ele se apressou em limpar a bagunça da cozinha.

— Pare de mudar de assunto.

— Não estou mudando. Parece que você foi ao inferno e voltou. Melhor tirar o dia de folga.

— Obrigada — murmurei, me afastando da mesa.

Desaparecendo dentro do quarto, eu o ouvi me chamando antes de fechar a porta. Eu queria remediar a distância que tinha se imposto entre nós na noite passada, mas estava cansada demais e emocionalmente esgotada para brigar com ele agora.

Quando terminei de tomar banho e me vestir, Blake havia ido embora. A inquietação tomou conta de mim enquanto eu organizava minhas coisas para trabalhar. Ele não ia deixar isso para lá. Nada o persuadia quando ele encasquetava com alguma coisa. Quando se tratava da minha segurança, então, ele não iria deixar nada sujeito ao acaso.

Eu me xinguei por ter me descontrolado na noite passada, mas o pensamento de ter que passar por aquilo sozinha, como eu tinha feito tantas vezes antes, parecia muito pior. Eu havia me acostumado a ficar vulnerável perto de Blake, mostrando a ele minhas cicatrizes, meu passado. Quando eu o fazia, ele não me julgava, e, de alguma forma, aquilo fazia com que a dor tivesse menos poder sobre mim.

Eu havia pegado as chaves e a bolsa e estava a caminho da porta quando Sid entrou. Ele parecia tão extenuado quanto eu, pálido, apesar de ter a pele morena, com olheiras cansadas debaixo dos olhos.

— Está chegando só agora?

— Sim. — Ele coçou o pescoço e largou a mala no chão. — Passei a noite em claro para manter o site no ar. Bem divertido.

— Está tudo bem?

— Tudo certo por hora. Chris está no controle até que eu consiga descansar um pouco.

— Me desculpe, Sid. Vou cuidar disso. Prometo.

Ele deu de ombros, parecendo exausto demais para botar fé nas minhas palavras, e se arrastou até seu quarto.

***

Tracei um caminho direto até meu escritório, sem me importar em cumprimentar ninguém. Risa não entendeu a deixa e espiou por trás da divisória, parecendo animada e perfeitamente bem arrumada como sempre. Eu não tinha energia para lidar com os problemas ou as dúvidas de ninguém agora, mas antes que eu pudesse dizer a ela para me dar um minuto, ela se sentou em uma cadeira de frente para minha mesa.

— Tenho ótimas notícias.

Ela sorriu, os cabelos na altura do ombro emoldurando seu rosto.

Ergui as sobrancelhas, já me sentindo agitada. Só algo verdadeiramente monumental poderia mudar meu foco esta manhã.

— O que é?

— Consegui uma reunião com o diretor de marketing da Bryant's sobre uma potencial conta patrocinada conosco.

A Bryant's era uma das maiores varejistas de roupas do nordeste do país. Conseguir uma reunião com eles era, de fato, monumental o suficiente para ganhar minha atenção.

Balancei a cabeça, sem saber ao certo se a tinha entendido bem.

— Como isso aconteceu?

— Max. Ele tem o contato. Eu disse a ele com quem estávamos procurando nos relacionar e ele se ofereceu para me colocar em contato com eles. Falei com o pessoal da Bryant's hoje de manhã e temos uma reunião marcada para amanhã de manhã.

— Uau, isso foi rápido.

— Eu sei, mas imaginei que devêssemos aceitar o que quer que eles tivessem a oferecer. Quanto mais cedo, melhor, certo?

— Com certeza. Me mande os detalhes. Vamos juntas à reunião.

— Você quer dar uma olhada nas opções que podemos oferecer, e então eu monto uma apresentação com elas?

Reagrupei meus pensamentos e expirei lentamente. Minha missão para aquela manhã tinha ido por água abaixo.

— Claro. O que você tem aí?

# CAPÍTULO 7

Perto do meio-dia, Risa e eu tínhamos finalizado a apresentação, de modo que meu plano original ficou para o resto do dia. Desci até o Mocha para a dose de cafeína do almoço. Encontrei uma mesa e abri o laptop, concluindo que eu tiraria proveito daquela pequena mudança de cenário.

— Oi. Se importa se eu me sentar com você?

Ergui os olhos e vi James puxando a cadeira de frente para mim. Ele estava elegante, de camisa preta com as mangas enroladas e jeans escuros, cabelos pretos ondulados perfeitamente despenteados. Não era por menos que Risa estava se jogando em cima dele. Ele era definitivamente bonito com seu estilo *bad boy*. Bonitão, com um sorriso matador e olhos azul-claros que pareciam feixes de tração, ele sempre me atraía. Algo nos olhos dele me fazia sentir como se nos conhecêssemos há mais tempo.

— Nem um pouco.

— Parece que você está em uma missão.

Dei uma breve risada.

— Eu *estou* em uma missão.

— Posso ajudar?

Considerei a oferta dele por um instante. O que eu tinha a perder aceitando um pouquinho de ajuda? Comecei a inteirá-lo sobre meu plano.

— Você sabe do grupo hacker M89 que está atacando o site, né?

Ele sorriu. James esteve na trincheira com Sid e Chris na última semana, então provavelmente já conhecia a história deles melhor que eu.

— OK, certo. Então, esse grupo não é o M89 original, mas deve haver alguma conexão entre alguém do grupo original e quem quer que esteja no comando agora. Todos moravam em Boston uma década atrás, então concluí que não deve ser muito difícil rastrear onde estão agora e ver aonde isso nos leva.

Omiti a informação sobre Cooper. Eu não queria acender holofotes na ligação de Blake com o grupo e no suicídio de Cooper.

— Você vai atrás dessas pessoas sozinha?

Eu me lembrei da expressão derrotada de Sid pela manhã.

— Que escolha eu tenho?

— E se isso apenas tornar a situação pior?

— Não consigo imaginar um cenário mais prejudicial do que este com o qual estamos lidando agora.

Ele contraiu os lábios e assentiu.

— Concordo. O que eu posso fazer?

Dividi com ele os nomes de todos os membros originais do M89 que eu precisava pesquisar. Quando voltamos ao escritório, nos pusemos a rastrear qualquer coisa que pudéssemos encontrar a respeito deles.

Para minha surpresa, encontrei o histórico profissional de todos da minha lista. Todos pareciam bem-sucedidos em suas carreiras, apesar de muitos estarem vivendo na costa oeste, trabalhando para empresas de tecnologia na região do vale. Estudei as fotos deles atentamente, como se, de alguma forma, seus rostos pudessem me dizer alguma coisa de que eu ainda não soubesse. Qual deles odiava Blake o suficiente para nos sabotar daquela forma?

Dei um pulo quando meu telefone tocou.

— Blake, oi — disse.

— Como estão as coisas?

Dei uma olhada para os nomes escritos no meu caderno e rebobinei o pensamento até onde havíamos parado naquela manhã.

— Bem.

— Ouça, tenho que ir a São Francisco tratar de uns negócios. Meu voo é hoje à noite.

Por mais irritada que eu tivesse ficado naquela manhã, uma pontada da arrependimento percorreu meu corpo. Tentei desfazer com os dedos o franzido da minha testa.

— Isso é repentino.

— Surgiu uma situação. Sei que não é um bom momento. Eu realmente não queria deixar você sozinha agora, Erica.

Suspirei.

— Vou sobreviver.

— Tenho certeza disso. Você já conheceu o Clay?

— Quem?

Franzi o cenho novamente.

— Parece que não. Ele não costuma passar despercebido.

— Quem diabos é Clay?

— Eu o contratei para escoltar você do trabalho para casa e vice-versa. Ele vai estar do lado de fora do escritório quando você precisar sair hoje à noite.

— Que merda, Blake. Nós conversamos sobre isso.

— Nós conversamos e é isso que precisa ser feito, ao menos até eu voltar.

O café da hora do almoço tinha me dado energia suficiente para ficar indignada.

— Faça uma ótima viagem, Blake.

Desliguei a chamada e o celular. Eu não tinha como lidar com essa merda de mania controladora dele agora.

James entrou, parando imediatamente quando me viu.

— Você está bem?

Eu me endireitei e tentei afastar Blake da minha mente.

— Estou. E aí?

— O que você encontrou até agora?

Ele se sentou e abaixou o tom de voz enquanto falava.

Não que pesquisar sobre o grupo de hackers com o qual todos estávamos tão familiarizados fosse um grande segredo, mas eu não queria que as pessoas soubessem que eu estava promovendo uma caça às bruxas. Por sorte, ele parecia já ter se tocado disso.

— Alguns perfis invejáveis no LinkedIn. Parece que todo mundo partiu para outra e está indo bem. Cidadãos respeitáveis, até onde sei. E você?

— A mesma coisa, mas têm duas pessoas que você deixou de fora da lista.

Hesitei, esperando que ele continuasse.

— Suponho que você saiba que Landon estava envolvido.

Assenti silenciosamente com a cabeça.

— Certo, e também havia Brian Cooper.

— Ele está morto — me antecipei, secamente, revelando o que eu já sabia, mas não havia contado antes.

Ele hesitou por um segundo, certamente assimilando esse fato.

— Certo. Bom, ele deixou a mãe e um irmão, Trevor.

— Você descobriu algo sobre eles?

— A mãe dele mora a uns vinte minutos daqui.

— Duvido que ela seja a cabeça de um grupo de hackers. E o irmão?

— Não consegui encontrar nada sobre o irmão.

— E qual a utilidade disso?

Eu me arrependi por ter falado daquele jeito. Eu estava cansada e irritada, mas descontar em James quando ele só estava tentando me ajudar era desnecessário.

— Você não acha que é um pouco estranho que todas as outras pessoas dessa lista tenham currículos brilhantes, e o irmãozinho de 25 anos do antigo cúmplice delas não tenha absolutamente nenhuma associação profissional, nenhuma presença na internet, nenhum perfil, nada?

— Talvez ele tenha aprendido a lição com o irmão e decidido não desperdiçar a vida na internet como o resto de nós.

Ele inclinou a cabeça, parecendo tão pouco convencido quanto eu me sentia.

— Está bem. Então não fazemos ideia de onde ele está ou o que ele anda fazendo. — Apertei o botão da caneta enquanto ponderava meu próximo passo. Parte de mim se preocupava com o caminho que eu estava percorrendo, mas as coisas não podiam ficar mais fodidas do que já estavam. Melhor aproveitar e descer até o fundo da toca do coelho. — Me consiga o endereço da mãe.

— Você irá vê-la?

— Esse é o plano.

— Me deixe ir junto. Pode ser completamente inofensivo, mas é melhor você não ir sozinha.

O tom protetor na voz dele me pegou de surpresa. Fiquei pensando se o clichê "donzela em perigo" estava tatuado na minha testa. De qualquer forma, eu também não estava muito animada para encarar essa aventura por conta própria.

— Está tudo bem. Eu consigo me virar.

Ele não pareceu nem um pouco tranquilizado com meu plano solo e eu não tive como não lhe dar alguns pontos pela preocupação. Mesmo assim, eu não ia envolvê-lo ainda mais nessa bagunça, especialmente se isso significasse expor a associação de Blake com a morte de Cooper.

— Não se preocupe, James. Não estarei sozinha.

***

Fui para a rua e dei de cara com um homem imponente montando guarda ao lado de um Escalade estacionado rente ao meio-fio.

— Srta. Hathaway.

Ele deu um passo na minha direção e eu resisti à vontade de dar um passo defensivo para trás. O tamanho dele me surpreendeu. Aquele homem havia sido contratado para me proteger.

— Olá, Clay.

Apertei a mão dele, que engolia toda a minha. Ele tinha bem mais que um metro e oitenta e sua camiseta preta se esticava sobre os enormes braços musculosos. Ele tinha total pinta de guarda-costas, com exceção dos amáveis olhos cinza-claros, que contrastavam lindamente com sua pele escura.

— O sr. Landon me instruiu a escoltá-la para onde precisar ir.

Suprimi a vontade de descontar a irritação com Blake em cima dele. Não que eu realmente pudesse.

— Perfeito. Preciso de uma carona para Revere.

Ele assentiu e abriu a porta de trás para mim. Entrei e dei o endereço a ele, torcendo para que Clay não tivesse sido instruído a reportar minhas andanças para Blake.

Um tempo depois, Clay estacionou em frente a uma grande casa de estilo colonial em um condomínio novo impressionante. Mas, ao contrário dos vizinhos caprichosos, quem quer que morasse ali não gastava muito tempo mantendo as aparências. A grama estava alta e o mato se espalhava nas rachaduras da calçada até a casa. Nenhuma flor decorava o jardim e a bandeira que estava pendurada estava vergonhosamente em farrapos.

— Você gostaria que eu entrasse com você, srta. Hathaway?

A gravidade da voz de Clay me assustou.

— Não, não acho que seja uma ideia muito boa. Só me espere aqui. Não devo demorar.

Caminhei até a porta de entrada, me preparando para uma visita constrangedora à mãe dos irmãos Cooper. Toquei a campainha e esperei pacientemente. Depois de tocar mais uma vez e não obter resposta, bati com força na porta, para afastar a remota possibilidade de a campainha estar quebrada.

Finalmente, a porta se abriu e à minha frente estava um homem jovem com cabelos pretos compridos que caíam por cima dos olhos. Ele era pálido como um fantasma e pouco mais alto que eu. Fiquei sem ar, mas mantive a compostura.

— A sra. Cooper está em casa?

— O que você quer?

— É uma questão pessoal. Você se importa se eu entrar?

Ele me olhou atentamente antes de finalmente se afastar da porta, deixando-a aberta para que eu entrasse. Eu o segui para dentro da casa, entrando em uma sala de estar escura. Todas as cortinas estavam fechadas. Apenas o sol persistente, que espiava pelas frestas, iluminava o recinto. Fora a desordem generalizada, a casa parecia nova.

O jovem deu meia-volta em um corredor nos fundos da sala antes de parar para me olhar.

— Como você disse que seu nome era?

— Não disse — A adrenalina se espalhou por mim, me dando coragem para falar novamente. — Você deve ser o Trevor.

Os olhos dele se estreitaram.

— Quem é você?

— Erica Hathaway. Você sabe, aquela cuja empresa você está tentando destruir? — Eu não tinha provas de que ele tinha essa intenção, mas ele era a melhor pista que eu tinha, e, se ele estivesse envolvido, eu provavelmente não chegaria muito longe seguindo uma linha educada de questionamentos. — Mas tenho a sensação de que não é em mim que você está realmente interessado.

— Saia daqui.

Ele fez uma careta e andou na minha direção. Mantive a postura. Na pior das hipóteses, eu tinha certeza de que conseguiria me virar. Além disso, eu tinha Clay. Ergui a mão para pará-lo.

— Não tão rápido. Precisamos conversar.

Ele congelou à minha frente.

— Vou ligar para a polícia — disse, entre dentes cerrados.

Dei uma risada, genuinamente entretida pela ameaça.

— Vá em frente. Tenho certeza de que eles ficariam bem interessados no conteúdo do seu computador.

Ele nem piscou.

— Você tem atacado meu site há semanas sem fazer exigência alguma.

— Que site?

Franzi o cenho com a pergunta dele.

— Clozpin.

O canto da boca dele se ergueu em um sorriso torto que solidificou minhas suspeitas. Aquele merdinha. Eu não tinha intenção alguma de ficar cara a cara com a pessoa que estava hackeando nosso site, mas, agora que estava, a raiva tomou conta de mim.

— O que é que você quer, porra? — gritei, incapaz de continuar me contendo. Eu era a pior negociadora do mundo.

O sorriso dele desapareceu, substituído por uma seriedade assombrada.

— Diga a Landon que quero meu irmão de volta.

Congelei, sem saber ao certo para onde ir dali. Eu não esperava isso. Pensei que estaria apelando para a mãe entristecida de Brian por informações sobre Trevor. Não pensara além disso.

— Você precisa se conformar com o que aconteceu — disse, em um tom mais controlado.

— Você precisa ir embora.

Tudo bem. Talvez eu não pudesse fazer um apelo em um nível mais pessoal, mas o que ele estava fazendo era completamente ilegal.

— Posso fazer com que investiguem você. Tudo que você está fazendo será exposto — Hesitei quanto ao que diria a seguir. — Você vai acabar como seu irmão se não parar com isso agora.

Ele fez uma expressão sarcástica e deu um passo adiante, ficando com o rosto a centímetros do meu quando uma voz chamou por seu nome nos fundos da casa. Como um animal assustado, deu um pulo para trás e olhou na direção do barulho.

— Saia daqui.

Bati o pé.

— Não vou a lugar algum até resolvermos isso.

Ele revirou os olhos e desapareceu quando ouviu uma batida vinda do corredor.

— Ma. Você está bem?

— Sim. Quem é que tá aí nessa porra?

Parecia que Ma havia engolido uma caixa de pregos encharcados de vodca. O som rouco da voz dela me fez reconsiderar minha decisão de não ir embora.

Dei uma olhada rápida em torno da sala, desesperada para encontrar alguma coisa, qualquer coisa que pudesse me ajudar a chegar à raiz daquilo. A mesa de jantar estava coberta de papéis e correspondências. Remexi algumas delas até bater o olho em uma que havia sido aberta. Um cheque de mais de dez mil dólares no nome de Trevor. O envelope debaixo dele mostrava que a remetente era uma empresa de investimentos no Texas, um nome que eu não reconhecia.

Ouvi Ma cambaleando pelo corredor, as vozes deles chegando mais perto e ficando mais altas.

— Não quero nenhum estranho filho da puta nesta casa. Quantas vezes vou ter que te dizer isso?

— Não fui eu que a trouxe. Ela simplesmente entrou. Ela conhece Blake.

Congelei por um segundo. O cuzão do Trevor tinha me dedurado para a mãe maluca. Larguei o cheque na mesa e enfiei o envelope no bolso no momento em que eles apareceram na sala de estar. Ma era uma mulher corpulenta, na casa dos quarenta anos, e vestia um agasalho esportivo. Seus cabelos loiros eram pintados, com raízes escuras aparentes e um pouco embaraçados. Os olhos estavam arregalados e vermelhos quando se livrou do braço de Trevor, que a segurava, sacudindo o punho na minha direção. Dei alguns passos para trás.

— Sua putinha. Você acha que pode entrar aqui dançando? Diga a Blake que ele pode vir aqui e se ver comigo!

Os olhos dela estavam vítreos e enlouquecidos de emoção. Ela partiu para cima de mim e eu me esquivei rapidamente. Ela perdeu o equilíbrio e tropeçou. Trevor correu até ela, que xingou novamente, sacudindo o braço para ele.

Eu não podia conversar com nenhum deles. A situação estava ficando fora de controle, então saí de fininho pela porta e corri pela calçada até o Escalade.

— Vá — ordenei.

Dando uma olhada para trás, vi a mãe de Trevor vindo atrás de mim pela calçada, Trevor correndo atrás dela. Ela berrava xingamentos indistintos que eu não conseguia identificar enquanto Clay arrancava o carro, deixando-os para trás.

***

— Quer me contar que diabos você está fazendo?

Eu podia dizer, pela qualidade da ligação, que Blake estava ligando do avião. O fato de ele ter se dado ao trabalho enquanto ainda estava voando era uma prova de sua imensa preocupação com relação à minha segurança, mas fiquei irritada pelo fato de ele estar *me* repreendendo, sendo que ele era o pivô dessa bagunça.

— Blake, uma vez na vida, cale a boca e me deixe falar.

— Eu só estou no avião há algumas horas e Clay me conta que você está sendo perseguida ao fugir da casa de alguém.

— Estou chegando à raiz de um problema que você vem ignorando há tempo demais — ralhei. — Você poderia ouvir o que eu tenho a dizer antes de começar a dar piti.

Eu ainda estava sob efeito da adrenalina, pronta para brigar com qualquer um que cruzasse o meu caminho. Se Clay já não tivesse me deixado em casa, eu teria considerado seriamente falar umas poucas e boas para ele por ter me dedurado para Blake. Seria como um chihuahua latindo para um bulmastife, pensei, e arquivei aquela situação na categoria "nunca vai rolar".

— O irmão de Brian Cooper, Trevor, está no comando do M89.

Ele fez uma pausa.

— Como você sabe disso?

— Antes de a mãe pirada dele entrar em cena, ele basicamente me confessou isso. E que eles dois ficariam eternamente felizes com a sua ruína. Talvez você tenha razão quanto àquela questão de não negociar com terroristas. Ele não pareceu disposto a travar um acordo de paz.

— Então o que me parece é que você provavelmente os deixou ainda mais putos.

— O que ele está fazendo é ilegal. Não podemos simplesmente ligar para a polícia e fazer com que confisquem as coisas dele?

— Ele está comandando uma operação virtual. Se você pensa que ele não tem um sistema contra falhas para limpar a barra dele, especialmente depois do que aconteceu com Brian, você está louca. Agora que ele sabe que você está na cola dele, eu não teria muitas esperanças de que as autoridades resolvam isso para você.

Murmurei um palavrão baixinho antes de me lembrar do envelope. Tirei-o do bolso para analisá-lo de novo.

— Você já ouviu falar na AcuTech Investimentos?

— Não, por quê?

— Ele está recebendo cheques deles. Tipo, cheques altíssimos.

— Me mande as informações. Vou dar uma olhada enquanto estiver por aqui.

— Está bem — Me acalmei um pouco e imediatamente lamentei por Blake estar a centenas de quilômetros de distância. As últimas 48 horas tinham sido intensas em mais de um sentido, e nós não tínhamos feito mais nada a não ser discutir o tempo todo. — Quanto tempo você vai ficar fora?

— Espero que só uns dois dias. Vamos ver como as coisas andam.

— Sinto sua falta.

Mordi o lábio e lutei para manter a voz estável. Se Blake percebesse que eu estava chateada, só iria ficar mais frustrado por estar longe.

Ele suspirou do outro lado da linha.

— Eu sei, gata. Eu também sinto sua falta. — A voz dele estava mais baixa, mais suave. — Posso pedir um favor?

— Claro — respondi rapidamente, ansiosa por ocupar meus pensamentos com outra coisa que não fosse a saudade terrível dele.

— Você pode ficar de olho no Heath enquanto estou longe? Quem sabe sair para almoçar com ele ou algo assim. Tenho certeza de que ele vai ficar bem, mas faz pouco tempo que ele voltou. Quero garantir que ele vai se manter na linha.

— É claro.

— Obrigado. Ligo para você mais tarde, tá?

— Tá.

— E chega dessas loucuras também.

— Tá, tá — balbuciei.

Desliguei, desabei no sofá e me entreguei ao sono antes mesmo de o sol se pôr.

# CAPÍTULO 8

RISA PARECIA CONFUSA QUANDO NOS sentamos no banco de trás do Escalade. Nós duas estávamos de terninho preto de alfaiataria e saltos altos, e, pela primeira vez, eu senti que havia me esforçado tanto quanto ela para ficar bem arrumada esta manhã.

— Quem é ele? — sussurrou ela enquanto Clay se acomodava atrás do volante.

Eu não havia mencionado que seríamos levadas por meu segurança.

— Este é o Clay. Ele é meu guarda-costas-barra-babá — Fiz questão de que ele me ouvisse. — Ele se certifica de que eu não me meta em confusão. Não é mesmo, Clay?

— Sim, senhora.

Ele entrou suavemente na rua movimentada e nos conduziu rumo ao nosso destino. Vi de relance um sorriso dele pelo retrovisor. Sorri em resposta, apesar de não saber ao certo se ele veria. Aquele era o maior "esporro" que eu lhe daria.

O escritório da Bryant's era fora da cidade, então me recostei no banco e fiquei vendo meus e-mails no celular para matar tempo.

— Oh, não.

Risa estava olhando fixamente para seu celular, a mão em frente à boca. Meu coração ficou apertado, torcendo para que ela não tivesse notícias ruins sobre o site.

— O quê?

— Últimas notícias: Mark MacLeod foi encontrado morto em seu apartamento esta manhã. Ele era aquele cara com quem você estava dançando no evento de gala, não era? Amigo de Max?

Fiquei olhando incrédula para ela, de queixo caído e sem palavras. O que eu podia dizer? Fechei a boca e me esforcei para mascarar o pânico. Minha mente girava, tentando compreender a notícia.

— O que aconteceu?

Minha voz vacilou. Engoli em seco, pressionando as mãos úmidas no banco.

Ela deu uma lida na notícia por mais alguns segundos. Eu queria arrancar o celular da mão dela e ler eu mesma, mas me contive.

— Aparentemente, suicídio, mas eles não dizem como. Diz que um relatório toxicológico está pendente.

Mark estava morto. Morto. Repeti silenciosamente o fato em minha cabeça, me forçando a acreditar naquilo.

O pior pesadelo da minha vida se fora para sempre.

Fiquei olhando pela janela, tentando assimilar a magnitude da notícia que Risa acabara de compartilhar. Vagueei pelas emoções que me inundavam. O alívio era inconfundível. Eu nunca mais viveria com o medo constante daquele homem, temendo que a presença dele manchasse todos os momentos que eu passaria tentando conhecer meu pai.

À medida que essas realidades lentamente alvoreciam, um peso se suspendia. Como se eu tivesse recebido um presente, uma prece respondida. Lágrimas caíram e eu mordi o lábio para conter o tremor.

— Você o conhecia bem?

A voz de Risa era baixa e permeada por toda empatia que alguém deveria ter em um momento desses. O que ela não sabia sobre a verdade da situação podia preencher lacunas enormes.

Limpei a garganta e me endireitei.

— Não. Nos encontramos brevemente por meio da empresa de investimentos de Blake. Acho que ele tinha uma queda por mim, mas eu mal o conhecia. É chocante... Triste.

*Será?* Não foi um acidente trágico, e, por mais aliviada que eu me sentisse, não conseguia afastar a inquietação. Mark havia se matado, mas por quê? Com tudo que ele tinha em sua vida, eu não conseguia entender. Mark parecia ter um interesse especial em me atormentar emocionalmente desde que ressurgira em minha vida. O que mais poderia estar em jogo? Eu não sabia nada sobre ele a não ser o inferno particular que ele havia criado para mim.

Clay nos deixou na entrada do prédio um minuto depois. Risa e eu fomos até os elevadores enquanto eu tentava me recompor emocionalmente.

— Você está bem? Acho que eu conseguiria entrar nessa reunião sozinha se você precisar de um tempo.

Apertei o botão para subirmos.

— Estou bem. Vamos lá.

Ela respirou fundo e sorriu. Normalmente, eu estaria nervosa, mas nada parecia tão importante quanto a notícia que eu acabara de ouvir.

Nossa reunião com o diretor de marketing da Bryant's foi, pela Graça, rápida, o que era bom, porque eu estava com muita dificuldade em me concentrar em qualquer coisa que o homem dizia. Ele não havia reservado muito tempo para nós, então deixei que Risa liderasse a apresentação dos detalhes de nossa proposta. Ela foi apropriadamente concisa e falou bem. Sempre que ela hesitava ou parecia indecisa, eu me intrometia. Juntas, fizemos uma apresentação bastante convincente. O diretor pareceu satisfeito e disse que repassaria nossa proposta à equipe e nos daria um retorno assim que tivesse aprovação.

No caminho de volta, Risa soltou um suspiro pesado no carro e relaxou no encosto de cabeça.

— Você estava tão nervosa assim?

Ela sorriu.

— Mais ou menos. Fico muito feliz que você tenha vindo.

— Eu também. Formamos um belo time.

Estiquei o punho para ela bater com o dela, o que ela fez aos risos. Eu estava ansiosa para manter o clima leve, e nossa conversa foi focada no trabalho. Eu não conseguiria lidar com mais perguntas sobre Mark neste momento.

— Com certeza. Dê certo ou não, acho que definitivamente podemos usar isso como um trampolim para entrar em contato com outros varejistas. Talvez Max tenha outros contatos.

— Talvez.

Eu não estava muito segura quanto a abusar dos recursos de Max, mas ele pareceu bem disposto. Eu não tinha nada a perder ao deixar que Risa usasse sua magia com ele.

Assim que voltei ao escritório, entrei no Mocha. Peguei meu laptop e procurei pela notícia. Detalhes da história estavam sendo liberados lentamente para o público. Eu estava na metade de uma das notícias quando meu celular tocou; o rosto de Alli iluminava a tela.

— Oi — atendi.

— Meu Deus, você viu a notícia?

— Sim.

— Estou em choque. Parece algo que ele faria, acabar com a própria vida?

Pisquei e fiquei olhando para a foto de Mark na tela. Um retrato dele tirado no escritório de advocacia, parecendo profissional e mais do que pronto para dominar a América corporativa. O sorriso que me deixava enjoada estava estampado em todos os noticiários.

— Não tenho certeza — admiti. — Eu o vi duas noites atrás na Spirit Gala. Ele veio para cima de mim, me apavorando completamente. Eu não teria suspeitado que algo assim pudesse acontecer.

— Bom, você não o conhecia bem.

— Você não acha que tem a ver comigo, acha?

— Meu Deus, você está se culpando por isso, Erica?

— Não, mas...

— Certo, você precisa parar com essa merda agora mesmo. Mark era uma pessoa terrível. Você deveria estar feliz por ele ter partido e não fazer mais parte da sua vida. Já vai tarde.

— Sei lá. Acho que a ficha ainda não caiu — Eu tinha dificuldades em comemorar a morte de qualquer pessoa, até mesmo a de alguém que eu odiava tanto quanto Mark. Daniel e Margo provavelmente estavam morrendo de tristeza agora. — Diz que ele sequer deixou um bilhete. Não faz sentido.

— O que ele teria escrito? Uma confissão de todas as coisas horríveis que ele fez?

Simone trouxe meu latte de sempre sem eu sequer ter pedido. Fiz um "obrigada" com a boca para ela e o mexi lentamente enquanto refletia sobre as palavras de Alli.

— Acho que você tem razão. Ainda estou tentando assimilar tudo isso.

— Tente pensar como se fosse um capítulo da sua vida se encerrando. Você finalmente pode seguir adiante.

Meneei a cabeça, sabendo perfeitamente que a morte de Mark jamais apagaria o que ele fizera comigo.

***

Eu me forcei a terminar de escrever o contrato da Bryant's, apesar da morte de Mark raramente sair da minha cabeça enquanto eu me esforçava para trabalhar. Eu estava prestes a desistir e dar uma olhada nas notícias de novo quando Risa apareceu.

— Como estamos?

Ela se teletransportou para a minha frente.

— Quase terminando aqui. E você?

— Consegui agendar mais duas reuniões com varejistas para a semana que vem.

— Uau, você está pegando fogo — ergui as sobrancelhas, genuinamente impressionada.

Ela deu um sorriso largo, e então sua expressão ficou mais séria.

— Você tem acompanhado as notícias?

Mantive o foco na minha tela.

— Não. O que há de novo?

Não pude evitar a pergunta.

— Disseram que ele se matou com um tiro. O nível de álcool no sangue estava duas vezes acima do limite legal.

Fechei os olhos, lutando contra a visão da cena. De todas as maneiras de dar fim à sua vida, ele escolheu aquela que com certeza não guardava chance de sobrevivência.

— O funeral vai ser no domingo. Você pensa em ir?

— Risa, eu já disse que mal o conhecia — ralhei.

Que inferno. Eu queria mesmo que ela cuidasse da própria vida. Eu só queria ficar sozinha com meus pensamentos, e ela estava na primeira fileira tentando lê-los.

— Está bem, desculpe. Achei que você iria querer saber.

— Agora eu sei, obrigada.

Comecei a digitar os últimos termos no meu documento aberto, torcendo para que ela entendesse que eu estava ocupada.

Ela se tocou e saiu sem dizer mais nada. Relaxei novamente, imediatamente me arrependendo por ter sido tão rude. Minha cabeça estava uma bagunça só, e a única pessoa de quem eu realmente precisava não estava nem um pouco perto.

Esperei até depois das cinco, quando todo mundo tinha ido embora, para ligar para Blake. Eu o ouvi conversando com alguém quando ele atendeu.

— Blake.

— Oi.

— Mark morreu — disse, com o cérebro trabalhando duro para acreditar naquelas palavras. Eu ainda não conseguia acreditar.

Houve silêncio do outro lado da linha enquanto eu esperava que ele respondesse, me perguntasse como e quando. Certamente, ele teria tantas perguntas quanto eu. Se alguém odiava Mark com a mesma força que eu, era Blake.

— Eu sei.

— Como assim?

— Vi no meu feed de notícias. Desculpe, eu queria ter ligado, mas estive preso em reuniões o dia todo. Só um segundo.

— Tudo bem.

Minha voz estava baixa e minha garganta apertada de emoção. Eu queria ficar brava com ele por não ter ligado, mas tudo em que conseguia pensar era na falta que sentia dele.

O ruído foi abafado do outro lado, e então as vozes ao fundo desapareceram.

— Você está bem?

A voz dele era mais suave.

Tamborilei os dedos na mesa, pensando em como descrever com palavras o quanto eu não estava bem.

— Quando você vem para casa?

Ele suspirou do outro lado. Eu me encolhi. Eu estava me tornando o tipo de namorada emocionalmente dependente de que ele provavelmente não precisava. Sem contar que era o tipo que eu jamais pensei que iria me tornar.

— Desculpe, simplesmente faça o que você tem que fazer aí, Blake. Não se preocupe comigo, OK? Estou bem.

Engoli as lágrimas que ameaçavam cair, tentando parecer o mais inalterada possível.

— Vou voltar assim que possível.

— Estou bem — repeti, desejando que nós dois acreditássemos nisso enquanto eu secava a lágrima que escorria por minha bochecha. — Só estou meio que um caco agora, mas vou ficar bem.

Ouvi vozes ao fundo de novo e um palavrão murmurado baixinho por ele.

— Eu ligo para você hoje à noite, OK?

— Claro.

Desliguei e larguei a cabeça nas mãos. Por que eu precisava de Blake para me recompor? O que é que havia mudado nessas últimas semanas que me fazia precisar dele como se precisasse de ar? Eu não conseguia compreender isso nem os pensamentos insanos que eu estava tendo de pegar o próximo avião para São Francisco para vê-lo.

— Parece que você precisa de uma bebida.

James estava parado ao lado da minha mesa. Ele estava lindo como sempre, em uma camiseta preta estampada e jeans escuros, mas foi a expressão de preocupação no rosto dele que capturou minha atenção. Sequei os olhos rapidamente, repentinamente preocupada com a situação do meu rímel depois de um dia como o de hoje.

— Achei que todos tivessem ido embora.

— Precisei finalizar um negócio aqui. Pensei que podíamos colocar o papo em dia.

Eu me endireitei e torci em silêncio para que ele não tivesse ouvido minha conversa com Blake.

— Talvez outro dia. Melhor eu ir para casa.

Empilhei os papéis que haviam se acumulado na minha mesa durante o dia.

— Numa sexta à noite? Eu achei que você comemoraria a nova conta.

— Bom, ainda não é definitivo. Além disso, ainda tenho trabalho a fazer. Preciso definir o direcionamento da campanha publicitária que estamos planejando.

— Que tal você me passar um pouco desse trabalho e me deixar levar você para tomar alguma coisa? Posso vir amanhã, se precisar.

Meneei a cabeça.

— Não espero que você faça isso.

— Eu quero fazer. Vamos lá, tem um boteco bacana aqui na rua. A não ser que você goste mais daqueles bares mais chiques que servem martinis.

Ergui os lábios. Ele tinha razão em uma coisa. Eu precisava de uma bebida. Ter alguém com quem conversar, mesmo que não fosse sobre meu dia totalmente odioso, também era bastante interessante.

— Está bem. Só uma bebida.

***

James não tinha mentido quando falou que o lugar era um boteco típico. Escuro e com pouca decoração, o bar atraía um público local. A maioria estava usando roupas casuais, de modo que eu me destacava com meu terninho. Talvez um bar mais requintado tivesse sido melhor, devido aos olhares surpresos que eu estava recebendo.

Encontramos dois lugares no bar lotado e pedimos bebida. Tentei ignorar as notícias que passavam na única televisão presa na parede.

— Alguma novidade?

Fiquei levemente em pânico.

— Com relação a quê?

— Ao moleque Cooper?

— Ah, sim, ele definitivamente é o nosso homem.

Pensei novamente na cena da casa e me senti mal por não poder lhe contar toda a verdade. Ele fizera uma boa descoberta encontrando a família de Brian e eu fiquei pensando em silêncio se ele por acaso teria outras ideias sobre como chegar ao fundo dessa situação.

— Está brincando? Você o encontrou?

— Dei um pulo na casa da mãe dele ontem à noite. Ele mora com ela, então acabei conhecendo os dois.

— Ele vai parar?

Meneei a cabeça e agradeci à bartender esguia que serviu nossas bebidas.

— Então como Landon se encaixa nisso?

Tomei um gole da minha bebida, apreciando a queimação do álcool.

— Vamos apenas dizer que o grupo original não terminou numa boa. Trevor nutre um ressentimento por Blake e, pela maneira como a noite passada foi, isso não vai mudar tão cedo. Esse rancor se alastrou para a nossa empresa devido ao envolvimento dele conosco. Então estou basicamente em outro beco sem saída, a não ser que encontre uma maneira de argumentar com Trevor.

James apoiou os cotovelos no bar, envolvendo a cerveja com a mão e exibindo seus braços fortes e as tatuagens.

— Talvez eu possa me entender com ele.

Dei uma risada.

— Tenho certeza de que você não teria problema algum em vencê-lo no braço e, a essa altura, eu provavelmente tentaria qualquer coisa se achasse que poderia funcionar. Infelizmente, não tenho certeza de que isso seria bom. Blake parece achar que ele não será facilmente dissuadido.

— O que rola entre você e Blake, afinal?

Ele tomou um gole de cerveja e olhou para a televisão, como se não estivesse muito preocupado com a resposta. Antes que eu pudesse responder, alguém gritou meu nome do outro lado do recinto. Vestindo uma blusa preta aberta nas costas e jeans *boyfriend* rasgado, Simone veio até nós.

— Mulher, eu não sabia que você vinha aqui!

— Não venho — disse, imediatamente feliz por ver o rosto dela fora do café.

Ela parecia descontraída, com os cabelos ruivos soltos e caindo sobre os ombros.

— Este é o meu lugar!

— Você é dona daqui também?

Ela riu alto, chamando a atenção de quase todos os homens ao nosso redor.

— Não, aqui é, tipo, aonde eu venho quando não estou trabalhando ou dormindo.

— Ah, legal. Gostei daqui.

Ela colocou o braço em torno de mim e fez uma pausa quando viu James.

— E aí?

Os olhos dela se estreitaram sugestivamente.

Ele lançou um sorriso torto.

— Oi.

— Simone, este é o James.

— É um prazer. Vocês querem jogar sinuca?

James me olhou para sondar meu interesse e eu dei de ombros.

— Não é o meu melhor jogo, mas posso arriscar.

—Até parece, você deve mandar bem pra caralho.

O sotaque de Boston de Simone estava saindo mais forte que o de costume. Ela claramente tinha saído na minha frente na maratona etílica. Mesmo assim, ela era inegavelmente divertida. Se já era uma figura antes, agora era um show à parte.

James colocou nossos nomes na espera da próxima mesa e ficou conversando com as pessoas que estavam jogando enquanto eu e Simone aguardávamos.

Simone se sentou no lugar de James.

— Vamos pegar algo de verdade para você beber.

— Estou bebendo uísque. Não tem como ser mais verdadeiro que isso.

— Tô falando de shots.

— Hum, não sei.

— Vamos tomar só um. — Ela contraiu os lábios e acenou para a loira que agora estava nos ignorando. — Ei, loirinha. Duas ruivas vadias.

Revirei os olhos.

— Sutil, Simone.

— O quê? *Jägermeister*, *schnapps* de pêssego e suco de *cranberry*. Ruiva vadia. Eu sou a ruiva e você é a vadia.

— Como é que é?

Dei uma olhada em volta, acanhada, torcendo para que ninguém tivesse ouvido aquilo.

Ela virou o primeiro shot sem me responder e eu a segui logo depois. Ela imediatamente pediu mais duas rodadas. Eu mal havia comido o dia todo. Estava sendo sustentada por café e pelas porcarias que tinha escondidas na gaveta do meu escritório. Eu precisava diminuir o ritmo ou iria pagar por isso depois.

— O que está rolando com ele? Achei que você estivesse com aquele investidor.

Simone acenou com a cabeça na direção de James.

— Nada está rolando com James. Só viemos beber alguma coisa. E eu *estou* com aquele investidor. Então não tenha ideias.

— Não se preocupe. Não faz meu tipo. Já aquele ali é mais a minha praia. Gostaria de dar uma olhada melhor naquelas tatuagens.

Ela mordeu o lábio.

— Vá fundo. Ele é um cara bem legal.

Virei um dos dois shots que a bartender colocara à minha frente. Blake estava a milhares de quilômetros de distância e eu tivera um dia de cão. Talvez eu precisasse de alguns shots para aliviar a tensão.

— Eu poderia, meu bem, mas ele não tirou os olhos de você desde que cheguei aqui. Conheço bem esse olhar.

Franzi o cenho e me virei na direção de James sem discrição alguma. Nossos olhos se encontraram e ele rapidamente os desviou e se apoiou na mesa de sinuca para assistir à tacada seguinte. *Merda*.

— Isso é ridículo.

Eu me virei de volta para o bar e tomei o terceiro shot.

***

Eu não era tão ruim na sinuca quanto pensava. Apesar de todo o álcool, eu dei umas tacadas decentes. Simone formara uma dupla com uma pessoa da última equipe vencedora e James e eu estávamos na frente após as primeiras rodadas. Eu me inclinei para a próxima tacada, mas, antes que eu pudesse dá-la, uma mão deslizou pela minha lombar, quente sobre o tecido fino da blusa que eu estava usando. James se inclinou ao meu lado, seu corpo perto demais. Perto de uma maneira nada profissional.

— Mire na caçapa da esquerda.

A respiração dele pincelou meu pescoço e todo meu corpo ficou tenso. Fechei os olhos por um segundo, desejando que ele fosse Blake. Céus, só por alguns minutos. Eu sentia tanta falta dele. Quando os abri, peguei Simone olhando para mim com uma expressão presunçosa de eu-te-disse no rosto. Mudei o ângulo, dei a tacada e a bola caiu na caçapa. Dei um passo para trás e me desequilibrei em cima dos saltos. James estava lá, me segurando com a mão na minha cintura.

— Você está bem?

— Estou.

Sorri e me afastei com um passo de autopreservação. Eu precisava assumir o controle daquela situação antes que James tivesse a impressão errada. Eu estava prestes a começar a me repreender por ter tomado umas com um empregado quando um rosto familiar surgiu no meio da multidão ao redor das mesas de sinuca.

— Uh-oh — murmurei.

— O que foi? — perguntou James.

Heath caminhou lentamente, as mãos nos bolsos, até que ficou parado bem na nossa frente. Ele deu uma encarada dura em James antes de se voltar para mim. Meus olhos se arregalaram quando reprisei os últimos minutos na minha cabeça, incluindo o tutorial de sinuca breve e sugestivo de James.

— Estou encrencada, não estou?

Heath respondeu com um sorriso contido. Peguei minha bolsa e catei o celular, vendo que Blake havia ligado pelo menos uma dúzia de vezes. *Puta merda.*

— Preciso ir.

Dei uma olhada rápida para Simone e James, ávida para entrar em contato com Blake e explicar tudo aquilo.

— Precisa de uma carona?

James deu um passo à frente.

— Não, ela não precisa.

Heath quase o derrubou com o olhar, seu maxilar pulsando de um jeito que me fez pensar seriamente se ele estava, de alguma forma, incorporando Blake naquele momento.

— Venha. Vamos sair daqui — disse ele, com um tom de clemência.

Minha ansiedade se deteve bruscamente. Meu rosto ficou quente. O pensamento de ser escoltada do bar por ordem de Blake me humilhava e minha dignidade não ia aceitar isso.

— Saio em um minuto.

Ergui as sobrancelhas para ele, desafiando-o a bater de frente comigo.

Ele pausou e finalmente concordou com um aceno breve de cabeça.

— Quem diabos era aquele?

James fez uma careta para a direção da saída pela qual Heath tinha acabado de passar.

— Irmão de Blake.

— Um pouco protetor, não?

Simone se aproximou e se apoiou na mesa de sinuca ao meu lado.

— Às vezes — menti.

— Você vai realmente me deixar aqui?

Simone fez um biquinho.

Sorri.

— Vou, já estou muito bêbada. Preciso me jogar na cama antes que faça algo estúpido.

— Sem graça.

— Cala a boca. James vai cuidar de você, certo?

James sorriu amigavelmente, mas a decepção escureceu seu olhar. Simone se aproximou para me abraçar. Quando ela me soltou, James me puxou para perto e deu um beijo rápido no meu rosto.

— Boa noite.

Eu me livrei do abraço dele tão rápido que quase perdi o equilíbrio de novo. Saí do bar sem dar tchau.

Clay levou Heath e eu de volta para o apartamento em silêncio. Eu queria dar uma bronca nos dois, mas não faria diferença alguma, já que Blake controlava tudo que eles faziam. Eles não eram diferentes de mim.

Entrei no apartamento e bati a porta atrás de mim antes que Heath pudesse dizer "boa noite". Cady, nossa vizinha de baixo e assistente pessoal de Blake, estava sentada ao lado de Sid no sofá vendo um filme. Eles estavam aconchegados mais perto do que eu jamais havia visto. Acenei e disse "oi" antes de desaparecer no meu quarto.

Eu me larguei na cama e desejei que as paredes parassem de se mexer um pouquinho antes de fazer a ligação. Xinguei e selecionei o número dele.

— Erica.

A voz dele era uma mistura potente de desespero e irritação.

— Você ligou?

Decidi manter o clima leve e começar por aí.

— Estou começando a me sentir como um disco arranhado, mas, que porra aconteceu?

O humor de Blake decididamente não era leve.

— Eu estava tomando uma bebida com um amigo. Estava barulhento. Não ouvi meu celular. Pare de exagerar.

— Seu amigo era aquele que estava passando a mão em você? Ou esse era outro?

Rangi os dentes e respirei em meio a série de palavrões que passaram pela minha cabeça. Heath iria ouvir umas poucas e boas sobre isso.

— Você deve estar falando de James, do trabalho, e não, ele não estava passando a mão em mim. Estávamos jogando sinuca. Ele estava me mostrando uma facada. Uma *tacada*. Ele estava me mostrando como dar uma tacada.

Grunhi alto. Minha língua enrolada não estava me ajudando.

— Que bela imagem mental você acabou de me dar.

— Pare de ser tão ciumento — murmurei, já cansada demais para brigar.

— Você está em casa agora?

— Aham. Na minha cama. Pensando em ficar pelada — provoquei, torcendo para que ele mordesse a isca e pudéssemos parar de discutir.

— Está excitada, é?

— Ah, podíamos nos ver no *Facetime*. Você tem Wi-Fi?

Ele riu e eu sorri, aliviada por ele não estar tão bravo quanto parecia.

— Tenho um jantar de negócios com um dos parceiros do projeto no qual estou trabalhando aqui. Por mais que eu adorasse dar um bolo nele para fazer sexo por telefone com você, gata, isso só iria me manter aqui por mais tempo ainda. E não acho que nenhum de nós possa tolerar atrasos. Concorda?

Fiz um bico e desabei de volta na cama.

— Concordo.

— Preciso que você faça duas coisas.

— Ótimo. Qual o decreto do senhor do universo?

— Tome uma garrafa d'água. Beba tudinho e tome quatro comprimidos de ibuprofeno. Parece que você vai precisar.

— Sim, senhor — resmunguei, pronta para desligar e ir até a cozinha.

— Ei.

— O quê?

— Eu te amo, Erica.

— Eu também te amo.

# CAPÍTULO 9

ALGUÉM ESTAVA BATENDO NA MINHA porta.

— O que você quer? — resmunguei, por baixo das cobertas.

— Bom dia, flor do dia. Achei que seria bom você tomar café da manhã.

Espiei por debaixo do edredom. Heath parecia elegante e animado, segurando um café gelado grande e o que eu torcia para que fosse uma caixa de donuts. Só a cafeína conseguiria me manter em pé esta manhã.

Eu me sentei lentamente. Eu não me sentia tão terrível quanto deveria estar me sentindo, graças ao conselho de prevenção de ressaca de Blake. Peguei o café e me recostei na cabeceira. Heath se sentou na ponta da cama, me fitando hesitantemente. Ele provavelmente estava esperando que eu desse uma bronca nele. Se eu estivesse me sentindo melhor, talvez tivesse dado.

— Eu te odeio, sabia?

Minha voz estava rouca, o que diminuiu o impacto pretendido das minhas palavras.

— Eu sei. Eu estava meio que torcendo para que isso pudesse ser uma oferta de paz.

Fiz uma careta ao me lembrar dos avanços sutis de James e, pior, de que Heath provavelmente havia testemunhado tudo.

— Para seu governo, não tem nada acontecendo entre mim e James. Talvez ele estivesse sendo incisivo demais, mas ele trabalha para mim. Se alguém precisa colocá-lo na linha, eu gostaria que fosse eu mesma.

— Sinceramente, isso não é da minha conta. Blake estava enchendo meu saco sobre com quem você estava e eu não ia mentir para ele. De qualquer forma, me desculpe. Blake já me arrastou para fora de mais bares do que eu posso contar. Não foram meus melhores momentos também.

Fixei meu olhar na coberta, puxando uma pequena pena cuja ponta estava saindo do tecido.

— Desculpe por ter colocado você naquela situação. Suponho que, se eu tivesse sido mais acessível, apesar de Blake ser completamente maluco, toda aquela cena poderia ter sido evitada. Um bar provavelmente era o último lugar onde você realmente precisaria estar noite passada.

— Não se preocupe com isso. Minha sobriedade não é tão tênue assim. Se fosse, duvido que Blake teria me mandado lá. Acho que ele simplesmente pensou que eu fosse uma opção melhor que o Clay.

Os lábios dele se curvaram em um sorriso.

Dei uma risada ao pensar em Clay, um dos maiores homens que eu já tinha visto, negociando com James sobre quem iria me levar para casa. Quanta humilhação.

— Boa — Tomei um gole longo de café, sentindo meu cérebro voltar levemente à vida. — Heath, como você lida com Blake?

— Você não quer dizer como ele lida comigo?

Ri comigo mesma. Eu poderia facilmente ter dito aquilo não muito tempo atrás, mas Heath tinha mudado tanto.

Ele parecia, de alguma forma, ser o cara racional, e Blake, o impulsivo.

— Não sei, é o que conversamos aquela noite em Las Vegas, como todo mundo meio que orbita em torno dele. Não sei como ele faz o que faz, ou por que quer isso às vezes.

— Erica, eu devo minha vida a ele a essa altura. Depois de tudo que ele fez por mim, estou disposto a mudar para o que quer que ele ache melhor. Se isso for ajudar com a empresa, mudar para cá, o que ele precisar. Deus sabe que não sou muito bom em tomar decisões.

— Você está pensando em se mudar permanentemente para cá?

O olhar dele encontrou o meu. Ele claramente não pretendia ter me contado aquilo.

— Conversamos sobre isso. Já pisei na bola em Nova York tantas vezes e tenho bastante apoio aqui de Blake e dos meus pais. Mas preciso conversar com Alli sobre isso. Ela é a pessoa mais importante na minha vida agora. Quero garantir que podemos lidar com isso antes de tomar uma decisão.

Eu não achava que Alli iria levar numa boa, mas não ia pôr à prova o relacionamento já complicado deles me intrometendo.

— Não se preocupe. Não vou falar nada. Tenho certeza de que ela vai me procurar quando quiser conversar sobre isso.

Ele pareceu aliviado.

— Obrigado.

— Seus pais moram perto?

Não pude evitar mais esse assunto.

— Mais ou menos uma hora ao norte da cidade. Eles não costumam vir ao centro, mas, quando estou por aqui, tentamos jantar uma vez por semana.

— Ah.

Tentei conter minha surpresa. Durante todo o tempo que Blake e eu havíamos passado juntos, eu não fazia ideia de que os pais dele moravam tão perto ou que ele os via regularmente. O fato de ele também não ter mencionado nada para mim doía um pouco. Ingenuamente, eu nunca pensara muito no resto da família, fora Heath e Fiona. Minha própria família estava decididamente longe de ser normal, isso se estivesse presente. Mas Heath fez parecer que eles tinham algo mais estável.

— O que você vai fazer hoje?

Heath captou minha atenção de novo.

— Quem quer saber? — provoquei.

— Ei, meu expediente já acabou. Só estava puxando papo.

— Prove que você está falando a verdade e me passe esses donuts.

***

Em um reflexo perfeito de meu estado de ressaca, o dia estava nublado e monótono. Sem querer ser surpreendida pelo clima, deixei que Clay me levasse ao escritório. Eu estava começando a sentir pena dele, visto que ele não tivera nenhum dia de folga desde que Blake lhe dera a função de me escoltar para cima e para baixo.

Pulei minha parada de sempre no Mocha. Eu já estava calibrada e não sabia se conseguiria lidar com um relatório da Simone neste momento. Fui para minha mesa. Uma mensagem chegou no meu celular.

*James: Tá viva? Chego no escritório daqui a pouco.*

*Erica: Oficialmente ressurgida dos mortos. Já estou aqui. Sem pressa.*

Eu provavelmente teria de conversar com James sobre a noite passada. Talvez eu conseguisse me safar simplesmente ignorando tudo. Digo, nós dois tínhamos bebido. As pessoas tomam todos os tipos de decisões ruins sob essas circunstâncias. No fim, manter as coisas profissionais no trabalho era provavelmente tão importante para ele quanto para mim. Ele queria manter o emprego, afinal de contas.

Chequei meu e-mail e prossegui para as notícias. Os detalhes acerca da morte de Mark eram envolventes demais para resistir. Eu me sentia como um motorista passando pela cena de um acidente terrível, sem conseguir parar de olhar. Eles tinham novas fotos de Daniel e Margo, parecendo tão tristes quanto eu esperava que eles estivessem, evitando as câmeras dos paparazzi. Meu coração doeu por eles, por mais distorcido que aquele sentimento fosse para mim. Minha empatia havia se tornado parcial e condicional.

Por impulso, peguei o telefone e rolei pelos contatos até chegar em Daniel. Inspirei, expirei e fiz a ligação, esperando completamente que caísse na caixa postal. Tudo que eu queria era que ele soubesse que eu estava pensando neles, o que me pareceu a coisa apropriada a se fazer, dadas as circunstâncias. Eu era filha dele, afinal de contas. Não queria que ele achasse que eu não me importava, mesmo que Margo quisesse que eu me mantivesse longe.

Fiquei chocada quando Daniel atendeu.

— Oi — Tive dificuldades em saber como continuar. Um simples "tudo bem?" não iria funcionar agora. — Sei que provavelmente não é uma boa hora. Eu só queria que você soubesse que estou pensando em você e em Margo. Eu sinto muito.

Ele ficou em silêncio pelo que pareceu ser um bom tempo.

— Você acha que podemos nos encontrar hoje?

Resisti à vontade de concordar imediatamente. As palavras de Margo ecoaram em minha mente.

— Hoje?

— Você pode me encontrar em Castle Island em uma hora?

Ele parecia, de alguma forma, diferente, menos recatado e seco. O tom casual deveria ter sido bem-vindo, talvez, mas me preocupou. Mordi o lábio, desejando saber no que ele estava pensando.

— Está bem — concordei.

— Precisa de uma carona? Posso mandar um carro.

— Não, não precisa. Vejo você daqui a pouco.

Desliguei e mandei uma mensagem para James avisando que iria sair por um tempo. Uma sensação inquietante de urgência me assolou enquanto eu saía pelos fundos e chamava um táxi na rua transversal. Blake ficaria furioso se soubesse que eu estava tentando escapar despercebida, mas eu não queria ter que explicar a Daniel por que estava passeando com meu guarda-costas brutamontes.

A chuva havia diminuído, mas uma neblina pesada se instalara sobre a baía enquanto o táxi parava. Paguei a corrida e saí do carro. Um Lincoln todo preto estava estacionado perto dali. Fora isso, a praia geralmente movimentada que se estendia pela ilha estava vazia devido ao tempo.

Quando me aproximei, um cara grandalhão de cabelos alaranjados saiu do lado do motorista. Os olhos dele era impossivelmente claros, quase não eram azuis, e sardas manchavam boa parte de seu rosto.

— Ele está ali — disse, apontando para o caminho que iniciava o círculo completo em torno da baía, cujo final tinha desaparecido na neblina.

Comecei a seguir a trilha, procurando pela figura de Daniel à medida que minha visão se tornava mais clara. Ele finalmente surgiu. Usando calça cáqui e uma jaqueta esportiva marrom, ele estava em pé, observando a água cristalina da baía, a vista fragmentada da cidade no horizonte.

Ele deu um sorriso amarelo enquanto eu me aproximava. Apesar de sua vestimenta casual, ele parecia ainda mais velho do que eu me lembrava. Os cabelos grisalhos estavam mais evidentes, e as rugas de seu rosto, mais definidas.

— Obrigado por ter vindo.

— Imagine.

Eu me senti inquieta, apesar de não saber exatamente por quê. Talvez eu tivesse subestimado o quanto isso poderia ser constrangedor.

Ele colocou a mão no bolso da jaqueta e tirou uma frasqueira brilhante entalhada. Ele tirou a tampa e a ofereceu para mim. Meneei a cabeça. Ele a levou aos lábios e tomou boa parte do conteúdo. O ar sibilou por entre os dentes dele, permeando o ar com o aroma turfoso de uísque. Do bom.

— Sinto muito, Daniel.

Eu me aproximei e toquei seu ombro. Ele colocou a frasqueira de volta na jaqueta e cobriu minha mão com a dele. Ele se virou e sentou-se em uma das placas de granito que funcionavam como uma barreira entre a trilha e a água abaixo. Mantendo minha mão na dele, ele me puxou para baixo para que eu me sentasse ao seu lado.

— Você não precisa fazer isso.

— Como assim?

— Você não precisa dizer que sente muito, Erica.

Franzi o cenho. Será que ele estava tentando ser forte?

— Daniel, eu *sinto* muito. Não gosto de ver você sofrer. Não posso nem imaginar pelo que você está passando. Eu gostaria de poder fazer alguma coisa.

Uma onda de culpa se espalhou por mim. Será que eu traria Mark de volta se tivesse escolha? Por mais triste que eu estivesse pela perda de Daniel, eu estava incontestavelmente grata por mim mesma. Eu não podia ter empatia por ele do jeito que teria se as circunstâncias fossem bem diferentes. Eu era uma contradição ambulante. Mas

Daniel era meu pai. Não tínhamos uma história muito farta, mas ele precisava de todo apoio que eu pudesse dar a ele agora.

Ele meneou a cabeça e soltou minha mão, enfiando-a na jaqueta novamente em busca da frasqueira. Depois de tê-la esvaziado, ele se virou para mim. Seus olhos estavam vermelhos enquanto queimavam nos meus. Se era pelo álcool ou pela emoção, eu não saberia dizer, mas sua expressão parecia incontestavelmente assombrada.

— Não sei como isso aconteceu, mas, praticamente desde o momento em que você apareceu na minha vida, você se tornou meu orgulho, Erica. Eu nunca senti isso de verdade até você surgir. Isso é bastante deprimente, não é?

As palavras dele me deixaram sem ar. Engoli em seco e puxei um inspiro instável. Ele tirou o cabelo do meu rosto delicadamente. O carinho no gesto dele fez meu coração se contorcer.

— Mas e Mark?

Ele voltou seu foco para o horizonte, as ilhas vazias além.

— Não havia amor paterno que pudesse ajudar Mark. Sei lá. O pai dele faleceu inesperadamente e, quando eu e Margo nos casamos, eu já sentia que ele estava longe demais para que eu realmente o pudesse ajudar. Havia uma escuridão que habitava naquele menino e, por um bom tempo, eu pensei que poderia canalizar isso em alguma coisa. Céus, o mundo corporativo deste país é cheio de babacas frios e sem coração, mas ele não parecia sequer jogar de acordo com aquelas regras. Com tudo que dei a ele... — Ele suspirou e meneou a cabeça. — Ele não queria nada. *Nada*.

Pela maneira como ele enfatizou aquela última palavra, eu não duvidei.

A expressão dele se iluminou um pouco.

— Aí surge você. Você não teve nada do meu dinheiro ou da minha influência. Nenhuma das oportunidades, mas, mesmo assim, aqui está você, tão focada, com todas as qualidades que eu poderia querer para você. E você é minha. — Ele sorriu ligeiramente. — Essa é a melhor parte.

Tive dificuldades em controlar minha emoção, mas eu estava me afogando nas palavras dele. Será que ele realmente estava falando sério com relação àquilo tudo? Será que era o álcool falando? Ele parecia estar lendo um roteiro com tudo que eu sempre quis que ele dissesse. Esperei anos para ouvir aquelas palavras dele, antes sequer de eu saber quem ele era ou o seu significado para minha mãe.

— E saber que o filho para quem eu dei tudo... machucou você.

Os músculos do maxilar dele se contraíram quando ele desviou o olhar.

— Você sabia?

Minha voz era baixa demais, quase desaparecendo na brisa do oceano que soprava em nós.

— Você estava tão chateada no evento. Eu podia ver no seu rosto. Coloquei Mark contra a parede e ele confessou tudo. Ele estava bastante satisfeito consigo mesmo, na verdade. Ele me falou que, se eu planejasse me intrometer no plano dele de ir atrás de você, ele exporia a verdade sobre minha relação com você. Depois de tudo que eu havia dedicado a essa campanha, ele queria barganhar comigo. Manter a campanha a salvo ou manter você a salvo. — O rosto dele se contorceu em um rosnado amargurado. — Ele não pode mais machucar você.

Congelei, paralisada pelas palavras com as quais eu tentara me reconfortar na última vez que Mark me manteve prisioneira em seus braços.

— Não entendo... Ele... Ele se matou.

Aquela última frase pareceu com uma pergunta, pois nada mais parecia certo.

— Certamente pareceu isso, não foi?

Um silêncio sinistro pairou sobre nós. Sacudi a cabeça, sem querer acreditar no que ele estava insinuando. Ele não podia. Eu me levantei e andei alguns passos instáveis, me afastando, antes de encará-lo de novo.

— Daniel, o que você está dizendo?

— Acho que você sabe.

— Não... Meu Deus... Você não pode ter... Não por mim.

Ele franziu o cenho.

— Sim, por *você*. Eu fiz o que tinha que ser feito, droga. Ele estava ameaçando você. Blake estava me ameaçando. Estamos todos melhores sem ele, acredite em mim.

Ele se levantou e tirou um maço de cigarros da jaqueta. Ele acendeu um e deu uma tragada longa.

— Como assim, Blake estava ameaçando você?

Ele sacudiu a cabeça e deu uma ligeira risada.

— Eu devia ter desconfiado quando você nos apresentou a ele. Não há como guardar segredos de um homem como Landon. Parece que ter uma eleição para ganhar é uma vulnerabilidade da qual meus inimigos estão mais que dispostos a tirar proveito.

— Blake não é seu inimigo.

Eu não fazia ideia do que acontecera entre eles dois, mas Blake sabia quanto meu relacionamento com Daniel era importante. Ele não o machucaria de propósito, mesmo se pensasse que era pelo meu bem. Ao menos eu achava que não.

A seriedade escureceu o olhar dele e ele deu um passo na minha direção, apontando para mim.

— Qualquer um que faça ameaças, Erica, é um inimigo, não importa a intenção. Ele veio até mim no dia seguinte ao evento, me avisando, sem deixar dúvida, de que eu tinha que tirar Mark da sua vida. Mandá-lo para algum lugar, para nosso escritório em Nova York, uma ilha deserta. Ele não se importava, desde que ele estivesse longe de você. Ele disse que, se eu não o fizesse, comprometeria minha campanha. Não sou o tipo de homem para quem você faz ameaças vazias, mas admito que pesei minhas opções. — Ele soltou a fumaça pelo canto da boca. — Agora você está a salvo, a campanha está a salvo, e Blake está satisfeito por hora. Todo mundo sai ganhando.

— Você... o matou?

— Fiz o que tinha que ser feito — Ele ergueu a voz, direcionando seu veneno a mim. — Não aja como se você não estivesse feliz pra caralho por tê-lo fora da sua vida. — Ele massageou a testa e respirou — Margo, que Deus a ajude, é a única sofrendo no momento, mas ela queria que eu ganhasse mais que todo mundo. Agora, vamos ganhar.

— Como assim?

Ele deu de ombros e deu mais uma tragada.

— Os números já começaram a subir. A morte de Mark me pintou como um candidato humano. Assim que eles encerrarem a investigação, o que deve acontecer logo, a disputa estará no papo. Não temos como perder.

Eu não conseguiria aguentar mais um minuto daquilo. O calor que eu havia visto nele antes tinha desaparecido, substituído pelo homem presunçoso e calculista cuja única preocupação era o caminho mais curto para o sucesso. Eu não fazia ideia de como o amor ou o orgulho por mim se encaixavam nesse cenário e não queria saber.

Comecei a andar de volta para o passeio. Daniel chamou meu nome, mas continuei andando apressadamente em meio à neblina densa até que avistei o final da trilha.

Eu não conseguia mais pensar direito. Mark estava morto. Meu Deus, Daniel o assassinara. Por mim ou pela campanha? Quem poderia fazer isso, qualquer que fosse o motivo? Claramente, aquilo estava além da minha compreensão, já que tudo isso fazia sentido para Daniel.

O homem de cabelos alaranjados me encontrou no final da trilha, bloqueando boa parte do caminho com a imensidão de seu corpo. Ele não era nenhum Clay, mas não dava para brincar com ele. Diminuí o passo quando me aproximei.

— O sr. Fitzgerald precisa falar com você. Espere aqui.

Eu me virei. Daniel surgiu da neblina na minha direção, sem nenhum sinal de amor em seus olhos. Consegui passar pelo segurança dele, mas dera somente alguns passos quando ele me agarrou pela blusa e me arrastou de volta para o carro, onde Daniel me encontrou.

— Solte-a, Connor.

Ele me soltou, obedecendo, e eu voltei lentamente na direção do carro, tentando manter o máximo de distância que conseguia entre mim e eles.

— Você não me deixou terminar.

— O que mais há para dizer? Você matou seu filho. Quer que eu o parabenize?

— Ele não era meu filho. Mas, por Deus, você é minha filha. Você é uma Hathaway no papel, Erica, mas, até onde sei, você é uma Fitzgerald.

— O que você quer dizer com isso?

— Mais alguns meses e estarei sentado na poltrona do governador. Aí, antes que você perceba, estaremos em Washington trilhando nosso caminho para o topo, e você vai me ajudar a chegar lá.

— Como é que eu poderia fazer isso? Não sei nada de política.

— Torne sua empresa lucrativa e a venda, ou não. Não me importo, mas vou levar você comigo para liderar minha campanha virtual. Você é mais esperta que qualquer um que eu tenho comigo.

Arquejei. Ele não podia estar falando sério. Não podia ter tramado todo esse plano em sua cabeça e pensado que eu comemoraria com ele. Neguei com a mão, recusando a proposta.

— Não. Não vou participar disso. Gosto da minha vida do jeito que ela é, obrigada.

O rosto dele se contorceu em uma expressão de escárnio desagradável.

— Está certo. Quase me esqueci de nosso amigo, Landon. Ele não vai deixar você desistir tão rápido, não é?

— Duvido, visto que ele investiu quatro milhões na empresa.

— Devolva o dinheiro.

— Como assim? Não posso devolver o dinheiro, mesmo que quisesse. Já comecei a investi-lo.

— Eu te ajudo a devolver.

— Isso é loucura, Daniel. Talvez devêssemos conversar sobre isso outra hora, quando as coisas não estiverem tão complicadas. Você está me pedindo para abrir mão de tudo pelo que eu trabalhei.

— Isso não é tudo de que você estaria abrindo mão.

— Como assim?

— Landon. Ele precisa estar fora do jogo.

O sangue se esvaiu do meu rosto.

Ele deu uma risada.

— Bom, não completamente fora do jogo. Desde que você trabalhe comigo, Erica, ficarei satisfeito se você simplesmente removê-lo da sua vida. Desse jeito, não vou precisar removê-lo de um jeito mais permanente.

Fechei as mãos em punhos, tensa com a raiva que se espalhara por mim. Ele não podia estar falando sério.

— Blake não é uma ameaça. Ele me ama. Você está louco se acha que vou deixá-lo só porque...

As narinas dele inflaram. Sem aviso prévio, ele ergueu o braço e me golpeou com as costas da mão contra o carro. Cambaleei para trás, me segurando antes de cair no chão. Minha mão trêmula tocou o lugar onde ele tinha batido. A dor aguda não era nada em comparação com o choque que a atitude dele gerou em mim. Daniel nem hesitara. Eu me ergui lentamente, assustada demais para encará-lo. Eu tinha que sair dali, mas antes que eu pudesse sequer pensar no meu próximo passo, seu rosto estava a centímetros do meu. Engoli em seco e pressionei as costas contra o carro, tentando controlar minha respiração ofegante.

— Isso é um aviso.

Estremeci com o tom impiedoso.

— Eu comando a porra desta cidade. Não ligo para quanto dinheiro Landon tem, *ninguém* me ameaça e se safa. Faça o que eu mando ou eu vou matá-lo. Ele não seria o primeiro a cruzar o meu caminho e duvido que será o último. Protejo o que é meu a qualquer custo e, agora, ele está na porra do meu caminho.

Recuei com o veneno na voz dele. Eu estava perplexa demais, assustada demais para falar. Arrisquei olhar para Connor, que estava parado, apático e indiferente, a alguns metros de Daniel. Minhas chances de sair daquela situação por vontade própria estavam diminuindo rapidamente. Lutei contra o tremor que se espalhara pelo meu corpo. Eu estava encurralada.

Cuidadosamente, ergui minha cabeça para olhar para Daniel, tentando analisá-lo. Ele me encarou de volta com um brilho presunçoso nos olhos.

— Você não faria isso — desafiei, com o maxilar resoluto.

Ele ergueu a mão e eu me encolhi. Abri os olhos quando ele passou as articulações dos dedos pela pele ardente da minha bochecha, um ato de surpreendente ternura após o que ele tinha acabado de fazer e dizer.

— Eu certamente faria, Erica. Não duvide. — A voz dele era baixa, deliberadamente lenta, seu hálito fortificado pelo álcool. — Você é esperta, então não vai demorar para aprender como as coisas funcionam nesta família. Se você se preocupa com ele, vai se afastar. Não precisamos de mais acidentes. Você entende?

O medo me cortou, as palavras dele gelaram meu sangue. Quando ele colocava as coisas daquela maneira, nada mais parecia tão claro. Engoli em seco antes de responder, tentando manter a voz estável.

— Entendo.

# CAPÍTULO 10

— Me deixe aqui.

Connor parou o carro a algumas quadras do escritório. Eu me estiquei para abrir a porta. Daniel segurou meu pulso, impedindo que eu saísse do veículo, que era minha única vontade nos últimos vinte minutos. Eu tinha considerado vagamente a ideia de pular do carro enquanto estávamos em movimento, mas pensei melhor.

— Sei que você vai pensar que fiz isso pela campanha, mas foi por você. Por nós. Fiz um sacrifício e agora você precisa fazer um.

Fiquei olhando inexpressivamente pela janela. Depois de tudo aquilo, ele queria minha bênção, meu perdão? Isso era quase digno de risada.

— Olhe para mim.

Fechei os olhos por um segundo antes de encará-lo.

— Ele está perto demais de tudo isso e não posso mais me arriscar. Tente entender o que está em jogo antes de decidir me odiar.

Notei um brilho de arrependimento nos olhos dele. Talvez ele estivesse ficando sóbrio, mas a parte de mim que talvez tivesse cedido às palavras dele tinha sido silenciada. Poucos dias atrás, eu ansiava por conhecê-lo melhor. Agora, eu tinha tido uma noção de quem ele realmente era — um homem sombrio e violento sob os ternos e o poder. Eu tinha visto demais e não havia como voltar agora.

— Posso ir agora?

Eu não sabia ao certo por quanto tempo mais eu sobreviveria perto dele. Eu ansiava pelo ar abafado do verão fora do carro, por estar livre dele e de seu maldito braço direito. As ameaças dele e seu amor paternal deturpado me sufocavam. A vontade de gritar fervia lentamente dentro de mim. Se eu não saísse daquele carro logo, iria transbordar.

Finalmente, ele me soltou. Saí do carro com toda a elegância que consegui, embora quisesse saltar para fora e correr o máximo que minhas pernas aguentassem. Em vez disso, mantive o passo estável até o escritório, sem jamais olhar para trás.

Quando cheguei, James estava lá. Os olhos dele estavam grudados na tela do computador. Ele se levantou e aproximou-se quando me viu.

— Meu Deus, você está bem?

Eu não havia chorado, mas meu rosto estava quente e inchado. Olhei para o chão, acanhada e plenamente consciente da pele aquecida onde Daniel tinha me esbofeteado. Torci para que a aparência não estivesse tão ruim quanto a sensação — fisicamente, pelo menos. Nada seria tão terrível quanto o dano causado internamente.

— Estou bem — insisti. Pensei em ficar ali, trabalhando em qualquer coisa que ele tivesse organizado, mas não conseguia raciocinar direito. Sem chance. — Vamos ter que retomar isso na segunda. Mas obrigada por ter vindo.

Ele ficou calado por um instante. Segurou meu queixo, erguendo meus olhos para os dele. Os olhos de James eram surpreendentemente intensos. Eu nunca estivera tão perto dele assim, sob uma iluminação que me permitisse vê-los, mas eram de um azul infinitamente intenso, com manchinhas cinza. Ele acariciou a pele quente carinhosamente com as costas da mão, com uma expressão ilegível.

— Quem fez isso com você?

Dei um passo para trás, repentinamente em pânico com o contato.

— Ninguém. Não foi nada. Estou bem.

Eu me retirei para meu escritório. Minhas mãos estavam tremendo tanto que eu mal conseguia segurar minhas coisas enquanto as enfiava na bolsa. James apareceu no segundo em que terminei.

— Erica.

— Vejo você na segunda — falei rapidamente enquanto passava por ele em direção à porta, saindo antes que ele pudesse dizer qualquer coisa.

***

Andei várias quadras, até que meus pés não aguentassem mais me levar adiante. Eu me acomodei num banco em um parque aninhado no meio da cidade. As ruas estavam quietas. As nuvens haviam começado a se dispersar e o sol estava pensando em sair de novo. Infelizmente, isso não ajudou muito o meu estado de espírito.

A ameaça de Daniel se reproduzia na minha cabeça. Se estivéssemos apostando qualquer coisa que não fosse a vida de alguém, eu talvez pensasse na hipótese de blefe. Mas ele havia matado Mark. Havia até conseguido fazer parecer um suicídio, e os policiais, mesmo que não fossem comprados, provavelmente acreditariam. Daniel não teria feito de outro jeito. Caso encerrado; a vida de alguém, extinta. Não que a vida de Mark fosse a mais honrada, mas quem era Daniel para decidir? Ele matara o próprio enteado.

O que o impediria de fazer o mesmo com Blake? Ele tinha razão. Blake podia comprar e vender Daniel. Mas Daniel tinha poder e uma rede de contatos impressionante, construída por gerações. Eu não duvidava de sua habilidade de fazer alguém desaparecer se ele decidisse que fosse necessário. A única coisa de que eu duvidava era se ele poderia fazer isso sabendo o quanto Blake significava para mim. Isso dependia imensamente de quanto eu significava para Daniel. Por um lado, ele me dissera que eu era seu orgulho e alegria. Por outro, me esbofeteara a ponto de eu cair em cima de um carro e parecia ter um prazer arrogante em exercer esse tipo de controle sobre mim. Eu não chamaria isso de amor.

Mas eu tinha que fazer alguma coisa e encontrar uma saída para essa bagunça que mantivesse Blake e eu juntos. Se eu pudesse ganhar um tempo, poderia me aproximar de Daniel e fazê-lo entender que Blake não era uma ameaça, não era seu inimigo. Se eu conseguisse fazer isso, Blake e eu poderíamos ter um futuro. Mas eu precisava, de alguma forma, convencer Blake a me dar esse tempo, e essa não era uma conversa que eu conseguia imaginar agora. Nós brigávamos e discutíamos e nos intrometíamos na vida um do outro, mas queríamos ficar juntos. Estávamos mais próximos do que nunca. Agora, eu precisava criar uma distância entre nós. Se eu não o fizesse... Eu sequer conseguia pensar no que poderia acontecer se eu não o fizesse.

E com quem eu iria conversar? Eu não podia confiar em Alli porque ela era próxima demais de Heath. Marie se preocuparia demais ou, pior, iria à polícia. Qualquer um que soubesse que Daniel havia matado alguém, mesmo que fosse supostamente para meu benefício, seria outra pessoa cuja vida estaria em risco. Eu tinha que carregar o fardo dessa verdade terrível sozinha, ao menos por hora.

Eu não tinha certeza de quando Blake voltaria da Califórnia, mas a primeira coisa a fazer era sair do apartamento antes disso. Liguei para Marie.

— Está tudo bem? — perguntou ela.

— Preciso conversar com você sobre Daniel.

Ela ficou em silêncio ao telefone por um instante.

— Sobre o quê?

— Quero saber o que rolou entre ele e minha mãe. Tudo que você souber.

Eu a ouvi suspirar e soube na hora que ela não facilitaria as coisas para mim.

— Erica, você está conversando com a pessoa errada. Era sua mãe que o conhecia, não eu.

— E você a conhecia. Você era a pessoa mais próxima dela quando eles estavam juntos.

— E daí? Eles tiveram um caso breve e apaixonado e depois cada um seguiu seu caminho. Essa é toda a história. Não sei o que você quer que eu lhe conte, sinceramente.

Fechei os olhos e pensei em minha mãe. No rosto dela. Seus lindos cabelos loiros e seu sorriso, na maneira como ela me abraçava quando eu mais precisava de aconchego. Eu precisava dela agora, mais do que nunca. Minha garganta se fechou de emoção e eu respirei fundo para engolir o choro. Cair em prantos por causa disso não iria me levar a lugar algum. Minha mãe estava morta e meu pai era um sociopata. Essa era a realidade.

— Posso ficar com você por um tempo? Quem sabe umas duas semanas, até que eu encontre um lugar novo — eu disse, finalmente.

— É claro. Precisa que eu vá buscá-la? Você está me preocupando.

O tom de voz dela mudara de defensivo para preocupado. No entanto, fazê-la acreditar que eu estava bem seria mais fácil do que convencer Blake de que eu precisava terminar nosso relacionamento.

— Não, eu me viro. Não se preocupe, está bem?

— OK, estarei aqui.

Desliguei e comecei a longa caminhada de volta para casa.

***

Passei uma última noite no apartamento. Eu estava exausta com os eventos do dia e precisava organizar meus pensamentos antes de encarar qualquer pessoa.

Mas dormir era um alívio indigno para o dia que eu tivera. Durante o sono, fui tão torturada quanto tinha sido horas antes. Acordei sobressaltada, pensando que algo havia acontecido. Um suor frio arrepiava minha pele. Puxei o cobertor até em cima. A ficção dos meus sonhos me fizera acreditar nos meus piores pesadelos. Que Daniel cumprira suas ameaças. Que Blake desaparecera. Para sempre. Encolhi os joelhos perto do corpo e desejei retornar à realidade. Blake estava a salvo, mas só se eu pudesse mantê-lo a salvo.

O peso da ideia de que eu tinha causado isso a mim mesma, a todos nós, de algum modo, se instalou em mim. Afinal de contas, eu era responsável, certo? Não importava como eu organizasse os fatos, no fim, tudo levava a mim. Mark estava morto e sua pobre mãe jamais saberia a verdade. Blake tentara todo esse tempo me manter a salvo, de Mark e, por consequência, da verdade, mas era ele quem agora estava na mira de Daniel. E eu estava a caminho de um futuro tão desconhecido para mim que não conseguia nem começar a decifrá-lo. Uma vida ao lado de Daniel. Eu não conseguia imaginar como poderia fazer parte daquela vida de política, ganância e manipulação. Uma vida que Mark conhecia muito bem, sem dúvida.

Eu me agarrei à visão da vida que eu desejava ter. Uma vida que eu não conseguia ver com clareza antes, talvez por medo de seu significado. Uma vida na qual Blake e eu tínhamos um futuro, uma vida real juntos. Uma vida na qual pertencíamos um ao outro e ninguém ameaçava tirar isso de nós. Eu me atrevia a pensar em casamento, em construir uma família juntos. Aí vieram as lágrimas, esgotando o que ainda restava de mim até que eu caísse novamente em um sono agitado.

Daniel surgia da neblina. Ele me caçou e me encontrou. O fez porque Blake partira, para sempre. A cena se repetiu continuamente, até que eu sentisse que nunca iria escapar. Eu me debati entre a consciência e a inconsciência, tentando expurgar os pensamentos terríveis do meu organismo. Então, o frio foi substituído por um calor repentino. Ainda fraca, mas aliviada, relaxei. Senti Blake me envolvendo, silenciando meus choros. Meu amante. O poder do nosso amor poderia, com certeza, neutralizar as ameaças de Daniel e a incerteza que estava perante mim. Ele podia fazer tudo ir embora, de alguma forma... No meu sonho, me esforcei ao máximo para acreditar nisso. Eu me agarrei àquela promessa.

Mas ele não era um sonho. Blake estava comigo, me amando com seu toque, mandando a preocupação embora com seus beijos. Sob a luz fraca do quarto, abri os olhos para fitar os dele. Tão familiares e, ao mesmo tempo, tão estranhos, que olhavam para mim com carinho e repletos de preocupação.

Envolvendo-me em seus braços, ele me beijou, intensa e apaixonadamente. Eu o beijei de volta, desesperada para tê-lo comigo novamente. Eu o inalei, incapaz de acreditar que ele fosse real.

— Outro pesadelo? — sussurrou ele.

Meneei a cabeça. *Não. Minha vida era o pesadelo agora.* Prendi o lábio entre os dentes para impedi-lo de tremer. Ele não sabia. Ele não podia saber.

Blake o soltou com o polegar e desceu com a boca até a minha novamente. Ele estava quente ao meu lado, ainda trajando a roupa da viagem. Os pensamentos disparavam na minha cabeça enquanto eu tentava separar os sonhos da realidade. O alívio por ele estar comigo novamente logo foi esmagado pelo significado daquilo. Eu me agarrei a ele, segurando seus ombros como se ele pudesse ir embora de novo. Eu precisava mantê-lo perto.

— Senti tanto a sua falta.

Ele beijou meu pescoço, meu maxilar, então beijou meus lábios de novo, como se não pudesse me tocar o suficiente e não conseguisse decidir por onde começar.

— Não posso mais ficar longe de você desse jeito.

O amor na voz dele, abalada de emoção, me despedaçou. Se ele não me amasse, tudo seria mais fácil. Eu iria remendar meu próprio coração e me recompor como sempre fizera antes. Mas pensar em ir embora, pensar que ele sentiria uma fração do que eu iria com a separação, era insuportável.

Ele deslizou a mão por debaixo da minha blusa, pegando no meu seio, enchendo a mão e passando o polegar pelo mamilo. Ele beliscou a ponta enrijecida e eu ofeguei, me curvando em cima da cama.

— Faça amor comigo, Blake. Por favor, não posso mais esperar.

Deixei que minhas mãos vagueassem, me lembrando de cada parte do corpo dele, os músculos enrijecidos que desciam pelo cós de sua calça jeans. Espremi os lábios nos dele e enrolei o corpo no dele de todas as maneiras possíveis. A intensidade do que eu sentia por ele se espalhou para cada membro à medida que eu me batia para tirar as camadas de roupa que nos separavam. Nada faria sentido agora. Eu só precisava amá-lo esta noite, dar isso a nós dois.

Ele tirou as roupas e, segundos depois, se deitou sobre mim, cobrindo meu corpo com o calor do dele. A sensação da pele dele na minha me dominou. Jamais o havia desejado tanto, amado tanto. Deslizei as mãos pelo peito dele e fui descendo até chegar em sua ereção, a pele sedosa queimando sob meu toque. Eu não podia esperar nem mais um minuto para tê-lo. Eu o guiei para dentro de mim e ele penetrou fundo com uma única investida.

Um grito rouco saiu de meus lábios com o ímpeto dele me preenchendo. Nenhuma sensação de antes parecera tão perfeita. Ficamos daquele jeito por um bom tempo, abraçando-nos apertado, como se um de nós pudesse desaparecer a qualquer momento.

— Estou em casa agora. Bem aqui.

Ele investiu, impossivelmente fundo, e eu me curvei na direção de sua investida, amando cada movimento lento de nossos corpos se conectando. Enrolei meus braços e minhas pernas nele até que estivéssemos nos tocando em todos os lugares, completamente enredados.

Ele segurou meu rosto com a mão, me prendendo em seu olhar. Não consegui. Fechei os olhos e me virei. Eu estava com medo do que ele veria se olhasse com atenção demais. Ele me forçou a virar de volta para ele e me beijou, penetrando ainda mais fundo. Ofeguei e tremi, me deliciando nas ondas familiares de calor saturando cada célula do meu corpo. Todos os meus membros zuniam.

Tentei não pensar sobre o outro lado, o penhasco que levava à escuridão de uma vida sem Blake, às margens da felicidade que ele me proporcionava e que balançava meus alicerces. Tentei não pensar nisso, mas a realidade fria e dura ameaçava. O tempo estava passando, meu corpo recusava a escalada, evitando seu impulso viciante. Ah, se eu pudesse congelar este momento — nossos corpos impossivelmente perto, escorregadios do calor de nossa paixão, um estado de existência eterna. Eu poderia viver assim, sem nunca chegar ao topo, se isso significasse que nunca teríamos de descer.

Virei o rosto, olhando fixamente para a escuridão quase total do quarto, meus pensamentos longe demais de nós. Ele virou meu rosto de volta para ele, sua expressão cansada, a pele esticada e ruborizada.

— Cacete, o que está acontecendo?

Hesitei, tentando encontrar as palavras.

— Nada. Estou bem. Me desculpe.

— Em que você está pensando?

— Nada. Não quero pensar em mais nada a não ser você.

Ele congelou. Então, sem aviso prévio, saiu de mim e da cama. Ele remexeu a mala de viagem perto da porta. Como ele conseguia enxergar qualquer coisa na escuridão do quarto, eu não sabia ao certo.

— O que você está fazendo?

— Deixando você mais no clima.

A cama afundou com o peso dele de novo.

— Pensei em algumas coisas enquanto estava longe, gata, e acho que você precisa disso tanto quanto eu. Mas vamos começar devagar.

Fiquei sem ar quando ele esticou meus braços acima da minha cabeça, prendendo meus pulsos em duas algemas macias de couro, engatando a tira do meio a uma barra da cabeceira.

— Pronto. Assim está melhor. Você está bem?

— O que você vai fazer?

Foi uma súplica silenciosa. Parte de mim estava com medo do que ele poderia fazer, mas eu precisava de algo, e logo.

Ele segurou meus quadris e me puxou para baixo até que meus braços estivessem totalmente esticados acima de mim. Minha respiração vacilou, meus músculos ficando tensos com a posição. Ele deu um beijo molhado entre meus seios e eu suspirei. Movendo-se de um lado a outro, ele atiçava meus mamilos com movimentos quentes de sua língua. Agora eles estavam hipersensíveis, quase dolorosamente rijos, projetando-se despudorados para a tortura lenta de Blake. Ele os mordeu cuidadosamente e meu corpo tremeu com o prazer que se alastrava por mim.

Ele continuou explorando meu corpo com uma mão enquanto a outra deslizava por entre minhas coxas, até o ápice do meu desejo. Blake estimulou meu clitóris, contornando minha abertura, e então voltou, fazendo meu peito acelerar com o movimento.

Quando eu achava que não aguentaria muito mais, ele se afastou e me virou de bruços, com meus braços totalmente esticados. A corrente das algemas se virou na cabeceira da cama, aumentando a tensão em meus pulsos.

Ele lambeu minhas costas de baixo para cima, me fazendo estremecer. As coxas dele montaram nas minhas enquanto suas mãos escorregavam suavemente pela minha pele, descendo pelas minhas costas, apertando meus quadris e a parte de cima da minha bunda.

— Humm, eu senti falta disso. Pensei em deixar sua bunda vermelha todas as noites em que estive fora.

Mordi o lábio. Eu sabia o que estava por vir e fiquei molhada com a expectativa, a ânsia entre minhas pernas agora latejava.

— Você não se comportou muito bem enquanto eu estava longe, não é?

Meneei a cabeça tanto quanto consegui.

A mão dele bateu com força na minha bunda. Dei um pulo com o choque da dor. Então, uma onda inesperada de prazer me aqueceu.

— Outra pessoa passou a mão em você. Nós não vamos deixar isso acontecer de novo, vamos?

Eu me encolhi com a lembrança de James.

— Erica, me responda.

A voz dele era severa e aguda, sua mão batendo no mesmo lugar com força.

— Não, prometo — gemi, plenamente consciente da umidade se acumulando entre minhas coxas.

Ele continuou castigando o mesmo local, até que minha cabeça zuniu com uma mistura inebriante de adrenalina e um desejo inexplicável. Aqueles não eram tapinhas carinhosos. Eram fortes e altos, ecoando pelo quarto, cada um deles me atingindo com uma ardência que me deixava ansiosamente tensa com a expectativa do próximo. Eles atingiam minha pele com tanta firmeza que eu jurava que estava sendo castigada.

Eu queria ser castigada, então me deixei acreditar naquilo. Convenci a mim mesma de que Blake estava me punindo e de que eu lhe permitia isso. Por tê-lo deixado com tanto ciúme, por ter deixado James chegar perto demais. E pelo que eu estava prestes a fazer com ele, conosco. Eu merecia.

— Quero ouvir você. — A mão dele me acertou mais uma vez, pungindo a pele que estava quase dormente por causa das endorfinas. — Quero ouvir aqueles gemidinhos indefesos que você me dá. Quero saber o que está acontecendo dentro desse seu corpinho apertado.

Não emiti nenhum som, meus gritos queimavam na minha garganta.

— Erica — ralhou ele.

A severidade em sua voz me deixou sóbria.

— Mais — gritei. — Quero mais. Mais forte.

Inexplicavelmente, eu queria.

Ele expirou com força.

— Tem certeza?

Ergui os quadris na direção dele e agarrei a cabeceira com força.

— Blake, por favor — gemi, dominada por uma ânsia pela dor que eu tanto merecia.

Ele saiu da cama e ouvi uma movimentação perto de mim antes do som de roupas sendo jogadas no chão novamente. Ele estava em cima de mim de novo, montado em mim.

A curva larga de um cinto de couro, frio contra minha pele em chamas, precedeu o toque de Blake. Minhas mãos ficaram úmidas de medo e tesão, escorregando pela cabeceira. Um tremor lento começou a percorrer meu corpo. Meu peito se agitou e eu ofeguei por ar enquanto esperava.

— Me diga se for demais — murmurou ele. — Use a sua... Só me diga para parar, OK?

Curvei-me na cama, meu corpo pedindo por mais antes que minha mente pudesse compreender aquilo. Qualquer que fosse a dor que viesse do outro lado, eu tinha merecido ou estava prestes a merecer.

— Simplesmente bata.

Ouvi o estalo alto do couro na minha pele antes que minha mente computasse a dor. Meu queixo caiu em um grito sem fôlego quando a dor pulsou por mim. *Puta que pariu, isso dói.*

Ele fez uma pausa, esperando que eu falasse. Como não falei, ele deu outra cintada. Mordi o travesseiro debaixo de mim e suprimi um grito. Inegavelmente, aquilo doía. Todo meu corpo se contraía com cada golpe. *Por que você está fazendo isso?* Lágrimas pinicavam meus olhos, minha garganta estava fechada com emoções reprimidas. *Você merece isso. Você provocou isso. Aceite. Aceite tudo.*

— Você está bem, gata?

— Bata, simplesmente bata, porra — pedi, com uma voz desafinada pela necessidade de chorar.

Ele hesitou por um momento, então deu mais uma cintada com uma precisão calculada. Ele espalhou as lambidas ardentes do couro pela minha bunda e pelas minhas coxas por várias vezes. De alguma forma, a dor dilacerava a desgraça que havia caído sobre mim. Solucei no travesseiro, querendo pedir que ele parasse. Eu não podia. As lágrimas escorreram, encharcando a fronha, me purificando, me destruindo.

Eu saboreei o castigo, acolhi a manifestação física do que se misturava dentro de mim. Tudo estava se esvaindo. Meu corpo ficou relaxado, mesmo quando ele continuou, como se eu estivesse completamente acabada, despida até o estado mais nu, mais primitivo que eu podia imaginar. Eu jamais conseguiria entender por quê, mas algo parecia terrivelmente certo naquilo tudo.

Quando meus soluços diminuíram, ele parou e jogou o cinto para longe da cama. Ele beijou minhas costas carinhosamente, os dedos leves como plumas na minha pele, aliviando a dor. O calor do corpo dele cobriu a parte de trás do meu. Sua ereção se acomodou pesadamente na minha bunda, o peso dela quase insuportável em cima da pele dolorida. O prazer e a dor. Ele era mestre em provocar os dois tão bem. Agora eu precisava de prazer. Estava pronta para ele.

— Você aguentou muito bem. Sei que não foi fácil. Estou orgulhoso de você.

Meu coração doeu com o conforto que se espalhou por mim ao som da voz dele. Suave de afeição, aquele tom era uma mudança bem-vinda no personagem dominador que tinha acabado de me castigar inteiramente.

— Vou foder você agora e você vai gozar quando eu disser. Senão, vou punir você de novo. Você entendeu?

Assenti choramingando. Apesar de apresentada com suavidade, a ameaça era clara.

Ele me deu um beijo entre as clavículas, com os dentes raspando em minha pele. Tremi e meus mamilos enrijeceram com a sensação. Ele me virou novamente e afastou minhas pernas para poder se acomodar entre elas.

Se abaixando até mim, uma mão dele parou em meu quadril, a outra removeu os cabelos molhados de lágrimas dos meus olhos. Ele secou as lágrimas e o tesão que encobria seus olhos mudou. Os cantos dos olhos dele se enrugaram de preocupação.

— Sinto muito — solucei, tão assolada pelas emoções que achava que meu peito fosse explodir com tudo aquilo. Ele jamais saberia o quanto eu sentia.

As linhas apertadas em torno dos olhos dele se desfizeram e ele capturou minha boca em um beijo longo e intenso. Ele pressionou a ponta ardente de sua ereção em mim, quase me penetrando.

— Eu estaria mentindo se dissesse que não queria que você sentisse muito, Erica. Não consigo explicar o que ver você assim, se entregando a mim, faz comigo.

— Por favor — gemi, me curvando com o contato, desesperada por ele.

Fiquei sem ar quando ele se enterrou em mim plena e abruptamente. A sensação era ardente e avassaladora, uma onda potente de prazer por cima da minha dor.

— Caralho — gritei.

— Erica — murmurou ele. — Preciso disso. Preciso de você.

Algo estalou em meio às palavras dele, as algemas e a penetração plena. Uma fome devastadora me assolou e eu me agarrei a ele desamparadamente. Ele recuou até a ponta e me penetrou completamente de novo. Enrolei os dedos na barra da cabeceira à qual ele tinha me prendido e um grito rouco escapou de meus lábios.

— É isso aí, gata. Solte tudo.

A rouquidão grave da voz dele me levou ao limite. Só que o despenhadeiro havia se transformado em uma avalanche da qual eu não conseguiria escapar agora. Mais algumas investidas e eu me acabaria, impotente para lutar contra a sensação. O orgasmo estava vindo para mim, gostasse ou não. Eu estava perdida em um mundo que ele tinha criado para mim, embriagada pelo prazer e faminta por mais.

Ele me penetrou ainda mais fundo, seus quadris batendo nos meus com movimentos vigorosos. Enterrou-se em mim, seu pau ficando impossivelmente maior à medida que ele se movia. Ele mordiscou o lóbulo da minha orelha, chupando-o, e então raspando os dentes nele novamente.

— *Minha. Você é minha. Exatamente assim. Seu corpo, seu coração. Cada parte de você.*

Sussurrando no meu ouvido, ele nunca me deixou esquecer disso, nem por um segundo.

— Sou sua.

As lágrimas retornaram à medida que meu corpo abria mão do que restava de resistência.

— Goze agora, gata. Dê tudo de si.

O couro das algemas mordeu a pele dos meus pulsos quando me debati contra elas. Totalmente esticada e amplamente aberta, eu estava completamente à mercê dele. Cada músculo se contraiu e eu desandei. Minhas coxas abraçaram os quadris dele enquanto meu sexo dava espasmos em seu clímax. Caí com tudo, tremendo incontrolavelmente, ficando tensa à medida que o orgasmo me rasgava, o nome dele em meus lábios. Por uma fração de segundo, tudo tornou-se leve; nada mais importava.

— Erica — rosnou Blake.

Seu corpo tremeu sobre o meu. Suas mãos seguraram meus quadris com força enquanto ele encontrava seu próprio êxtase.

Ele ficou tenso e então desabou em cima de mim. Seu corpo estava escorregadio sobre o meu, enquanto ele expirava pesadamente.

Blake soltou minhas mãos e massageou a pele avermelhada dos meus pulsos. Então, ele capturou minha boca com beijos lentos e ofegantes, secando as últimas lágrimas. Nós dois estávamos exaustos, desgastados pela experiência. Com minha última gota de energia, enrolei os braços em torno dele, enganchando a perna por cima de seu quadril. Eu precisava da segurança da nossa proximidade. Não podia deixá-lo ir ainda.

Ficamos deitados assim, sem dizer nada, por um bom tempo. A intensidade do que fizéramos foi absorvida por mim e minha mente rodopiou com o significado daquilo tudo. Frente ao que o amanhã traria, talvez não significasse nada.

— Me desculpe — sussurrou ele finalmente.

— Eu te amo — suspirei, antes de cair em um sono profundo e sem sonhos.

# CAPÍTULO 11

*Suba para tomar café da manhã quando você acordar.*
*Com amor,*
*Blake*

LARGUEI O BILHETE NO TRAVESSEIRO e me joguei na cama novamente. Fiquei olhando para o teto, desejando que as respostas estivessem escritas ali. Eu ainda tinha tempo.

Fui até o banheiro e tentei domar meu cabelo totalmente fodido. Hematomas do tamanho de digitais marcavam meus quadris. Minha bunda estava coberta de dezenas de pequenos pontinhos vermelhos, capilares estourados pelos golpes fortes que Blake tinha desferido. Um vermelho intenso coloriu minhas bochechas.

Amarrada e à mercê dele na escuridão da noite, eu tinha sobrevivido ao retorno inesperado de Blake, superando meu pânico e meus medos. Na verdade, de alguma forma, eu precisava daquilo, transpor toda a loucura na minha mente. Meus medos pareciam muito pequenos e insignificantes perante a tragédia iminente.

Tomei banho e me vesti. Dei uma olhada para fora da janela. O Tesla de Blake estava parado à frente. Alguns metros adiante, um Lincoln preto estava estacionado na rua e eu jurei ter visto um relance de cabelo ruivo se mexendo no banco do motorista. Um ruído na cozinha desviou minha atenção.

Entrei na sala de estar hesitante, meus nervos à flor da pele. Sid estava fazendo seu café da manhã na torradeira. Relaxei ligeiramente, aliviada por Blake não ter voltado. Ao menos ele não estava ali pela manhã. Eu não tinha energia na noite passada para antecipar como eu lidaria ao acordar ao lado dele. Eu não tinha me programado para nada daquilo. Nada mesmo.

— Levantou cedo — disse.

— É, estou tentando ajustar meus horários. Nossos amigos hackers devem estar de férias, então não tive que passar a noite em claro, o que ajuda.

— Sério? Eles simplesmente pararam?

— Parece que sim.

— Uau.

Relembrei o encontro com Trevor. Ele não parecia ter uma gota de perdão em seu coração e nossa conversa certamente não o convencera a parar com os ataques. Talvez rastreá-lo até sua casa o tivesse abalado o suficiente para fazê-lo parar. Fiquei pensando se ele tinha feito o mesmo com os outros empreendimentos de Blake ou se tinha decidido poupar apenas a mim .

— Tomara que fiquem assim, para que possamos finalmente voltar ao trabalho.

— Você acha que eles vão?

— Não faço ideia. O código está tão sólido agora que não consigo pensar em como eles poderiam nos violar de novo, mas não podemos nos defender contra o que não podemos ver. Acho que temos que esperar e ver se eles ressurgem.

— Certo — concordei. — Olha, Sid. Tenho certeza de que isso não vai fazer muita diferença para você, mas vou passar um tempo na casa de uma amiga, então, se você não me vir muito por aqui, é por isso.

— Você vai continuar indo ao escritório?

— Claro.

Ele tinha uma expressão indiferente enquanto se sentava atrás do balcão. Ele partiu seu biscoito salgado, mas percebi um lampejo de preocupação nos olhos dele quando ele os ergueu para me fitar.

— Está tudo bem?

Apático como se esforçava para ser, saber que Sid se preocupava significava muito. Tínhamos uma amizade estranha que se intensificava à sua própria maneira com o passar do tempo. Eu não sabia ao certo como respondê-lo.

— Acho que vai ficar tudo bem. O tempo vai dizer.

Sid simplesmente concordou com a cabeça, embora eu estivesse sendo enigmática e não acreditasse plenamente naquilo. Ainda bem que ele não era de se intrometer.

***

Bati levemente na porta de Blake, apesar de estar com a chave em mãos no meu bolso. Ele me cumprimentou com um sorriso que quase me deixou sem fôlego. Ele estava lindo com sua calça jeans gasta e uma camiseta branca simples. O cabelo dele estava revoltado e bagunçado. Apesar da noite longa, ele parecia descansado e feliz.

— Oi, linda.

Ele me ergueu do chão e me beijou.

Beijei-o de volta, escrava do hábito de me derreter nos braços dele e ter a pele dele na minha. Que diabos eu estava pensando? Nada relacionado a isso iria ser fácil, nem de longe.

— O que você quer de café da manhã?

Ele me colocou de volta no chão, mas permaneceu perto, enrolando uma mecha do meu cabelo no dedo. Meneei a cabeça e desviei o olhar, fisicamente incapaz de olhar diretamente nos olhos dele.

— Você está bem?

— Estou — Fiquei parada ali de um jeito constrangedor, paralisada. — Podemos... conversar?

— Claro.

Os olhos dele se estreitaram ligeiramente e ele entrou de volta no apartamento, fechando a porta atrás de nós. Ele deu mais alguns passos, mas eu permaneci perto da porta, sem querer ficar confortável demais. Eu não podia me deixar envolver pela nossa rotina de costume.

Fiquei trocando o peso do corpo sem sair do lugar algumas vezes. Ele ergueu as sobrancelhas um pouquinho. Merda, eu devia ter simplesmente mandado um e-mail para ele. Não conseguiria fazer isso cara a cara.

*Você consegue fazer isso. Você* precisa *fazer isso.*

— Acho que precisamos de um pouco de espaço.

Meus dentes se apertaram para bloquear o tremor que ameaçava tomar conta. Fechei as mãos em punhos, determinada a não perder a cabeça.

Todos os sinais de calor e alegria se esvaíram do rosto dele.

— O que isso quer dizer?

A voz dele era grave, quase sinistra.

Merda, isso estava acontecendo. Isso estava realmente acontecendo.

— Vou ficar na casa da Marie por um período. Preciso de um tempo e acho que será mais fácil se eu não estiver aqui.

— Tempo? Quanto tempo?

— Não sei.

Eu não fazia ideia de quanto tempo. Eu não tinha, nem de longe, descartado a ideia de que conseguiria nos livrar dessa bagunça, mas precisava passar um tempo com Daniel para descobrir como chegar lá. Eu não podia colocar a vida de Blake em risco durante esse tempo. A vida dele... Eu não podia brincar com isso. O pensamento de Daniel cumprindo sua ameaça me atingiu de novo — um pensamento terrível e sério que me deu a determinação à qual eu me agarrava agora.

Se eu não fizesse mais nada, eu o protegeria. Ele tinha me escolhido, tentado me proteger, e agora cá estávamos.

— De onde raios surgiu essa ideia? Eu fiz algo errado?

Meneei a cabeça, sem querer que ele culpasse a si mesmo, mas ciente de que provavelmente Blake encontraria uma maneira de fazê-lo de qualquer forma.

— Tudo está muito difícil. Estou ficando atrasada com o trabalho. Não consigo me focar. E essa notícia sobre Mark foi um verdadeiro choque. Não tive tempo de realmente processar tudo. — Infelizmente, boa parte disso era verdade, e provavelmente esse era o único motivo pelo qual eu estava conseguindo dizer aquelas palavras. — Não consigo fazer isso com você por perto neste momento.

Ele sacudiu a cabeça, os olhos arregalados. Eu estava deixando o mundo seguro de Blake, escapando para mais longe ainda do seu alcance.

— Não. Eu... Não, *porra*. Podemos resolver isso, o que quer que seja. Sequer tivemos a chance de conversar desde que voltei, Erica, e agora você está soltando isso em cima de mim?

Eu o interrompi rapidamente, com medo de deixar que ele dominasse a conversa.

— Pensei muito nas coisas enquanto você estava fora também — *em quanto eu o amava e* não *conseguia respirar sem você.* — E acho que essa é a melhor opção agora. Eu me importo com você, Bl...

— Você se *importa* comigo?

As sobrancelhas dele se uniram, arqueadas. Eu atingira um ponto fraco.

Ele deu um passo na minha direção e eu dei um passo para atrás, na direção da porta, como se o volume da voz dele pudesse me derrubar. A sua raiva parecia um soco. O tom furioso de suas palavras se espalhou rapidamente pelo meu organismo. As lágrimas ameaçavam cair e eu fechei bem os olhos, lutando contra elas.

— Por favor, Blake. Só me dê um tempo. É tudo que estou pedindo.

Minha voz era um sussurro.

— Isso tem a ver com James?

Deixei que a sugestão revolvesse em minha mente por um instante. Ele tinha me dado um motivo, um que iria machucá-lo profundamente. Eu podia assumir a mentira e ele teria acreditado em mim. Com certeza uma infidelidade seria devastadora o suficiente para destruir o amor que ele sentia por mim, independente de que fosse verdade ou não.

Meneei a cabeça. Eu não conseguiria suportar o tiro no pé que podia disparar com essa falsa confirmação.

— Não. Não tem nada a ver com James.

— Você não está me contando alguma coisa, Erica. Como é que você vai de bêbada querendo fazer sexo por telefone noite passada, o que foi incrível, por sinal, para isto?

Ele precisaria de respostas. Ele não me deixaria ir sem que eu as desse. Talvez depois que tivéssemos algum tempo para entrar em um acordo quanto à separação, eu poderia dar a ele um motivo que fizesse sentido. Mas não agora. Tudo era fresco demais. Ele iria descobrir tudo.

Coisas demais não haviam sido ditas, mas eu não podia dizer a verdade a ele. Ele iria atrás de Daniel e então estaríamos em uma encrenca maior ainda. Jesus, talvez nenhum de nós sobrevivesse. Como em um filme de Quentin Tarantino, no qual você sequer consegue contar os cadáveres ensanguentados no chão. Estaríamos entre eles, nenhum vencedor. Apenas um grande e sangrento caos.

— Eu sempre amarei você — sussurrei, com medo de dizer aquelas palavras com a paixão que eu sentia de fato. Depois de tê-las dito, eu relaxei um pouco. A sensação da verdade era correta e ele precisava saber daquilo, nem que fosse a única coisa. — Sei que você está bravo. Você tem todo direito de estar, mas, por favor, não duvide disso.

Ele se aproximou, erguendo o braço para apoiá-lo na porta. Eu me encolhi. Como um animal mal tratado, eu havia apanhado e, naquela fração de segundo, esperava a mesma coisa. Ele abaixou a mão e me fitou com olhos severos. Ele passou as mãos pelos cabelos. Respirei fundo, desejando poder contar a ele quem tinha plantado aquele medo em mim, extrair aquela dor dele.

*Isso vai doer*. Eu estava ali para dar o golpe, não para amenizá-lo.

Eu me enrolei com os fechos dos braceletes e os ergui, brilhantes, para que ele os pegasse. Tive esperanças, por um segundo, de que ele talvez os aceitasse, mas ele ficou parado sem se mexer à minha frente, me fitando com aqueles lindos olhos cor de mel. Desviei o olhar, odiando a maneira como os olhos dele suplicavam para mim, com medo de que ele visse bem dentro de mim. Como ele não pegou os braceletes, passei por ele e os coloquei no balcão com a chave do apartamento dele.

Virei para ir embora.

— Pare.

Fiquei olhando para a porta, a mão na maçaneta, pronta para sair correndo.

Ele estava perto. Sua respiração ofegante acariciava minha pele.

— Você está fazendo isso de novo. Está fugindo.

— Não estou fugindo. Estou indo embora.

— E se eu não deixar você voltar desta vez? Quantas vezes vou deixar você fazer isso com a gente, caralho?

Apertei o maxilar, odiando o pensamento de que talvez esta fosse a última chance que ele me daria.

— Olhe para mim, porra.

Ele bateu a mão na porta.

Pulei com o barulho e a severidade da voz dele. Respirei fundo e me virei lentamente para encará-lo.

— Me conte por que você está realmente fazendo isso e eu vou dizer a você por que está errada.

— Eu já disse, preciso de um tempo.

— Balela.

— Melhor eu ir.

— Não, melhor você ficar aqui, comigo. Aqui é o seu lugar.

Fechei os olhos e balancei a cabeça. Eu não conseguia acreditar que tinha encontrado a força para chegar até aqui, mas por dentro estava me desmanchando. Meu amor por Blake lutava para controlar a ameaça bem real da qual eu precisava protegê-lo.

Eu precisava ir embora antes que minha determinação murchasse. Então me virei e o deixei sem mais uma palavra.

Tentei me mover rápido, mas o turbilhão de emoções retardava meus movimentos, me deixando dormente. Fiz as malas nesse estado aturdido e desligado enquanto as lágrimas embaçavam minha visão. Como eu consegui, eu jamais saberei, mas enfiei na mala grande quase tudo de que talvez precisasse por algumas semanas.

Sid estava escondido em seu quarto, então, por sorte, eu não tive de encará-lo novamente. Saí do prédio e, por puro hábito, procurei pelo Escalade preto e por Clay na rua. A ameaça de Mark se fora e Blake tinha voltado à cidade. Não estávamos mais juntos, então não havia necessidade de uma babá. Mas, embora eu discordasse completamente da ideia de um segurança particular, eu tinha começado a gostar um pouco de Clay.

Meu olhar acompanhou a rua e eu reparei em uma presença menos bem-vinda. Connor estava apoiado no Town Car. Ele tocou com os dedos no chapéu para mim. Um mero gesto, supus, visto que ele provavelmente tinha sido incumbido de reportar cada movimento meu para Daniel. Ele continuaria com aquilo até que Daniel acreditasse que as coisas tinham terminado entre mim e Blake.

Caminhei na direção dele, com minha mala rolando barulhentamente atrás de mim.

— Pode dizer a ele que está feito. Agora me deixe em paz, porra.

O rosto dele era tão severo e indiferente quanto na última vez em que eu o tinha visto.

— Vou passar a mensagem.

Passei por ele e chamei um táxi, dando início à jornada para a casa de Marie nos arredores da cidade. Quando viramos na avenida Comm, dei uma olhada para trás para me certificar de que Connor não estava nos seguindo. Não estava, ainda bem. Marie era a última pessoa atrás de quem eu iria querer que Daniel fosse. Ele não fazia ideia de que ainda mantínhamos contato, e ela era uma das pouquíssimas pessoas que sabiam quem ele realmente era com relação a mim.

O táxi navegou pelo tráfego tranquilo. Multidões de pessoas levavam suas vidas. Pessoas felizes e normais, com problemas fáceis. Eu estava deixando o único lar que realmente conhecera, Blake tinha razão. Eu estava fugindo. Esta era uma fuga incerta e desesperada de um mundo que eu havia criado, um mundo que eu verdadeiramente amava.

# CAPÍTULO 12

Marie não fez perguntas quando cheguei. Apenas me abraçou tão forte que quase doeu. Solucei no ombro dela, deixando que toda tristeza extravasasse de mim.

— O que quer que seja, vamos superar, minha menina — prometeu ela.

Eu precisava daquilo, que alguém que me amava e não sabia nada de coisa alguma me prometesse que tudo iria ficar bem. Eu queria tanto acreditar nisso.

Passei o dia assistindo a coisas estúpidas na TV enquanto ela saiu para fazer algumas coisas. Eu queria preencher meu cérebro com besteiras, qualquer coisa para afogar a tristeza.

Depois de curtir um jantar caseiro incrível e beber algumas taças de vinho, minha tensão tinha começado a diminuir um pouco. Eu não me sentia mais tão dormente e tinha finalmente parado de chorar, o que parecia ser um progresso.

Marie e eu nos acomodamos na sala íntima da casa dela. Ao fundo, baixinho, tocava jazz, enquanto nos encolhíamos nos dois grandes sofás. Eu me cobri com um cobertor e segurei uma grande taça de vinho com as duas mãos. Um silêncio confortável se instalara entre nós.

— Desculpe cair de paraquedas assim na sua casa.

— Não seja ridícula, você sempre pode vir aqui. De dia ou de noite. Esta é sua casa também.

— Obrigada. Isso significa muito.

Eu não tinha muitos outros lugares para onde correr, tristemente.

— Quer conversar sobre isso?

Ela inclinou a cabeça para o lado.

Os acontecimentos dos últimos dois dias passaram rapidamente pela minha cabeça. Primeiro, Mark; agora, isso. Assim que um fardo fora retirado, outro o substituiu. Apesar do meu colapso completo desde que eu tinha chegado, eu tinha evitado contar qualquer coisa a ela. Ela assumiu que algo dera terrivelmente errado com Blake e, por hora, isso era suficiente.

— Não muito — disse, finalmente.

— Talvez você devesse. Eu nunca vi você assim, querida.

Eu estava um caco, era verdade, mas estava grata por não ter que fingir uma cara de alegria ou me cobrir de maquiagem, se fosse o caso, quando estava com Marie. Eu podia simplesmente ser eu mesma, ainda que não estivesse planejando contar a ela toda a verdade.

— Estamos dando um tempo. É só isso. Não espero que vá ser fácil, mas acredite em mim quando eu digo que é para o melhor.

— O que ele fez?

— Não é ele, sou eu. Eu... Eu realmente não quero conversar sobre isso, Marie. Não agora, pelo menos.

Ela não pareceu totalmente satisfeita com minha falta de vontade de conversar, mas não forçou a barra. Ela nunca forçava. Marie sempre era ótima em me dar espaço, sem me sufocar com preocupações e perguntas. Por isso, eu geralmente acabava contando a ela mais do que provavelmente devia. Mas isso era diferente.

— Mas eu quero, sim, conversar sobre Daniel.

Ela revirou os olhos e suspirou.

— Por favor, isso de novo, não. A essa altura, você provavelmente poderia dizer mais sobre o homem do que eu.

— Você tem visto as notícias?

Ela assentiu com a cabeça.

— Sim, eu vi que o filho dele morreu. Trágico. Você conversou com ele sobre isso?

— Sim, ele está lidando muito bem com isso.

Aquilo soou mais sarcástico do que eu queria.

O vinho estava me deixando solta demais. Larguei a taça. Eu não podia me dar ao luxo de deixar escapar alguma coisa. Eu tinha muita coisa em jogo para arriscar qualquer descuido.

— Quero que você me conte tudo que você sabe sobre ele, Marie. Não se preocupe em embelezar o passado. Confie em mim quando digo que não tenho ilusões quanto a ele.

Ela se sentou em silêncio, contornando a borda da taça com o indicador. Nossos olhos se encontraram e eu pude ver que havia mais coisas que ela não havia me contado. Sem dúvida para meu próprio bem.

— Por que você quer tanto saber? Você nunca pensou que Patty não lhe contou por uma razão?

— Penso nisso todos os dias.

E se eu não tivesse sido tão curiosa? Eu jamais teria encontrado Mark. Ainda teria meu anonimato e ele ainda estaria vivo. Blake não seria parcialmente responsável pela morte dele e não estaria correndo o risco de perder a própria vida. Meu Deus, tudo estaria muito diferente agora. Muito diferente mesmo.

— Quero saber porque não confio plenamente nele. Ele me quer na vida dele. Não como sua filha publicamente, é claro, mas preciso saber no que estou me metendo. Ele não é extremamente acessível, e a mulher dele quer que eu mantenha distância. É complicado. Concluí que, se você pudesse me contar algo sobre o passado dele, seria um começo. No mínimo, eu gostaria de saber quem ele *era*.

Ela ficou olhando para sua taça, sua boca estava contraída em uma linha fina.

— Eu não fazia ideia de que você o encontraria, mas no minuto em que você o encontrou, eu tive a sensação terrível de que chegaríamos a isso.

— A quê?

— Ao ponto de eu ter que contar tudo isso a você. Patty me fez prometer que eu nunca contaria. Até pouco tempo atrás, eu mantive minha promessa com facilidade porque você nunca tinha me perguntado de fato. Agora você está pedindo que eu aja contra o desejo dela depois de todos esses anos?

Nada importava mais agora do que chegar à raiz de quem Daniel realmente era. O que o incomodava, quem mais importava para ele. Eu tinha que descobrir como argumentar com um homem tão cruel e intransigente. Continuei forçando, sem permitir que a culpa se misturasse ao que eu estava sentindo neste momento.

— Você não vai agir contra o desejo dela. Eu já sei quem ele é. Fiz isso por conta própria. Tudo que preciso é que você me ajude a preencher as lacunas.

— Aquela maldita fotografia. — Ela murmurou um palavrão e suspirou de novo. — Eles estavam apaixonados. Qualquer estranho podia ver. Eu disse a você uma vez que todo mundo amava Patty. Isso é verdade. Ela era linda, claro, mas era calorosa e carismática também. Ela tinha uma energia maravilhosa que atraía as pessoas, e Daniel viu isso. Como uma mariposa para uma chama, ele precisava tê-la. Daniel correu atrás dela, não poupou esforços. Romântico demais, de fato. Não levou muito tempo para que ela ficasse caidinha por ele também. Foi uma questão de meses até que ambos se tornassem inseparáveis.

— Então, o que deu errado?

— O ano letivo estava chegando ao fim. Obviamente, ela queria saber para onde o relacionamento deles estava se encaminhando e se eles tinham um futuro juntos. Toda vez que ela perguntava, Daniel se esquivava. Ele a enrolava, dizendo que eles não precisavam se preocupar com aquilo naquele momento. Eles conversariam a respeito quando a hora chegasse. É claro que a hora chegou quando ela percebeu que estava grávida. Ela precisava de respostas. Agora ou nunca, ela tinha que saber se eles iriam ficar juntos.

— Ele terminou com ela?

— Não, ele a mandou de volta para a família em Chicago após a formatura. Disse a ela que tinha que tentar resolver as coisas com a família dele. Uma família poderosa e firmemente política como a dele provavelmente teria opiniões fortes quanto àquela situação. Não importava que ela fosse de uma boa família. Ele podia se divertir o quanto quisesse, mas sua família esperava que se casasse com alguém estratégico, alguém que agregasse valor à família e ao nome Fitzgerald.

— Parece um conceito bem antiquado.

— Que nada. Não quando há dinheiro e poder em jogo, acredite.

— Então, o que aconteceu?

— Ela voltou para casa e esperou. Semanas se passaram. Finalmente, ele a telefonou e disse que não ia dar certo. Ele ia começar a faculdade de Direito no outono, e ter uma esposa e um bebê simplesmente não se encaixava naqueles planos. A família dele não queria se envolver com aquilo.

— Ele terminou tudo, assim, desse jeito?

— Daniel disse que a amava, realmente amava. Se servir de consolo, Patty disse que ele parecia sentir muito, mas ele era como uma marionete naquela família. Dependente da riqueza, escravo das expectativas. Sua família tinha um futuro todo planejado, e ele tinha que cumprir. Ela, e você, não se encaixavam nesse plano.

Eu conhecia bem a história, mas imaginar Daniel — o Daniel intimidador e poderoso — desse jeito parecia estranho. Ele foi como metade das pessoas com as quais eu estudei em Harvard, independente e arrogante demais até o fim de semana de visita dos pais, aí eles entravam na linha rapidinho. Eles não podiam arriscar perder o apoio financeiro da mamãe e do papai.

— Uau.

Não havia como saber o que ele realmente sentia, mas Marie desfizera completamente a credibilidade do que ele tinha me dito.

— Daniel sabia que ela tinha decidido me dar à luz?

— Não. Ele a recomendara abortar, mas Patty nunca lhe contou o que planejava fazer. Nunca mais se falaram, logo, talvez ele tenha presumido o aborto.

Relembrei nosso breve encontro na casa dele em Cape Cod, quando eu lhe perguntei por que minha mãe nunca tinha falado nada sobre ele. *Depois que ela voltou para Chicago, supus que ela fosse cuidar disso. Não tive mais notícias dela e não quis ir atrás e deixar a família desconfiada.*

Mentiroso sujo do caralho.

Eu me sentei em um silêncio perplexo, tentando compreender por que ele queria ter alguma coisa comigo agora, depois de ter nos dispensado tão friamente antes. A vida dele estava seguindo o grande plano que fora traçado anos atrás. O que era tão diferente agora para que eu me encaixasse?

Marie veio se sentar ao meu lado e segurou minhas mãos.

— Por isso que eu nunca contei a você, minha querida. Você me odeia por ter contado?

— É claro que não. Eu precisava saber disso. Mesmo. Só não faz muito sentido ele querer me conhecer agora.

Sacudi a cabeça.

— Erica, não sei o que aconteceu para Daniel ter mudado de ideia quanto a ter você na vida dele a não ser a circunstância de você tê-lo encontrado. Mas eu realmente espero que ele a mereça agora, depois do que fez.

Eu me inclinei para abraçar Marie. Ela me abraçou forte, passando a mão pelos meus cabelos como minha mãe costumava fazer. Aconcheguei no corpo esguio dela, desejando poder chorar. Eu me segurei, sabendo que se eu começasse de novo, provavelmente nunca pararia. Meu breve controle sobre minhas emoções estava escapando. Dei-lhe um beijo de boa-noite e pedi licença para me recolher, garantindo que eu estava bem. Que eu estava muito bem.

Eu me acomodei no quarto de hóspedes de Marie. Levei a garrafa meio vazia de vinho comigo e decidi esvaziá-la de uma vez. Ao inferno com Daniel. Ao inferno com essa porra de dia péssimo.

Coloquei a taça na mesa de cabeceira e tirei as coisas da mala. Eu nunca tinha me importado em ficar na casa de Marie, mas estas circunstâncias não eram exatamente as que costumavam ser. Férias de verão, fins de semana de folga. Agora eu estava fugindo da minha vida sem ter ideia alguma de onde eu aterrissaria em seguida.

Dei uma olhada para o celular e, em um momento de insensatez, o peguei e li uma mensagem de Blake.

*Me ligue. Me deixe consertar isso. Eu te amo.*

***

Mal consegui chegar ao trabalho na hora. Eu cogitei vagamente tirar o dia de folga, mas havia toda uma equipe de pessoas no escritório contando comigo. Havia chorado até pegar no sono depois de ver a mensagem de Blake na noite anterior. Se mensagens pudessem matar, as palavras dele teriam me cortado ao meio. Desliguei o celular depois daquilo e não o ligaria de volta até que conseguisse me recompor. Essa choradeira tinha que parar.

Acenei para todo mundo quando cheguei e desapareci dentro do meu escritório. Risa estava logo ali me atualizando, o que envolvia preparar mais contratos para ela e coordenar os recursos da nova conta com os meninos. Por uma vez na vida, fiquei grata pela sua energia ilimitada e ética profissional implacável. Apesar de estar exausta, ela me pôs logo para trabalhar, justamente onde meu foco deveria ter estado nas últimas duas semanas.

Minha cabeça estivera em outro lugar com muita frequência. Pensando em Blake, preocupada com Mark, mas hoje eu mergulhei de cabeça no trabalho com um fervor que fez todo o resto ficar desfocado. Se eu não podia fazer tudo desaparecer, me contentava que ficassem desfocados.

James mapeara algumas opções de campanha para nós durante o fim de semana. Nós três passamos a maior parte da tarde tentando decidir um direcionamento. Eu queria dar mais peso à opinião de Risa, mas apesar do entusiasmo dela em fechar novas contas, parecia ficar um pouco derretida perto de James. Sempre que ele falava, ela concordava empaticamente. Quando ele se aproximava para apontar alguma coisa, ela também o fazia, aproveitando cada oportunidade possível de tocá-lo casualmente.

Quando eu finalmente dei a ela outra tarefa que a tirou do meu escritório, James pareceu relaxar visivelmente. Discutimos o restante das anotações e a conversa foi mais fácil. Mas eu percebi que ele me lançava olhares indagadores.

— Você está bem?

Tentei evitar os olhos dele. Eles me fitavam com uma intensidade com a qual eu estava começando a me acostumar.

— Estou bem.

Esbocei um sorriso.

— Você parece cansada.

— E estou — admiti, sentindo um pouco mais a exaustão.

— Como ficaram as coisas entre você e Landon depois daquela noite?

Fechei os olhos por um instante, abafando a onda de emoção que brotou com a menção do nome dele.

— Acho que terminamos com esses gráficos aqui, James. Apenas cuide dos pequenos ajustes que discutimos e estaremos prontos para implementá-los.

Qualquer coisa além disso não era da conta dele. Eu não queria conversar sobre o showzinho bizarro de sexta entre ele e Heath ou o término do meu relacionamento com Blake, ou a maneira como ele tinha me tocado aquela noite como se nos conhecêssemos muito melhor e há muito mais tempo do que realmente nos conhecíamos. Eu iria juntar tudo isso com o restante dos sentimentos que eu não queria encarar agora.

— Isso não é exatamente uma resposta.

Suspirei e me recostei na cadeira.

— Terminamos neste fim de semana, se você insiste tanto em saber.

— Isso afeta a empresa por ele ser um investidor?

— Não, ele é um investidor anônimo e não pode cobrar o empréstimo, não que ele fosse fazer isso. De qualquer forma, eu gostaria de devolver o dinheiro a ele assim que conseguirmos para podermos ser independentes de novo.

— Como você está segurando a barra?

— Estou bem — menti.

Eu ficava grata por ele se importar com meu bem-estar, mas me preocupava que não fosse só aquilo que ele sentisse.

— Espero que você saiba que pode conversar comigo. Estou bem aqui.

— Obrigada, James.

— Com licença.

Meu olhar se voltou imediatamente para onde Blake estava parado, no limite do espaço do meu escritório. Ele me deu uma olhada rápida antes de fixar os olhos em James. James o encarou de volta com olhos férreos que eu nunca tinha visto antes. Puta merda, isso não era bom.

Ninguém se mexeu.

Blake voltou a olhar para mim, mal conseguindo disfarçar a irritação em sua voz.

— Posso falar com você em particular?

Abri a boca para falar, mas James falou primeiro.

— Estamos em uma reunião.

Ele se recostou na cadeira e cruzou os braços, como se fosse ficar por ali mesmo.

— Eu não falei com você.

Blake não estava mais disfarçando a irritação. Ele deu um passo ameaçador, fazendo James se levantar de imediato também. Eles estavam a poucos passos de distância um do outro, se encarando. Blake era mais alto que James, mas James era mais forte, mais corpulento por natureza. Eles poderiam ser páreo um para o outro, mas eu já tinha visto Blake em ação antes. A maneira como ele havia brigado para me proteger era uma cartada que James sequer sonhava que existia.

Eu me levantei rapidamente e segurei o braço de Blake, forçando-o a se afastar do impasse com James.

— Blake, vamos conversar lá fora.

Ele ficou parado, com os músculos tensos e imóvel. Finalmente, ele relaxou o suficiente para se virar e sair do escritório comigo. Eu o guiei pelo corredor, grata por estarmos longe o suficiente do escritório para termos um pouco de privacidade, mesmo se nossa conversa esquentasse.

— Sobre o que você queria conversar? — perguntei, tensa.

— Por que não começamos por ele? O que aconteceu esse fim de semana? Você deu pra ele?

Arfei com a suposição, nossa raiva agora estava no mesmo nível.

— Não! Eu já disse que ele é meu amigo. Ele só estava sendo protetor.

— O que o faz pensar que você precisa de proteção?

— Você parece pensar nisso com bastante frequência, então talvez seja contagioso. Talvez eu seja o tipo de garota que passa a imagem de uma donzela em perigo. Eu sei lá, mas neste momento não preciso que você venha até aqui e cause problemas. Aqui é o meu trabalho. Se você quer conversar, podemos fazer isso, mas não aqui. Você não pode entrar aqui deste jeito.

— Agora não tenho mais permissão para vir aqui?

Hesitei, considerando por um instante se essa era uma concessão apropriada a se fazer. Mas vê-lo, sob quaisquer circunstâncias, era arriscado.

— Não acho que seja uma boa ideia, Blake.

— Me deixe ver se eu entendi direito. Você está terminando comigo, por nenhum motivo além de precisar de espaço para resolver sua vida. E agora você está me dispensando do negócio no qual eu investi quatro milhões de dólares e espera que eu simplesmente me afaste? Sem fazer perguntas?

Eu me apoiei na parede, a exaustão tomando conta de mim novamente.

— Você não está aqui a trabalho. Se estivesse, estaríamos tendo uma conversa bem diferente.

— Você tem razão. Não estou.

— Então é melhor você ir.

Virei a cabeça, evitando os olhos dele. Ele ergueu a mão lentamente e me virou de volta, me forçando a encarar seu olhar intenso e cheio de determinação.

— Você está fugindo de alguma coisa. Talvez seja de mim, mas, quer saber? Não vou deixar você fugir desta vez.

Você precisa de tempo para resolver as coisas. Tudo bem, mas vamos resolvê-las juntos. Vamos voltar para casa e conversar sobre isso.

O pânico surgiu. Eu jamais sobreviveria cara a cara com ele daquele jeito, contando meias verdades até que ele estivesse, de alguma forma, convencido. Ele continuaria daquele jeito, me vasculhando, me rastreando até que eu desse a ele uma resposta que fizesse sentido. Quanto mais discutíssemos, mais fracos meus argumentos seriam e soariam. Ele precisava acreditar em mim de uma vez por todas, porque, se Daniel nos visse juntos... Eu não podia pensar nisso.

— Não preciso de tempo para resolver o que eu já sei — Afastei a mão dele. — Não há nada que você possa dizer para mudar como eu me sinto. Vou lhe pagar assim que puder, mas não posso ter você envolvido na empresa agora. Vou conversar com Sid sobre juntar a taxa assim que possível, mas você vai receber o valor do aluguel de qualquer forma.

Eu me obriguei a acreditar naquilo e olhei para ele. Eu não podia deixar que ele duvidasse, arriscando tudo por não conseguir terminar direito.

Ele diminuiu a distância entre nós, segurando meu rosto com a mão com uma determinação renovada. Fiquei sem ar e lutei contra todos os instintos para não beijá-lo. Os lábios dele estavam tão perto. Sua respiração ofegante estava no ritmo da minha.

— Você me ama.

Ele cerrou os dentes enquanto proferia aquelas palavras, como se elas o queimassem.

Declarei guerra contra a força magnética entre nós enquanto escorregava, sentindo que logo perderia o controle. *Você precisa protegê-lo,* lembrei a mim mesma. A vida dele dependia daquilo.

— Se você me ama, vai me deixar ir.

Meu coração partiu com as palavras de Daniel sendo usadas contra o homem que eu amava.

Contornando a linha firme de seu maxilar, eu o senti se acalmar sob meu toque. Fiquei na ponta dos pés para beijá-lo carinhosamente. Um último beijo. Ele se inclinou para intensificar o beijo, mas eu o empurrei antes que ele conseguisse.

— Adeus, Blake.

Eu já havia atravessado todo o corredor quando ele falou.

— Não volte, Erica.

As palavras dele me derrubaram. Minhas entranhas se contorceram com a possibilidade de perder qualquer chance de um futuro nosso. Eu me virei para olhá-lo, com medo do que veria em seus olhos. As mãos dele estavam fechadas em punhos nas laterais do corpo e seus olhos continham dor e determinação ao mesmo tempo.

— Se você terminar isso agora, não se dê ao trabalho de voltar.

Com mãos trêmulas, eu abri a porta do escritório e desapareci dentro dele, fechando a porta para tudo que era mais precioso para mim.

# CAPÍTULO 13

O RESTO DA SEMANA PASSOU como um borrão. Eu mal saía do escritório. Meu foco anteriormente bem-vindo no trabalho se rebaixara a uma compulsão para me manter em movimento, apesar da falta de sono. Mesmo quando eu dormia, as visões que me assombravam não permitiam descanso real.

De alguma forma, a fadiga e a pressão que eu colocava em mim mesma para continuar trabalhando mascaravam muito da dor. O buraco gigante em meu peito, onde meu coração costumava ficar, não parecia tão devastador quando tudo com que eu fingia me preocupar eram números, listas e levar o negócio adiante a uma velocidade alucinante. Todo mundo no trabalho estava acompanhando. Nesse ritmo, talvez eu não precisasse do dinheiro de Daniel, no fim das contas. Eu queria pagar Blake o quanto antes, de qualquer forma.

Eu estava no meio de uma reunião com Risa quando Daniel ligou. Eu avisei que precisava atender e esperei que ela saísse para aceitar a ligação.

— Alô.

— Erica, estou aqui embaixo. Gostaria de falar com você — A voz dele era fria e imperiosa. — Saia pelos fundos.

Desliguei e avisei a Risa que estava indo almoçar mais cedo. Abri a porta dos fundos e encontrei Connor ao volante do Lincoln, parado no beco. Daniel estava apoiado no capô fumando um cigarro, usando seu terno escuro de costume e uma camisa branca. A imagem do político, pensei, enquanto minha mente percorria os possíveis motivos para sua aparição. Marie, Blake... Não conseguia falar por conta do medo que me apertara naquele momento.

— Está com fome?

Meneei a cabeça, mais pela confusão do que para realmente o responder.

— O que aconteceu?

— Nada. Vamos almoçar.

Ele se desencostou do carro e apagou o cigarro. Abriu a porta do carro e fez um gesto para que eu entrasse, com uma expressão ilegível.

Eu me forcei a sair da inércia. Fora-se o tempo em que eu ficava contente em vê-lo, por mais intimidador que ele pudesse parecer às vezes. Eu costumava curtir nosso tempo juntos, e agora tinha que forçar meus membros a se mexerem para entrar em seu carro.

— Connor, nos leve ao O'Neill's.

Respirei fundo algumas vezes, tentando acalmar meus nervos. O'Neill's parecia algo bastante inocente. Talvez ele só quisesse almoçar mesmo. Todas aquelas noites sem dormir tinham jogado minha ansiedade lá em cima.

— Por que você queria me ver?

— Eu queria ter vindo antes, mas achei que você precisaria de um tempo. Como estão as coisas com Landon?

Uma onda de alívio me inundou por saber que Blake estava a salvo, rapidamente substituída por um lembrete da dor de nossa separação.

— Não sei. Não o vejo há dias.

Fiquei olhando pela janela, torcendo para que ele não me fizesse regurgitar os detalhes do nosso término.

— Ótimo. Ele parece ter aceitado isso, suponho.

Dei de ombros, tentando ignorar a dor em meu peito ao pensar que talvez Blake tivesse finalmente desistido de nós. Era isso que eu queria, certo? Eu não tivera notícias dele a semana toda, um fato que me dava consolo e me atormentava ao mesmo tempo. Engoli em seco para abafar as lágrimas que queimavam meus olhos. Agora não era hora para isso.

— Ele significava tanto assim para você?

A voz dele era mais suave do que eu esperava e eu me virei para encará-lo, piscando para eliminar a água nos olhos. Eu jurei ter visto um relance de dor ali, apesar de ter concluído que eu estava apenas projetando minha própria dor.

Ponderei a pergunta dele. Blake significava tudo para mim, mas que bem faria contar isso a Daniel?

— Eu fiz uma pergunta.

— Ele é o único homem que eu amei.

Ele ficou um pouco tenso e desviou o olhar. A verdade e a reação estranha dele me fizeram sentir um pouco ousada.

— Não tenho tempo hábil para estas reuniõezinhas. Podemos ir direto ao ponto?

— Olhe como você fala.

Ele estreitou os olhos um pouquinho, lembrando-me do quanto ele podia ficar assustador em um instante. Fiquei pensando silenciosamente em minha personalidade forte e de quem eu a puxara, embora jamais chegasse aos pés de Daniel nesse quesito.

— Já disse que estou levando você para almoçar.

Cruzei os braços, certificando-me de que estava bem no canto do banco. Connor havia nos levado para o sul da cidade e passamos por várias quadras de casas geminadas, até que estávamos descendo a rua principal de um pequeno centro.

— Onde estamos?

— No bairro antigo. Foi aqui que seu avô e o pai dele cresceram, antes do nome Fitzgerald significar alguma coisa.

Eu me recostei no banco e absorvi tudo. Eu nunca estivera nesta parte da cidade — bastante diferente das ruas limpas e repletas de turistas do centro. Também não estávamos exatamente na parte mais segura da cidade. Connor parou o carro na frente de uma taberna em uma esquina. Havia uma placa desgastada com *O'Neill's* escrito.

Saí do carro depois de Daniel e fiquei parada de maneira constrangedora ao seu lado enquanto ele apertava a mão do homem que estava sentado em um banco na entrada do restaurante. Ele era tão largo e musculoso quanto Connor, mas com cabelos enrolados muito pretos e olhos escuros, em boa parte escondidos pelo cabelo e pela sombra projetada por um boné de *tweed*. Ele cumprimentou Daniel pelo nome e nos deixou passar.

Entramos na taberna escura e nos sentamos no canto dos fundos. Daniel pediu cervejas e dois hambúrgueres para nós. O O'Neill's certamente tinha um cardápio limitado, então não discuti. Além disso, eu decidi escolher minhas batalhas contra Daniel, a não ser que quisesse cair no hábito de ficar cheia de hematomas. Céus, eu estava grata por minha mãe não poder me ver agora.

— Eu gostaria de falar de negócios — começou ele.

Eu não queria me envolver com isso ainda. Eu precisava saber mais sobre ele se quisesse encontrar uma saída para essa bagunça.

— Como está Margo? — perguntei, torcendo para desviar a conversa do plano que ele tinha para minha vida.

— Tão bem quanto se pode esperar.

Ele virou boa parte de sua cerveja. Deixei a minha intocada.

— Ela quer que eu fique longe de você, sabia? Ela me disse isso no evento. Ela não vai ficar feliz de me ver sequer perto da sua campanha ou da sua vida pessoal.

— As intenções dela são boas, mas essas decisões não cabem a ela.

— Não vamos causar tensão se eu menosprezar completamente o pedido dela?

— Margo é a menor das nossas preocupações.

— Talvez você possa me esclarecer quanto às suas preocupações. Ameaçar matar Blake e liquidar minha empresa ainda estão no topo da sua lista de prioridades?

Ele sorriu lentamente.

— Se você acha que essa sua boca não vai meter você em encrenca só porque estamos em público, você vai se surpreender.

Dei uma olhada rápida em volta. O bar estava vazio e os garçons não pareciam ser o tipo de pessoa que se importaria muito com uma briguinha na hora do almoço. Sem contar que Daniel parecia ser um cliente VIP ali. Talvez aquelas fossem as pessoas que cuidavam do trabalho sujo dele, quando Daniel precisava cuidar de pessoas como Mark.

Daniel tinha razão. Minha insolência provavelmente me levaria rapidamente a lugar nenhum. Afundei na cadeira novamente.

Ele largou uma pilha grande de papéis na mesa e a empurrou para mim.

— Este é o nosso plano de marketing. Não tenho tempo para lê-lo e, se tivesse, não tenho certeza se conseguiria entender muito bem. Me disseram que é bem genérico, visto que reagimos a novas situações políticas e locais diariamente e tudo isso varia. Vamos começar o processo de contratações logo para substituir a pessoa que está gerenciando as coisas. É apenas protocolo, é claro, visto que é você quem eu irei contratar.

— E minha empresa?

— Landon está fora do jogo e muito em breve você receberá seu dinheiro de mim. Descubra uma maneira de fazê-la andar sem você, ou a venda. Não me importa.

— Se você me desse mais tempo, eu poderia colocar as finanças em dia por conta própria, sem sua ajuda.

— Quanto tempo?

— Uns dois meses, talvez. Não tenho certeza — menti. Na verdade, eu provavelmente precisaria de seis meses ou mais.

— Não, não há tempo para isso.

Eu me inclinei para frente, esperando persuadi-lo.

— Daniel, eu poderia ajudar você a encontrar alguém para esse cargo. Alguém com o mesmo histórico, que possa agregar as mesmas qualidades que eu à equipe. Não sei por que...

— Erica, isto não é uma negociação. — A voz dele ficou severa o suficiente para atrair alguns olhares do bar. — Você vai trabalhar para a campanha. Vai trabalhar para mim. Percebo que você está tentando encontrar uma saída criativa para isso. Enquanto você faz isso, certifique-se de ter uma coisa em mente: não me importa o que Landon significa para você. Ele poderia ser o pai dos seus filhos, e eu não hesitaria em removê-lo da equação. Nem por um segundo eu hesitaria em tomar essa decisão. Você entendeu? Porque eu pensei que tivesse deixado isso bem claro na última vez.

O garçom largou nossos hambúrgueres e sumiu sem dizer uma palavra. Fiquei olhando para o prato sem apetite, enjoada pela ameaça.

— Erica.

Fechei os olhos e pronunciei as palavras seguintes com a maior calma possível.

— Entendi perfeitamente. Se você está me contratando para usar meu cérebro, contudo, talvez você queira me contar quando eu devo me deitar para que as pessoas pisem em cima de mim. Ou você será a única pessoa a fazer isso?

— Não se trata de você, sua putinha.

Ele bateu a mão na mesa, atraindo alguns olhares entediados do bar novamente. Assustada, me recostei na cadeira para ganhar mais alguns centímetros de distância da raiva dele.

— Se trata de algo muito mais importante e muito mais bem-sucedido do que você jamais vai ser. Minha família. *Nossa* família. Passamos gerações engatinhando para fora de lugares como este para que pudéssemos fazer algo maior. Você vai fazer parte disso agora. Uma parte pequena, porém importante, e, quanto antes você perceber isso, melhor vai ser para você. Agora coma o seu hambúrguer.

— Não estou com fome — murmurei.

Os olhos dele ficaram tão frios que eu imediatamente peguei uma batata frita e comecei a comer. Comemos em silêncio e ocasionalmente nossos olhos se encontravam, espelhos azul-claros um do outro. Eu teria sorte se escapasse da ira dele na volta, no carro. Isso não era como discutir com Blake ou manter as pessoas na linha no trabalho. Eu estava cutucando o gigante e ele não estava dormindo. Talvez Daniel se orgulhasse das minhas conquistas, mas eu não podia me dar ao luxo de ser a menininha do papai, que podia se safar de falar o que bem entendia para ele daquele jeito. Não quando a vida de Blake estava em jogo. Eu teria, de alguma forma, que aprender a calar a boca ou jogar um jogo diferente, porque bater de frente com ele não estava me levando muito longe.

***

Connor me largou no escritório depois de um trajeto praticamente silencioso. Daniel prometera me avisar de quando eu deveria ir à sede da campanha para poder me encontrar com a equipe. Fiz uma nota mental e passei o resto do trajeto olhando pela janela, sentindo minha vida escapar de mim.

Entrei no escritório e encontrei Risa encostada perto da mesa de James, sorrindo e jogando conversa fora enquanto ele dividia seu olhar desconfortavelmente entre a tela do computador e ela. Algo com relação àquilo me deixou irritada.

— Risa, posso falar com você?

Ela se endireitou, como se eu tivesse quebrado o feitiço entre eles que existia apenas na cabeça dela. Ela veio até o escritório.

— Isso precisa parar — fui direta, incapaz de amenizar meu tom.

— O quê?

— Essa queda que você tem pelo James. Não podemos ter esse tipo de distração. Preciso de você focada no trabalho, não passando metade do dia na mesa dele flertando.

— Não sei do que você está falando.

Ela franziu o cenho e ajeitou o cabelo para trás da orelha, nervosa.

— Sei que não temos uma política oficial quanto a relacionamentos no escritório, porque, francamente, eu não imaginei que isso poderia ser um problema, mas, agora que é, eu entendo por que as empresas colocam limites nas coisas. Mude seu alvo para outro lugar. Preciso dele trabalhando e de você focada.

Risa fechou a boca imediatamente e seu rosto ficou vermelho como um pimentão. Eu não sabia dizer se ela estava mais envergonhada ou brava, mas ter chamado a atenção dela a pegou completamente desprevenida. Eu já tinha dado uns toques nela antes, mas nunca a repreendera deste jeito. Eu simplesmente não tinha mais paciência para tons polidos. Não hoje.

— E quanto a você e Blake?

Eu me contivera para não dizer a Daniel o que eu realmente pensava dele por boa parte das últimas duas horas. Eu realmente devia ter escolhido um momento melhor para falar com ela, mas cá estávamos. Falei lentamente, tentando manter a compostura.

— Ele é um investidor, não um funcionário, e meu relacionamento com ele não é da sua conta.

Ela contraiu os lábios e ficou batendo o pé no chão.

— Tudo bem, vamos mudar de assunto. Alguma novidade? — perguntei, tentando neutralizar a tensão e voltar ao trabalho.

Ela ficou olhando para mim por um segundo antes de respirar fundo.

— Vou a uma campanha de arrecadação de fundos no sábado. É para uma fundação que apoia educação tecnológica para crianças da cidade. Max achou que seria bom marcarmos presença lá.

— Claro, parece ser algo que vale a pena estar nos bastidores.

— Eu também achei, mas não sabia ao certo se doações estavam dentro do nosso orçamento ou não.

— Tenho certeza de que podemos pensar em algo.

— Ótimo, é só me avisar que eu organizo tudo.

— Esse talvez seja o tipo de evento do qual eu participaria, sabe?

Tentei não ficar ofendida com a expressão de surpresa dela.

— Não me toquei disso. Você parece bastante distraída ultimamente. Eu não queria incomodar você. Sei que você tem outras coisas e fazer *networking* é meu trabalho. Desculpe, eu devia ter perguntado.

— Tudo bem. Tive muito o que resolver.

— Você quer ir? Posso ligar para Max e tentar conseguir mais um convite.

Considerei a oferta por um instante. Eu não estivera em nenhum outro lugar que não fosse a casa de Marie ou o escritório por um bom tempo. A ideia de me socializar quando eu ainda estava me sentindo tão fodida era um pouco assustadora, mas a distração poderia me fazer bem. Pelo menos fazer uns contatos era melhor que ficar sozinha com meus pensamentos.

— Acho que sim, na verdade. Talvez seja uma boa mudança na rotina.

— Está bem. Vou ver o que posso fazer.

Ela me deu um sorriso contido e saiu bruscamente.

Suspirei, grata por termos conversado um pouco. Ela estava furiosa, e eu não queria que a tensão entre nós afetasse o trabalho. E Deus sabia que eu estava sendo um desastre ambulante nas duas últimas semanas. Eu só sabia como era a sensação por dentro. Não conseguia imaginar como eu estava sendo vista por fora e, na maior parte do tempo, eu não me importava mesmo. Havia tantas coisas no ar agora. Pisar em ovos com relação aos sentimentos das pessoas do trabalho não era algo para o qual eu tinha energia.

O resto do dia passou rápido. Ignorei o plano de marketing que Daniel me entregara. Eu gostava o suficiente do meu trabalho para saber que ficaria genuinamente interessada pelo conteúdo do documento. Era exatamente isso que ele queria e eu não conseguia suportar a ideia de satisfazer os desejos dele agora. Ele arruinou meu relacionamento com Blake e eu estava determinada a adiar meu ingresso na máquina política dos Fitzgerald pelo tempo que fosse possível.

# CAPÍTULO 14

PAREI NO APARTAMENTO PARA PROCURAR algo adequado para usar no evento. Eu não havia colocado roupas sociais na mala com a pressa enlouquecida de sair dali, e Marie e eu não tínhamos como compartilhar roupas, devido aos nossos tipos físicos.

Estar no apartamento de novo era estranho. Eu não fizera nenhuma tentativa de encontrar um outro lugar, contudo. Não que eu tivesse muito tempo, mas, bem no fundo, eu não conseguia imaginar morar em qualquer outro lugar. O quarto de hóspedes de Marie era bom; um lugar para tentar dormir e, pelo menos, eu não estava sozinha. Mas eu não conseguia pensar num recomeço em outro lugar.

Pus meu cheque do aluguel no balcão para Sid. Depois comecei a limpar as pequenas bagunças que haviam se acumulado, o que não era do meu feitio.

— Você não precisa fazer isso.

Cady saiu do quarto de Sid em uma camiseta que parecia engoli-la. Ela parecia cansada e contente enquanto entrava na cozinha para me ajudar. Seus cabelos loiros espetados com luzes estavam apontando para todas as direções. Eu me virei para colocar umas louças na pia, escondendo um sorriso. Sid estava deixando uma garota cansada e contente. Boa, Sid.

— Não me importo — eu disse.

— Não sei bem como Sid vai sobreviver sem alguém para cuidar dele.

— Nem me fale. Homens...

Terminamos tudo bem rápido e ela pegou o cheque do aluguel, dando uma olhada para mim.

— Você pretende voltar algum dia?

Hesitei. Tudo bem, ela era a namorada do Sid, mas também era assistente de Blake. Eu podia quase garantir que qualquer coisa que eu dissesse a ela chegaria aos ouvidos dele.

— Não pretendo, mas ainda não encontrei outro lugar.

Ela me deu um sorriso empático.

— Que pena. Tenho certeza de que Sid vai sentir sua falta por aqui.

— Talvez. Mas ele tem você agora.

— É. Bom, não acho que ele é o único que sente a sua falta.

Peguei uma garrafa d'água da geladeira e tomei um pouco, sem responder àquelas últimas palavras.

— Sei que não é da minha conta. O que quer que aconteça com você e Blake é entre vocês dois, mas, se serve de consolo, acho que vocês eram ótimos juntos. Ele parecia realmente feliz. E eu o conheço há um tempão.

— Como ele está?

Não sei bem por que perguntei. Como se saber mais do estado de espírito de Blake fosse me deixar melhor.

Ela me deu uma olhada empática.

— Você deveria conversar com ele, Erica.

***

Eu me contentei com um vestido tomara que caia preto que abraçava minhas curvas e ia até pouco abaixo dos joelhos. Prendi o cabelo em um coque frouxo e coloquei uma sandália de salto de tiras e um xale leve, para caso estivesse frio no local do evento.

Ao chegar, encontrei Risa e Max conversando em um grupo pequeno de pessoas. Max me deu seu sorriso premiado. O casal com quem eles estavam conversando acenou em despedida e saiu, nos deixando sozinhos.

— Você está linda, Erica. Obrigado por ter vindo hoje.

— Obrigada, fico feliz por ter vindo. Risa me contou um pouco, mas como você se envolveu na caridade?

— A Angelcom é uma patrocinadora há muitos anos. Patrocinamos este evento uma vez por ano para atrair novos doadores e dar visibilidade à causa.

— Isso é maravilhoso.

Eu ainda não havia perdoado Max inteiramente por ter me empurrado para aquela última dança com Mark, mas não podia dizer que ele não nos ajudara incrivelmente desde então. Eu não ia dar a ele o benefício da dúvida, mas, com Blake fora do jogo, também não iria descartá-lo completamente. Em momentos assim, eu tinha dificuldades em acreditar nas coisas terríveis que Blake garantira serem verdadeiras sobre ele.

— Melhor encontrarmos nossa mesa. Eles servirão o jantar em breve — disse ele, interrompendo meus pensamentos.

Segui Risa e Max até a mesa e rapidamente reconheci os rostos dos outros que estavam sentados conosco. Heath se levantou quando me viu, mas meu olhar se voltou imediatamente para Blake e para a mulher ao seu lado.

Sophia.

Fiquei imóvel, congelada pela perspectiva de encarar qualquer um deles esta noite. O homem que eu amava ao lado de uma mulher que eu desprezava. A dor da nossa separação ficou exponencialmente potente. O arrependimento por cada instante que tínhamos passado longe um do outro me atingiu com força total, agarrando meus pulmões. O ar saiu de mim em uma lufada.

Do jeito que eu odiava Sophia e o que ela significava para o passado dele, eu não estava remotamente preparada para vê-los juntos esta noite — ou nunca. Ela estava impecável em seu vestido de seda vermelho que contrastava lindamente com os cabelos pretos cheios de brilho que caíam sobre seus ombros. Com Blake de terno, o cinza-escuro que eu adorava, os dois formavam um belo casal. O bilionário e a modelo. Que par perfeito.

— É bom ver você, Erica.

Heath quebrou o silêncio e me deu um abraço rápido.

Blake me encarou, como se estivesse esperando que eu reagisse. Mas eu não conseguia me mexer. Eu literalmente não conseguia dar um único passo na direção da mesa.

Risa se acomodou ao lado de Max, deixando desocupado o lugar entre ela e Heath. Olhei para a cadeira cautelosamente, incerta quanto a como eu poderia sobreviver a este jantar com Blake e Sophia à nossa frente. Eu ainda podia ir embora antes que o evento realmente engrenasse — fingindo estar passando mal ou algo assim.

Como se estivesse lendo meus pensamentos. Sophia me deu um sorriso perspicaz que me fez ranger de raiva.

— Estou feliz por ter vindo, Erica. Junte-se a nós.

As palavras dela quebraram o transe, de alguma forma, e eu precisava me mover — na direção oposta.

— Risa, vou pegar algo para beber. Você quer alguma coisa?

Ela balançou a cabeça.

— Estou bem, obrigada.

Blake se levantou quando comecei a andar. Eu o ignorei e continuei indo em direção ao bar, me lembrando de que eu não podia realmente correr com aqueles saltos.

— Uísque com gelo — pedi ao bartender.

Blake parou ao meu lado.

— O mesmo.

Não estávamos nos tocando, mas estávamos próximos, a centímetros de distância. Eu me lembrei de nossas primeiras semanas juntos, quando tentei, em vão, ignorar a energia palpável que pulsava entre nós, uma atração inegável que tinha rapidamente se transformado em um vício, uma obsessão.

— Eu não sabia que você estaria aqui.

A voz dele era baixa, permeada de arrependimento.

*Ou o quê? Você não a teria trazido?*

Respirei fundo, tentando controlar minhas emoções. Ele estava sendo legal e eu devia ao menos tentar manter esta comunicação pós-término. Mas o silêncio que pairou no ar entre nós pareceu ser resposta suficiente. Eu estava desolada, obcecada com o trabalho e não fazia ideia de como argumentar com meu pai assassino e louco por poder para dar um fim a tudo isso.

Talvez fosse tarde demais para isso, de qualquer forma. Sophia provavelmente retomou exatamente de onde eu tinha parado assim que percebeu que eu estava fora de campo. Ela seria uma idiota se não o tivesse feito e eu não podia culpar Blake. Eu tinha dito a ele, sem meias palavras, que não queria mais o ver. Que me deixasse ir.

— Como Risa está se saindo? — perguntou ele, finalmente, em uma tentativa de me fazer conversar.

— Ela está bem motivada. Fechando um monte de contas para nós.

— Parece que ela está bem amiguinha do Max.

Dei uma olhada de volta para a mesa. Risa parecia ser a mesma pessoa animada de sempre e a atenção de Max estava fixa no que ela estava dizendo. Eu não tinha reparado no quanto a conexão deles tinha evoluído nas últimas semanas.

Como ela havia habilmente exposto, eu tinha muitas outras coisas na minha cabeça para me preocupar, desde que ela fizesse seu trabalho e levasse a empresa adiante.

— Ele a tem ajudado a fazer contato com anunciantes. Parece estar funcionando bem. A receita subiu — Meu foco mudou para Sophia, que me pegou olhando para ela. Eu me virei de volta, vendo meu reflexo no espelho atrás do bar. — Sophia está linda, como sempre.

Blake tomou um gole de uísque.

— Ela está na cidade a trabalho.

— Você não precisa dar desculpas para mim, Blake. Estou... feliz por você.

Meu maxilar se contraiu com aquela mentira tremenda que eu acabara de contar em nome da boa educação e para permitir que nós dois seguíssemos em frente. Então deixei metade da dose de uísque deslizar pela minha garganta.

— Você mente muito mal.

***

Voltei para a mesa e Blake me seguiu sem dizer uma palavra. Fiquei grata por estar sentada ao lado de Heath. De alguma forma, nesta mesa de colegas e ex-amantes, eu sentia como se ele fosse um aliado. Ficamos conversando sobre o evento e como o trabalho estava indo.

— Você já conversou com Alli sobre se mudar? — perguntei.

Ele meneou a cabeça.

— Algum motivo em especial?

— Acho que tenho um pouco de medo quanto ao que ela vai dizer. Mas estou quase terminando o programa, então preciso resolver isso logo.

— Você deveria conversar com ela, Heath.

— Você também.

Concordei com a cabeça e cometi o erro de olhar para Sophia, que estava aproveitando cada oportunidade de tocar em Blake. Toques breves, contornando os ângulos do terno dele em cima do ombro. Aproximando-se dele para falar, com seus peitinhos insolentes raspando nele. Rangi os dentes.

— Ela está muito preocupada com você.

Voltei a olhar para Heath, incapaz de relaxar.

— Vou ligar para ela em breve. Eu tenho estado muito ocupada com o trabalho, sabe? Não tenho tido muito tempo para mais nada.

— Ela não é a única que está preocupada.

Meu olhar se voltou para Blake, que estava recostado na cadeira, parecendo entediado enquanto corria os olhos pelo recinto. Sophia estava murmurando algo em seu ouvido e rindo baixinho, como se eles estivessem compartilhando alguma piada interna. Quando a mão dela desapareceu debaixo da mesa, eu não pude mais aguentar.

Levantei e tracei um caminho direto até o banheiro. Eu me arrependi de ter comido qualquer coisa quando uma onda de náusea me atingiu. Ter afastado Blake era menos devastador quando ele ainda me queria. Eu podia nutrir a fantasia de que ele esperaria por mim até que eu resolvesse as coisas com Daniel. Mas aquele momento havia passado. Sophia fez sua jogada imediatamente, de onde eu havia saído, e provavelmente estava dando a Blake tudo que ele ansiava durante o tempo que passamos juntos.

Caso meu coração ainda não tivesse se partido, vê-lo com Sophia o tinha esmagado e reduzido a uma polpa irreconhecível.

O banheiro das mulheres estava misericordiosamente vazio. Olhei no espelho. Embora eu estivesse uma ruína emocional épica, minha aparência estava boa. A maquiagem escondia as olheiras debaixo dos meus olhos, ao menos. Eu não era nenhuma modelo de passarela, mas estava boa o suficiente para Blake. Eu me repreendi por ligar para isso. Eu conseguiria, de alguma forma, superar. Eu já tinha passado por coisas piores, certo?

Antes que eu pudesse responder a mim mesma, a porta se abriu e eu vi o reflexo de Sophia vindo na minha direção. Seu corpo ágil pronto para a passarela desfilou até o balcão da pia onde eu estava tentando me recompor.

— Está tudo bem? Você parece chateada, Erica.

Ela estava com a mesma voz de puta provocante do nosso primeiro encontro em Nova York.

Eu me virei para olhar para ela.

— O que você quer?

Ela se encostou casualmente na parede, cruzando os braços.

— Achei que podíamos botar o papo em dia. Lamento saber que as coisas não deram certo entre você e Blake.

Meus lábios se contraíram em uma linha fina. Eu não iria morder a isca dela.

— Aposto que sim.

— Não encaixava direito, suponho.

— Como pode saber?

— Sou uma amiga, Erica. Ele conversa comigo. Tenho certeza de que era avassalador demais para você, ficar com ele.

— Do que você está falando?

— Do sexo, é claro. Não vamos fingir que não sabemos que ele gosta de um negócio bruto — Ela me deu um sorriso largo e apoiou o quadril no balcão, inclinando a cabeça como se estivesse me medindo. — Você nunca me pareceu o tipo de menina que gosta de apanhar.

Tive dificuldades em respirar, incapaz de esconder minha reação.

— Você não sabe porra nenhuma sobre mim, Sophia.

Ela riu. O som machucou, como se ela tivesse me dado um tapa na cara.

— Ah, acho que sei bastante.

Fechei as mãos em punhos ao lado do corpo. Eu faria de tudo para sumir com aquela expressão do rosto dela. E Blake. Um enjoo se espalhou por mim ao saber que ele contara nossas coisas pessoais. O ciúme e a traição eram um coquetel letal de emoções e eu já aguentara tudo que podia.

— Ria o quanto quiser, Sophia, mas não sou eu que estou me jogando em cima do homem que me dispensou há anos. Mas talvez você tenha sorte e ele a aceite de volta. De qualquer forma, eu não estou nem aí.

Saí empurrando as portas e voltei para a mesa para pegar meu xale. Fingir que estava passando mal não foi muito difícil, porque eu realmente me sentia doente. Dei minhas despedidas rápidas a Risa e Heath, ignorando Blake, apesar de poder sentir o calor do olhar dele em mim. Eu não podia encará-lo agora. O fato de nossas lembranças significarem tão pouco para ele a ponto de serem compartilhadas com Sophia me cortava muito mais fundo do que eu jamais pensei que fosse possível.

As luzes da cidade passavam rapidamente enquanto o táxi voltava para a casa de Marie. Os edifícios, dispersamente iluminados, desapareceram atrás de mim, juntamente com qualquer esperança que eu tivera de ficar com Blake de novo. Alguma coisa parecia devastadoramente definitiva nisso tudo. A vontade de chorar e o desespero de apertar o estômago deram lugar a uma resolução fria e indiferente. Blake se fora. Eu finalmente o tinha perdido.

Eu havia perdido pessoas antes. Sabia como dizer adeus para sempre. Mas não conseguia me lembrar de algo que tivesse doído assim. Minha razão de viver, de acordar pela manhã, tudo que me mantinha esperançosa havia sido arrancado de mim. Mas eu sabia que havia sobrevivido a esse tipo de devastação antes.

Em algum lugar nas profundezas da minha alma, parei de sangrar. A dor pulsante e implacável diminuiu, e a lembrança de quem tínhamos sido juntos se tornou mais uma cicatriz.

Eu sabia viver com cicatrizes.

Sequei a última lágrima, engolindo a vontade de chorar até ficar dormente, a reação natural do meu corpo quando enfrentava uma dor emocional inexorável. Meu amor por Blake havia mudado, se tornando uma memória sombria e agridoce impressa para sempre no meu passado. Meu maior amor se tornara minha maior perda.

# CAPÍTULO 15

— Vai trabalhar até tarde de novo?

James se sentou à minha mesa, de frente para mim. O dia estava acabando e só restávamos nós dois. Mais e mais dias estavam terminando assim. Eu não conseguia me conter.

— Pensando no assunto — respondi.

— Não sei quais são os números, mas tenho bastante certeza de que você não precisa se esforçar tanto assim.

— Não me importo em fazer hora extra. Me mantém longe de encrenca.

Aquilo não era totalmente uma brincadeira. Eu não estava exatamente resignada à nova vida que Daniel queria para mim. Não que ele tivesse me dado escolha, mas eu havia concordado em encontrar com a equipe dele em alguns dias. Enquanto isso, eu estava dissecando o plano de marketing deles e tentando traçar planos estratégicos que me permitissem contribuir de uma forma que satisfizesse Daniel sem deixar de lado o meu próprio negócio.

— Você vai fundir os seus miolos. Você tem noção disso?

James se inclinou para frente, apoiando os cotovelos nos joelhos e colocando as mãos no queixo.

— Por que você se importa, James? Honestamente. Não estou jogando isso em vocês.

— Eu não me importaria se você jogasse. Às vezes, você simplesmente não parece muito feliz.

Suspirei.

— Isso realmente importa? Feliz ou não, estou aqui e estamos fazendo as coisas acontecerem.

Quem se importa se eu quiser trabalhar até cair no chão? Essa era minha premissa.

— Na verdade, não acho que seja bom para você ou para a empresa. Se você tiver um colapso, com quem vamos contar? A equipe não é grande o suficiente para se sustentar sem você. Se você continuar nesse ritmo, vai estar acabada em mais uma ou duas semanas. E depois? E se algo acontecer e a gente realmente precisar de você?

— Você está fazendo tempestade em copo d'água — resmunguei, pensando no que eu podia dizer para acalmá-lo.

Por mais que eu estivesse trabalhando próxima à Risa, eu definitivamente tinha uma conexão melhor com James. Quando se tratava de trabalho, ele parecia entender o que eu estava procurando sem realmente perguntar. A harmonia silenciosa que cresce entre duas pessoas que trabalham juntas por um bom tempo parecia já existir entre nós, e, de alguma forma, isso tornou o interrogatório dele mais tolerável. Mas ele não poderia sequer começar a entender minha vida neste momento.

— Está bem, que tal você ao menos fazer uma pausa? Me deixe levar você para comer alguma coisa.

— Não estou com fome. — Eu não estava. Eu raramente ficava com fome nos últimos dias. Eu provavelmente me tornaria um palito que nem Sophia logo, logo, mas não por escolha. Eu simplesmente não tinha apetite para comida, e para muitas outras coisas, para falar a verdade.

— Certo, que tal uma caminhada? Me dê uma hora e aí eu deixo você em paz, prometo.

Revirei os olhos.

— Por favor?

Ele me lançou um olhar inocente, mas determinado, que era difícil de resistir. Eu não podia compreender por que ele se importava tanto, mas não conseguia negar que isso mexia com o meu coração um pouquinho.

Eu me afastei da mesa.

— Tudo bem. Uma hora. Preciso terminar a edição destes contratos esta noite.

Eu não precisava, mas, se fingir que eu estava bem por uma hora me livrasse do interrogatório implacável quanto à minha saúde mental, eu o faria.

Descemos a rua e James parou em frente à sua moto. Ele soltou um capacete e me entregou outro, de um compartimento diferente.

— Ah, não. Não ando de moto.

— Eu piloto desde que era adolescente. Prometo que você vai estar a salvo. Vou devagar.

— Isso não fazia parte do nosso acordo.

— Não havia cláusulas sobre motos. Meu Deus, Erica, você tem escrito contratos demais — Ele me deu um sorriso torto que derreteu minha raiva. — Você me deu uma hora. Relaxe, tá? Vai ser divertido.

Relutantemente, coloquei o capacete, me sentindo um pouco ridícula. Ele me ajudou a afivelá-lo e passou a mão carinhosamente no topo da minha cabeça, um gesto que só aumentou a minha vergonha. Eu me sentei com cuidado atrás dele e começamos a nos mover.

O motor rugiu, ganhando vida. Ele pegou minha mão e enrolou meu braço na cintura dele.

— Se segure!

Eu o segurei, sem me importar com quão perto — e nada profissional — ficaríamos. Fiquei repentina, e talvez irracionalmente, apavorada com o medo de voar da moto quando ele entrou na rua e pilotou adiante. Segurei firme, tentando não pirar completamente. Ele cobriu minha mão com a dele e deu um apertão.

Eu não fazia ideia de aonde estávamos indo e não me dei ao trabalho de perguntar. Finalmente, relaxei um pouco, não o suficiente para parar de segurá-lo com tanta força, mas o suficiente para sentir a adrenalina da velocidade. Atravessamos as ruas movimentadas da cidade e passamos os carros que ainda estavam presos no tráfego da hora do *rush* enquanto iam para casa após o trabalho.

Seguimos até chegar na orla. A praia estava praticamente vazia, pontilhada apenas por algumas pessoas correndo e pessoas praticando *kitesurfing*, mais distantes da costa. James estacionou e me ajudou a descer. Andamos até a praia juntos, tirando os sapatos no final da calçada.

O ar estava perfeitamente quente, com a brisa do oceano soprando sobre nós. As ondas quebravam gentilmente no litoral. Eu não ia muito à praia, mas sempre que o fazia, não conseguia pensar muito nas preocupações. Algo no movimento hipnótico e tranquilizante das ondas e o horizonte infinito do mar lavaram o barulho e o estresse que tinham montado acampamento na minha mente. Mesmo agora, com todos os problemas, eu sentia uma sensação rara de paz.

Eu queria me agarrar àquilo pelo tempo que pudesse. Fiz uma nota mental para vir aqui com mais frequência. A longa viagem de trem valeria a pena.

— Vamos entrar.

Dei uma risada.

— Está brincando? Você faz ideia do frio dessa água?

— Sei exatamente como está frio. Eu nadei aqui neste mar minha vida inteira. Vamos lá, não me decepcione.

Os lábios dele se curvaram em um sorriso travesso.

— Não, obrigada. Fico com as piscinas aquecidas e mares mais quentes.

Ele tirou a camiseta. A tinta escura que espiava por debaixo das mangas estava totalmente à mostra agora; labaredas de um desenho ornamentado lambendo sua pele. Ele era inegavelmente lindo. Não era tão esbelto quanto Blake, mas era muito definido. Supus que ele passasse algumas horas na academia.

— Você sabe o que dizem sobre água salgada.

Ergui meus olhos de volta para os dele, envergonhada por ter sido pega admirando-o. As pessoas podiam olhar para tatuagens, certo? Isso era normal.

— O quê?

Meus olhos vaguearam de novo.

— O mar e as lágrimas são a cura para todas as doenças. Um mergulho no mar e você estará nova em folha.

Ele ficou parado na minha frente, seminu em sua bermuda de surfista.

Desviei o olhar e desenhei uma linha na areia com o dedo do pé. O mar e as lágrimas, é? Se isso fosse verdade, eu estaria curada com todas as lágrimas que tinha derramado nas últimas duas semanas.

Antes que eu pudesse me perder em pensamentos novamente, James me ergueu do chão e me colocou sobre seu ombro. A areia passava rápido demais abaixo de nós enquanto ele me carregava para a água.

— Não, James. Me solte! — gritei, tentando ficar legitimamente brava, mas ri quando ele começou a entrar no mar.

Alternei meus gritos com risos incontroláveis, chutando e tentando me livrar dos braços dele. A água já havia passado da cintura dele e eu estava realmente começando a ficar preocupada. Ele não iria realmente me jogar, iria?

— James, pare, não se atreva! Me solte!

— Como quiser, chefe.

Com isso, ele me jogou no mar, alto o suficiente para que eu caísse ruidosamente na água. Puxei o ar rapidamente. A água fria do oceano me envolveu, chocando meus sentidos. Eu me deixei afundar até quase atingir a areia. A flutuabilidade do meu corpo e a ondulação do mar me trouxeram de volta à superfície um instante depois.

Enchi os pulmões de ar novamente enquanto James nadava para longe de mim. Sorri e nadei atrás dele tão rápido quanto meus braços e minhas pernas conseguiam. Ele iria ver só. James se virou bem a tempo para eu pegá-lo. Coloquei todo o peso do meu corpo nos ombros dele e tentei empurrá-lo para baixo d'água com toda minha força. O esforço foi inútil. Tirando sarro de mim, ele fingiu levar o "caixote" e desapareceu debaixo d'água.

Fiquei parada ali, esperando. Tentei seguir o rastro dele, mas o perdi, me sentindo ansiosa e estranhamente eufórica. O momento durou o suficiente para que eu começasse a me preocupar um pouco.

Vasculhei a água ao meu redor. Então, os braços dele envolveram minhas coxas e ele me ergueu novamente para fora da água. Gritei de novo e ri. Ele afrouxou a pegada e eu escorreguei pelo corpo dele, lenta e, droga, sugestivamente. Não havia nada entre nós a não ser o algodão fino das minhas roupas — deixando pouco para a imaginação.

Meu sorriso sumiu com a sensação. Meu coração acelerou, meu corpo ganhou vida de um jeito familiar. A água não parecia mais tão fria. As ondas batiam em nossa pele enquanto ele me segurava com firmeza. O azul-claro dos olhos dele escureceu um pouco quando seu olhar desceu à minha boca. Eu estava ligeiramente ofegante. Garanti a mim mesma que era devido à natação e ao choque de ter sido jogada na água. Só que eu não conseguia recuperar o fôlego, e a mão que não estava me segurando perto dele deslizou pela minha coxa, segurando meu joelho para enganchar minha perna na cintura dele. Minhas mãos estavam congeladas nos ombros dele. Eu tinha medo de me mexer. Ele enganchou minha outra perna, de modo que eu estava completamente enrolada, com lábios a centímetros dos dele.

— Meu Deus, você é linda — sussurrou ele.

Ele deslizou as pontas dos dedos pela maçã do meu rosto e pelo meu maxilar, do mesmo jeito que havia feito no escritório depois de meu encontro com Daniel. Só que os olhos dele não estavam mais repletos de preocupação; era algo muito mais sério, uma fome que estava lentamente penetrando em mim. Meus dedos coçavam para se mexer, mas eu resisti.

Meus olhos se fecharam e uma visão de Blake passou por trás deles. A dor familiar me atravessou como uma lança no meu coração. Eu me encolhi e me desenlacei do corpo de James. Sem esperar por uma reação, mergulhei como ele, nadando na direção da orla o mais rápido que conseguia. *Fodeu, fodeu, fodeu.* Essa era definitivamente a última coisa de que eu precisava agora.

Saí desajeitadamente da água, e o movimento da maré quase me derrubou enquanto tentava me mover na direção contrária. O vento me deixou com mais frio ainda, mas o sol ainda estava alto no céu. Torci minha blusa, meu shorts e meu cabelo do melhor jeito que consegui. Deitando na areia quente, acolhi o calor curativo do sol. Fechei os olhos por causa da claridade e tentei me concentrar no barulho das ondas.

Minha respiração acalmou e eu fiquei pensando preguiçosamente se minha hora já havia acabado. Que diabos eu estava fazendo? Isso estava errado. Muito errado.

James se deitou ao meu lado com um ruído baixinho de seu short e uma expiração trêmula. Abri um olho e o vi deitado de lado. Ele estava apoiado no cotovelo olhando para mim, franzindo o cenho de forma pensativa, marcando seu belo rosto.

— Aí está de novo.

Falou com voz baixa.

— O quê?

— Essa cara. Eu realmente esperava que, de alguma forma, conseguiria fazê-la ir embora, mas aí está ela de novo.

Suspirei e soltei o braço em cima dos olhos. Eu queria derreter ali, ser arrastada com a areia na maré.

— Me desculpe.

— Por que você se desculparia?

Eu devia simplesmente dar um fim nisso. Explicar as coisas para ele, a fim de que pudéssemos parar de nos enrolar. Eu não conseguiria suportar machucar duas pessoas. De alguma forma, eu precisava fazê-lo entender que podíamos apenas ser amigos. Mas e se ele não quisesse minha amizade?

Olhei para ele.

— Você tinha razão. Eu ando um caos e, neste momento, o trabalho é a única coisa que me impede de perder completamente a cabeça. Estou tentando resolver algumas coisas e focar no trabalho é a única maneira que eu conheço de fazer isso agora.

— Sabe, não tem nada de errado em se sentir um caos de vez em quando. Mas isso não significa que você precisa afastar todo mundo — especialmente as pessoas que se preocupam com você.

Suspirei.

— Eu sei.

James não era o único que estava tentando chegar até mim. Marie tinha me dado espaço, mas eu sabia que ela estava preocupada. Eu ainda não havia conversado com Alli e a distância crescente entre nós pesava em mim. Mesmo assim, eu não podia oferecer mais nada a ela além de minhas mensagens vagas. Ela estava próxima demais de Blake e, agora, eu precisava do máximo de distância possível dele para mantê-lo a salvo.

— Isso não foi tão ruim, foi?

Lancei um sorriso pequeno.

— Foi divertido. Eu realmente me sinto melhor.

Eu queria dizer mais, mas, indo contra o conselho que ele acabara de me dar, decidi que o manter a uma distância emocional segura provavelmente era melhor. Parte de mim queria contar que eu sentia mais, reconhecer o momento intenso, embora breve, que tivéramos na água, mas explicar isso era uma violação gigantesca do regimento interno não existente da minha empresa. Mas se eu contasse tudo aquilo, eu teria que contar como eu ainda estava perdidamente apaixonada pelo meu ex, que provavelmente estava amarrando Sophia na cabeceira de uma cama e a fodendo até ela perder os sentidos neste exato momento. Então, eu teria que admitir a mim mesma que provavelmente nunca esqueceria Blake, não importava o quanto eu tentasse.

***

Já que estávamos pelo bairro, pedi a James que fizesse um pequeno desvio em nosso caminho de volta para a cidade. Passamos pela rua silenciosa, que reconheci por conta das casas novas e dos jardins meticulosamente cuidados. Quando ele parou na frente da casa de Trevor, fiquei chocada ao ver a placa de uma imobiliária fincada na grama alta que indicava que a propriedade havia sido vendida. De alguma forma, o lugar parecia ainda mais abandonado que antes.

O alívio cauteloso que eu sentira antes desapareceu. Esse era um mau sinal. A única pista que eu tinha de Trevor era seu endereço. Blake provavelmente não descobrira nada válido com relação à empresa de investimentos do Texas, visto que nunca a mencionou. Não que eu tivesse lhe dado uma chance. Eu estava ocupada demais terminando com ele e, agora, evitando-o.

— Suponho que esta casa não estava à venda quando você veio antes.

Meneei a cabeça.

— Não. Isso não é bom.

— Talvez ele tenha desistido de ser hacker e começado uma vida nova em outro lugar. Mudou de carreira ou algo assim.

— E resolveu ser alguém rastreável pela primeira vez na vida? Duvido muito, mas você está de parabéns pelo pensamento positivo.

— É sério, não há por que se preocupar com isso. Fique feliz por ele estar nos dando uma trégua e vamos torcer para que tenha perdido o interesse.

Suspirei.

— Vamos torcer.

Ele ligou o motor e arrancamos novamente.

Descemos a avenida Comm e paramos em frente ao apartamento. Desci e devolvi o capacete a James. Eu estava quase seca, mas ainda me sentia constrangida parada ali. Especialmente depois do que acontecera, eu não sabia ao certo o que dizer.

— Obrigada pelo passeio.

— Imagine. Devíamos fazer passeios com mais frequência.

Ele me deu um sorriso tímido.

Eu não queria desmerecer seu esforço para me alegrar, mas a atração entre nós era real, por mais que eu quisesse amenizá-la. Eu não sabia ao certo se isso tudo era um efeito colateral do término ou algo mais. Tudo que eu sabia era que não precisava de mais nenhuma complicação.

— Vejo você amanhã, está bem?

Acenei para ele e segui em direção ao apartamento.

Fui até o quarto e tirei as roupas e o sutiã, ainda úmido do mar. Fiquei remexendo as gavetas, procurando um substituto adequado.

— Erica.

Gritei e me virei, dando de cara com Blake na porta, as mãos apoiadas em cada lado do caixilho.

— O que você está fazendo aqui?

Em uma questão de segundos, meu coração estava disparado. Eu estava exposta, vestindo apenas minha calcinha, enquanto ele se aproximava.

— Quem era aquele?

A voz dele era calma e grave.

— James.

A mão dele subiu até meu ombro, limpando delicadamente a areia da minha pele. Meu corpo aqueceu com o contato. Eu secretamente desejei que as mãos dele continuassem me tocando, mas elas se afastaram.

Ele cruzou os braços e ficou me encarando.

— Brincando na praia com James. Isso não me parece tão inocente.

Não era, mas eu jamais contaria isso a ele.

— Você já está dando pra ele?

Revirei os olhos. Eu estava ficando cansada da insistência dele de que eu estava dormindo com James.

— Você não acha que se estivéssemos fodendo, eu estaria fazendo isso neste exato momento?

— Não, a não ser que você queira que eu o espanque até a morte. Se for o caso, por favor, convide-o para subir na próxima vez.

Ele se aproximou. O ar estalou entre nós. O calor do corpo dele emanava em ondas com a tensão sexual que estava prestes a me fazer perder a cabeça. Todo progresso que eu fizera tentando eliminá-lo do meu sistema acabara de se desintegrar. Eu ansiava por segurar os cabelos dele com as mãos, esmagar meu corpo no dele.

— E Sophia?

Minha voz era baixa. Eu quase torci para que ele não tivesse me ouvido para não ter que ouvir a resposta.

— O que tem ela?

Meu maxilar se apertou.

— Você está fodendo *ela*?

Eu não deveria me importar, mas precisava saber.

— Isso importaria?

A expressão dele era impassível, fria até.

Um ciúme perverso acendeu dentro de mim. Estreitei os olhos. Eu não tinha o direito de ficar brava, mas estava. Ela era uma vadia cruel e tudo que eu queria era arrancar aqueles malditos olhos dela toda vez que a via.

O fato de que ela podia dar a Blake o que ele precisava na cama só acrescentava mais combustível ao fogo. Eu me virei e tentei ignorar a atração do corpo de Blake atrás de mim. Peguei uma calça jeans e uma camiseta de gola V que era justa e sempre dava a ele uma boa visão dos meus *meninos*. Ele não conseguia tirar as mãos de mim quando eu a usava. Meu cérebro estava em um curto-circuito louco. Eu devia fazer isso de uma vez e ir embora antes que fizesse algo estúpido.

Abri a gaveta de calcinhas e peguei uma seca. Antes de fechá-la, fiz uma pausa. Eu me virei de volta.

— Sentindo falta de alguma coisa?

Ele sorriu.

— Você roubou meu vibrador. Quem é que faz isso?

— Eu disse antes a você que sou o único que vai fazer você gozar. Ao que tudo indica, isso não mudou.

Fiquei sem palavras.

Ele cruzou a distância entre nós, afastando minhas pernas com a coxa. Ele colocou a mão no meu pescoço e traçou um longo caminho de fogo pelo meu seio até o meu quadril.

— Mas eu tenho a sensação de que você está prontinha pra isso.

Minha respiração falhou com o contato repentino das mãos dele na minha pele. Com uma paciência meticulosa, ele contornou o elástico da minha calcinha, então passou para a minha bunda e voltou para a frente, onde provocou a pele da parte interna da minha coxa. O toque dele era elétrico, dando choques quase dolorosos em mim. Reuni forças para afastar a mão dele, rezando para que ele me deixasse em paz, mas ele simplesmente veio de novo, pegando em mim com mais agressividade por cima do algodão fino da calcinha.

— Blake, não. Não posso.

Mas, Deus, como eu queria. A boca e as mãos dele em mim, encerrando essa tortura terrível. Os dedos dele me pressionavam deliciosamente, me acariciando por cima da calcinha.

— Isto é meu, Erica. Sou o dono do seu prazer. Nós dois sabemos disso — sussurrou ele no meu ouvido, beijando meu pescoço e escorregando a língua pela curva do meu pescoço. *Meu Jesus amado.*

— Eu não posso... Eu não posso fazer isso.

— Pode, sim. E você quer.

Ele empurrou minha calcinha para o lado e massageou meu clitóris com o polegar.

— Caralho, você já está molhadinha para mim.

A voz dele era rouca, quase aflita.

Engoli um suspiro, abafando um gemido. O contato direto das carícias de mestre dele me puseram em órbita. Minha cabeça caiu para trás e eu queria gritar por conta dos sentimentos que corriam por mim.

— Você sentiu falta disso? Minhas mãos em você, fodendo você?

Mordi o lábio, sem querer responder. Segundos depois, eu estava gritando. Agarrei os ombros dele para me equilibrar enquanto a força do orgasmo me consumia. Minhas unhas se enterraram nele à medida que as ondas pulsavam dentro de mim, uma após a outra. O calor pinicou minha pele e minha mente se preencheu com o prazer único que só Blake podia me dar. Puta merda, fazia tanto tempo. *Preciso disso. Preciso de você.* Eu queria tanto contar a ele.

Ele deu beijos suaves no meu pescoço e no meu ombro até que os abalos cessaram.

— Mais?

A vibração da voz dele quase me levou a outro frenesi. Os dedos dele deslizaram pelos meus lábios até que ele estava bem na entrada do meu sexo, exercendo uma pressão levíssima, como se pretendesse me penetrar. Ele poderia estar ali tão facilmente, e depois seu pau. A cama estava logo ali. Podíamos curtir o momento e ninguém iria saber.

Mas uma escapada só levaria a outras. Eu tinha que retomar o controle. Precisava. Sacudi a cabeça e respirei fundo para acalmar meus nervos em frangalhos.

— Não.

Minha voz era ofegante, quase suplicante. Eu afastei a mão dele e dei a volta. Andei desequilibradamente até a cama com minhas roupas, sentindo as pernas fracas. Minha cabeça zunia enquanto eu me vestia rapidamente. Ele ficou assistindo, com um rosto aparentemente calmo, mas um temporal fervilhando em seus olhos.

Eu conhecia aquela cara. Ela geralmente aparecia segundos antes de ele me ter pressionada contra alguma superfície dura, me fodendo ou me fazendo querer que ele estivesse me fodendo. Ele se apoiou na cômoda, cruzando as pernas na altura dos tornozelos, e chupou a umidade dos dedos. Sua calça jeans estava esticada em cima de uma ereção que ele não fazia esforço algum para esconder.

*Caralho*. Desviei o olhar e lutei com o botão da calça. Minhas mãos estavam tremendo demais. Finalmente consegui fechá-la e fiz uma pausa breve em frente ao espelho para analisar a bagunça arenosa e embaraçada que estava o meu cabelo. Teria que sair assim mesmo.

Meus olhos encontraram os dele.

— Tenho que ir.

— Com ele?

— Não, para casa.

— Esta é a sua casa.

# CAPÍTULO 16

PASSEI A MAIOR PARTE DO dia seguinte vacilando entre fantasiar as mãos de Blake em mim de novo e me repreender por tê-lo deixado colocá-las lá desde o princípio.

As palavras dele haviam me atingido com força. Sem lar e sem raízes, eu estava vagueando pela vida desde que o deixara. Um satélite em órbita sem destino, sem propósito. O terreno mais sólido para mim era com Blake, um lugar que eu tinha abandonado. Mesmo quando nossas vidas pendiam na balança, eu não podia negar isso.

O momento no apartamento tinha sido breve, mas eu estava caminhando em uma trilha perigosa. E se ele começasse a me perseguir novamente? Eu havia finalmente conseguido que Daniel e Connor saíssem da cola dele e agora eu estava flertando com o desastre novamente.

Meu celular apitou com uma mensagem de Alli.

*A: Pode falar?*

Esperei alguns minutos para responder, para não dar a entender que eu realmente tinha tempo.

*E: Presa no trabalho. Te ligo mais tarde.*

*A: Já ouvi essa antes. Você é um disco arranhado.*

Larguei o celular, dando uma olhada na hora. Ela estava em horário de almoço, com tempo limitado. Se eu conseguisse enrolar pela próxima meia hora, estaria livre até que ela saísse do trabalho, que sempre era tarde. Dei um pulo quando o celular tocou. Ela estava me ligando. Abaixei o volume e deixei cair na caixa postal. Não podia falar com ela agora. Eu não fazia ideia do que Heath havia contado ou do que dizer. Eu preferia não dizer nada a mentir para minha melhor amiga.

*A: Se você não me ligar logo, vou sair à sua caça. Você sabe disso, né?*

Sorri. Alli e suas ameaças vazias. Abri meu aplicativo de fotos e dei uma olhada nas últimas que havia tirado. Eu tinha tirado uma série de selfies com Blake na limousine a caminho do evento de gala. Ele estava elegante com seu smoking e fazendo caretas em metade delas, fingindo me atacar no fundo.

Dei uma risada e meu coração se contorceu. Esfreguei a dor no meu peito. Meu coração, aquele lugar vazio, começara a pulsar de volta à vida. Desde que eu havia deixado o apartamento ontem, eu estava me lembrando de como era ser feliz com ele, tão feliz quanto eu estava nas fotos. A última vez que eu senti algo parecido tinha sido na praia com James, mas o momento foi curto. Por algum milagre, ele me fez rir e esquecer a realidade. Eu tinha que dar esse crédito a ele.

Larguei o celular. Eu precisava parar de me torturar. Foi um longo trajeto para manter Blake fora da minha vida. Fui mais longe do que jamais achei que iria. Agora eu estava em um trem de alta velocidade me levando para trás, deixando que as memórias dos momentos viciantes e enérgicos que eu havia passado com Blake tomassem conta de novo.

Dei uma olhada no relógio. Hora de fazer minha tentativa diária de comer alguma coisa. O que eu realmente queria era uma bebida alcoólica, mas isso teria que esperar. Desci até o Mocha e dei uma olhada no cardápio em uma mesa no canto.

— E aí, mulher?

Simone se sentou na cadeira à minha frente.

— Oi — falei.

— Quais as novidades?

— Ah, sabe como é. As mesmas coisas de sempre. Bastante trabalho.

— Ah, é? Como está o investidor?

Ela contraiu os lábios e apoiou o queixo na mão. Parecia estar a fim de fofocar. Isso me preocupava, porque eu não estava.

— Está bem.

— E James? Ainda apaixonado por você, suponho.

— Não sei se é exatamente assim que eu chamaria.

— Com tesão por você?

Ela ergueu as sobrancelhas, como se isso também não fosse uma coisa inteiramente ruim.

— Não, não é isso. Ele é um cara legal. Sei lá. Definitivamente há uma atração ali.

— Está pensando em trocar seu investidor por ele?

Meneei a cabeça.

— Não estou mais com Blake, mas, não, não estou pronta para me envolver com mais ninguém. Gosto de ser amiga do James, mas também sinto que não estou sendo justa com ele, porque sei que ele quer mais. Isso faz de mim uma vadia?

Ela deu de ombros.

— Ele é crescidinho. Se você o considera um amigo, tenho bastante certeza de que ele sacou que você provavelmente ainda não está pronta para outro relacionamento. Se ele quiser forçar a barra e arriscar ser rejeitado, aí é problema dele.

Suspirei.

— Talvez você tenha razão. Só não quero que isso exploda na minha cara um dia.

— Sempre existe essa chance quando você permite que relacionamentos aflorem no ambiente de trabalho.

— Eu sei. Eu entendo, mas sinto como se fosse tarde demais para isso, sabe? Eu não posso simplesmente dizer a ele que não podemos mais ser amigos sem causar uma tensão enorme.

— Parece que você já tem tensão suficiente.

Resmunguei.

— Eu sei. Meu Deus, que confusão.

— Bom, não machuque muito o coração dele, porque quando você der um fora nele, vou entrar em cena.

Dei uma risada.

— Por que esperar? Faça-me um favor e tire um pouco desse peso das minhas costas.

— Acredite ou não, Erica, eu considero você uma amiga, e não vou me voluntariar para um triângulo amoroso com você.

— Isso seria fácil, já que não estou apaixonada por James. Acho que jamais estarei.

— Mas e se ele estiver por você?

Meneei a cabeça.

— Impossível.

Nós só nos conhecíamos há poucas semanas. Além disso, ele trabalhava para mim. Por outro lado, Blake e eu nos conhecíamos há poucas semanas e eu já estava caidinha por ele. Mas James e eu não estávamos dormindo juntos. Nada era remotamente tão intenso quanto meu relacionamento com Blake no início. Eu tinha lutado tanto para permanecer distante dele, só para acabar me vendo de volta em seus braços, mais feliz do que nunca. Nossa felicidade fora breve demais.

— No que você está pensando?

Franzi o cenho.

— Por quê?

— Porque você ficou toda sonhadora. Preciso saber, em quem você estava pensando agora?

— Eu estava pensando em Blake, na verdade.

Ela sorriu.

— Bom, resolvido.

Fiquei olhando para Simone. Ela era como um *sufi*, sábia à sua própria maneira.

Massageei a testa.

— Eu gostaria que fosse simples assim. Realmente gostaria.

— Bom, não se descabele, tá? Você vai resolver tudo. Não sei o que dizer a você quanto a Blake, mas, no que se trata de James, seja honesta com ele. Isso é tudo que você pode realmente fazer.

— Eu sei. Você tem razão.

— Me deixe pegar algo para você comer antes que você desmaie por minha causa.

— Claro.

Peguei o cardápio e torci para que algo me chamasse a atenção.

***

James apareceu no final do dia; seu sorriso era uma visão bem-vinda.

— Oi, vou para a academia amanhã depois do trabalho. Quer vir comigo?

Dei uma breve risada.

— Isso foi uma indireta?

Os olhos dele se arregalaram por um segundo.

— É claro que não. Você tem um corpo incrível. Mas eu pensei que talvez você quisesse liberar um pouco de energia. Isso geralmente me ajuda quando estou estressado.

Meu rosto ficou quente com o elogio. Ele precisava parar de dizer coisas assim. Eu devia ter dito isso a ele, mas não disse.

— Você está estressado?

— Não sei. Talvez.

Ele passou o peso do corpo de uma perna para outra, como se a pergunta o tivesse deixado desconfortável. Tentei ignorar a vozinha que dizia que aquilo provavelmente era minha culpa.

— O que diz?

Ele interrompeu a vozinha abruptamente.

— Você está determinado a me curar do meu mal-estar, não é mesmo?

Ele sorriu.

— Sim. Gosto da Erica feliz. Também gosto da Erica bêbada. Devíamos sair para tomar uma de novo algum dia desses.

Meus pensamentos retornaram àquela noite no bar, quando ele não conseguia tirar as mãos ou os olhos de mim.

— Vamos ficar só com a academia.

— Legal.

Fazia tempo que eu não ia à academia. Uma pequena parte de mim queria pular fora quando a hora chegou no dia seguinte. A fadiga, por si só, já era um entrave suficiente, mas James tinha razão. Eu precisava de um escape. Talvez eu ficasse exausta o suficiente para conseguir dormir bem, para variar um pouco. Decidimos ir a uma academia ali na rua mesmo, na qual ele acabara de se matricular.

James me mostrou tudo e foi pegar peso. Encontrei uma esteira vaga e programei o que achava ser um exercício agressivo. Queria suar e queimar, ver se eu tinha força mental suficiente para fisicamente correr até cair no chão. Talvez eu pudesse esmagar o restante da dor. Coloquei os fones de ouvido e me forcei a entrar no ritmo, quase ávida pelo desafio à frente.

Notei vagamente que alguém subira na esteira ao lado da minha. Eu me mantive focada na música e no meu ritmo até que meu fone foi puxado. Quase perdi o equilíbrio. Blake estava ao meu lado. Fiquei sem ar ao vê-lo. Pensei que teríamos mais tempo até que eu tivesse de encará-lo novamente.

— O que você está fazendo aqui?

— Eu malho aqui. Quer apostar corrida?

Ele sorriu, me lembrando do amante brincalhão e provocador ao lado de quem eu costumava acordar todas as manhãs. Ele também me lembrou de todos os orgasmos que eu não estava tendo desde que tínhamos terminado, com exceção daquele único deslize delicioso.

— Isso não me parece nada justo.

— Talvez não. Mas estou um pouco fora de forma. Minha resistência não está como de costume.

Era óbvio o que ele estava querendo dizer. Se a resistência dele sofrera uma baixa, a minha havia sido pulverizada. Ele sempre estava incrivelmente em forma, uma máquina bem calibrada, esbelta e poderosa.

Revirei os olhos, desejando que ele me deixasse em paz, mas ciente de que esse não era o estilo dele.

— Achei que você gostasse de desafios.

Sem esperar pela minha resposta, que teria algumas palavras escolhidas a dedo, ele se aproximou para mudar minhas configurações e igualá-las às dele. Meu ritmo confortável logo foi aumentando até que estávamos os dois correndo para valer. Eu queria falar umas poucas e boas, mas poupei meu fôlego para a corrida que eu tinha certeza de que estaria me testando em breve.

Que diabos eu estava pensando? Eu não me exercitava fora do quarto ou de um estúdio de ioga há meses. Não conseguia me lembrar da última vez que tinha dormido a noite toda. Eu estava correndo a todo vapor. Meus pulmões queimavam e meus músculos doíam enquanto eu tinha dificuldades em manter a velocidade. Apenas o mero orgulho me impedia de admitir derrota. Eu não podia dar a ele esse gostinho, mesmo agora, que isso não tinha muita importância.

Alguns minutos depois, eu estava rezando silenciosamente por um alívio, incerta de quanto mais minhas pernas iriam aguentar no ritmo forte que Blake havia programado em nossas esteiras. Encharcada e esgotava além da imaginação, eu finalmente reduzi para uma caminhada.

Blake saltou de sua esteira e se apoiou casualmente na barra entre nós. Eu mal conseguia me manter em pé, quanto mais caminhar. De alguma forma, mantive minhas pernas debaixo de mim e desci, pensando em como iria arrastar meu pobre corpo para casa nessas condições.

— Como estão as suas pernas?

Ele me deu um sorriso malicioso que pedia para ser arrancado daquele rosto lindo com um tapa.

— Vá se foder — consegui dizer entre a respiração ofegante.

Tomei um longo gole de água. Nosso breve passeio claramente não tivera, nem de perto, o mesmo efeito nele. Ele mal parecia ofegante.

— Com prazer, mas você parece um pouco exausta. Espero que você não tenha planos para mais tarde.

Ele ergueu a camiseta para secar o brilho leve do suor de sua testa, exibindo o abdômen descaradamente. Estava malhado como sempre; Blake não estava relaxado a esse respeito.

— E aí?

James se aproximou de nós; seu peito se estufou quando ele viu Blake.

Blake deu a ele o tipo de olhada que reservava a outros homens infelizes que cometiam o erro de chegar perto demais de mim. Puro desdém, como se a mera existência de James o ofendesse. Isso não era bom em nenhum sentido. Por mais que eu insistisse que James e eu não estávamos dormindo juntos, Blake tinha uma propensão excepcional a nos encontrar no mesmo lugar, na mesma hora.

— Terminou? — perguntei a James, torcendo para interromper a encarada dos dois.

— Sim, podemos ir quando você estiver pronta.

Os olhos de James não se moveram.

— Até mais, Blake.

Dei um leve empurrão no peito de James, incitando-o a se virar e me seguir. Quando olhei para trás, percebi a expressão tensa de Blake, suas mãos fechadas com força em torno da barra.

# CAPÍTULO 17

Sexta-feira era o dia da reunião com o pessoal da campanha de Daniel. Escolhi um vestido marrom-chocolate de decote redondo que fluía solto na barra. Combinei-o com um cinto fino e saltos *nude*. O look era sofisticado e mais condizente com quem eu *era* profissionalmente, em vez de com quem eu estava me candidatando a ser. Eu me recusava a usar um terninho nessa falsa entrevista para um emprego que eu sequer queria.

Ainda faltavam dois meses para as eleições a governador, mas as pessoas zuniam no escritório da sede como se este fosse o grande dia. Cartazes da campanha preenchiam todas as janelas. Papéis por todo lado, espalhados nas mesas das pessoas e empilhados em todas as superfícies disponíveis. Uma dúzia de pessoas ou mais estava falando ao telefone, e suas vozes se misturavam em um ruído ininteligível.

Jovens homens e mulheres da minha idade passaram por mim, atravessando o escritório como se estivessem coordenando uma aterrissagem na lua ou algo assim. A sensação perpétua de urgência me deixou tensa.

Fiquei parada ali de forma meio estúpida, assimilando tudo, quando um homem alto apareceu de um dos escritórios fechados e caminhou na minha direção.

— Erica?

— Sim.

— Sou o Will, assistente gerencial da campanha. Venha aqui para trás para podermos conversar.

Entramos no escritório dele. A sala tinha janelas de dois lados. Ele cerrou a porta e todo barulho da sala principal com ela. Relaxei, imediatamente aliviada pela separação. Ainda bem que nosso escritório não era assim. Nem mesmo o escritório de Blake, que tinha duas ou três vezes mais pessoas, parecia tão frenético.

Will se sentou à sua mesa e remexeu alguns papéis. Ele provavelmente tinha trinta e poucos anos. Atraente, com cabelos loiro-escuros que pareciam levemente desgrenhados e compridos demais, ele parecia uma versão mais madura dos estagiários e voluntários por ali. Os olhos dele eram levemente brilhantes e ele irradiava um tipo de energia que eu sabia, por experiência própria, ser proveniente de quantidades copiosas de cafeína e tempo mínimo de sono.

— Então, obrigado por ter vindo. Pelo que sei, você já conhece o sr. Fitzgerald?

— Sim. — Aquela palavra saiu de um jeito meio constrangedor. Nós certamente nos conhecíamos, mas Daniel não havia me dito como deveríamos ter nos conhecido oficialmente. — Temos alguns contatos profissionais em comum.

Torci para que aquilo fosse vago o suficiente para desencorajar qualquer outra pergunta sobre aquele assunto.

— Isso é sempre bom. Suponho que você já esteja a par dos requisitos para esta vaga?

— Estou, mas adoraria ouvir o que você tem a dizer quanto ao que, exatamente, vocês estão procurando.

Passamos os próximos dez minutos discutindo a estrutura das estratégias de marketing deles, deficiências e preocupações e como eles estavam esperando melhorar. Ouvi atentamente, fazendo anotações para preencher as lacunas dos documentos que Daniel havia me entregado.

— Eu provavelmente não deveria mencionar isso em uma entrevista, mas não temos muito tempo para ficar de enrolação aqui. O sr. Fitzgerald parece especialmente animado para encontrar uma maneira de trabalhar com você. Suponho que você se sinta assim também?

Uau, uma pergunta carregada de implicações. Apertei o botão da caneta. A parte teimosa de mim queria berrar *Não!* Em vez disso, sorri gentilmente e peguei um documento enorme da minha bolsa. O tamanho dele competia com o do plano de marketing que Daniel me entregara na semana anterior.

Larguei-o em cima da mesa.

— Will, tenho uma proposta para você.

***

A reunião com Will foi boa, mas eu não sabia ao certo como ou quando Daniel reagiria com relação ao que eu tinha proposto. Eu tinha a impressão de que ele não ficaria muito feliz, embora eu tivesse elaborado um plano que fazia perfeito sentido para todos os envolvidos. Ele provavelmente enxergaria como uma tentativa de negociar o duro limite que ele havia traçado. Eu tentaria convencê-lo mesmo assim. Eu precisava fazer isso.

Mark estava morto, mas desde que Blake estivesse a salvo, eu iria enfrentar Daniel. Porque a vida que ele tinha planejado para mim não era exatamente uma vida. Ao menos por enquanto, eu estava disposta a encarar as repercussões de bater de frente com ele e torcer pelo melhor.

Deixar que alguém comandasse minha vida ia totalmente na contramão da pessoa que eu era. Eu estava ficando cansada das tentativas de Daniel de me coagir com violência e medo. Em longo prazo, ninguém poderia vencer. Qualquer talento que ele esperasse extorquir de mim seria rapidamente esmagado se eu o seguisse cegamente nessa nova vida.

Afastei a apreensão da minha cabeça. Daniel me falaria o que tinha achado mais cedo ou mais tarde. Eu não ia me preocupar com isso no meio-tempo.

De volta ao escritório, eu estava conversando com Chris e Sid quando algo chamou minha atenção do lado de fora da janela. O Tesla de Blake tinha parado rapidamente, rente ao meio-fio. Meu coração palpitou. Mesmo sem vê-lo em carne e osso, a dor terrível que me assombrava ressurgiu. A dor foi rapidamente substituída por uma raiva feroz quando o vi ajudar Risa a sair do carro. Ela estava rindo, com a mão no peito dele.

*Ah, isso não*. Recuperei a força nas pernas e corri lá para baixo, encontrando-os alguns segundos depois.

— Erica, oi.

Risa congelou, segurando a bolsa com força.

Analisei-a rapidamente, desesperada para encontrar um cabelo fora do lugar, alguma indicação do que tinha acontecido durante seu horário de almoço estendido. Continuei olhando para ela, implorando que ela me desse uma justificativa.

— Hum, Blake queria dar uma analisada nos números recentes do marketing comigo. Então resolvemos almoçar juntos.

— Ele queria, é?

Ela assentiu ansiosamente com a cabeça. Fiquei olhando para ela por mais um instante. Eu não conseguia digerir nem mesmo a vaga visão que minha imaginação estava montando neste momento. Blake agindo pelas minhas costas para conseguir informações sobre a empresa era uma coisa. Coagir Risa a ir para a cama com ele, presumivelmente com muito pouco esforço, era outra completamente diferente.

— Melhor eu subir e voltar ao trabalho — disse ela.

— Melhor.

Voltei meu foco para Blake, cujo rosto se contorcia com o sorriso malicioso mais sutil do mundo. Ele deu a volta no carro e entrou antes que eu pudesse dizer qualquer coisa. Ele arrancou com a mesma rapidez com que chegara, enquanto eu fiquei parada ali, tentando entender sua tática.

Risa já tinha sumido prédio adentro quando eu voltei a entrar. Eu estava esperando conseguir mais tempo. Minha mente estava rodopiando com as coisas que eu queria dizer a ela. Tentar separar o profissional do pessoal talvez fosse uma causa perdida a esta altura.

James me encontrou no patamar da escada, parecendo preocupado.

— O que está acontecendo?

— Blake acabou de deixar Risa aqui após um "almoço de negócios".

— Certo, e daí?

— Em primeiro lugar, ele não tem o direito de se encontrar com meus funcionários pelas minhas costas e, em segundo lugar, dava para dizer de cara que a reunião não tinha tido nada de inocente. Primeiro eu tive que dizer a ela para deixar você em paz e agora ela parece ter mudado o alvo para Blake. Ela não se cansa, porra! Que audácia, aparecer desse jeito — Eu estava falando rápido, sem me preocupar muito com o que estava dizendo. — Nada disso vai dar certo. Há muitas outras pessoas por aí. Ele pode ficar longe do meu escritório.

Risa com certeza sabia como conseguir o que queria. Estava tudo bem até agora. Blake não era bobo. Fiquei andando de um lado para o outro. Ele não ia se safar dessa.

— Volte lá para dentro. Já vou.

Eu me virei para descer de novo.

Antes que eu pudesse dar o primeiro passo, James segurou meu cotovelo e me virou na direção dele.

— Aonde você vai?

— Vou dizer a ele o que eu penso.

— Por que você não espera um pouquinho e se acalma? Você está levando as coisas muito para o lado pessoal.

— Não, não estou. Isso é totalmente inaceitável.

— Por que você está deixando que ele te irrite?

James franziu o cenho, parecendo genuinamente incomodado.

Eu não me importava. Estava furiosa.

— Não vou deixar que ele coma minhas funcionárias, OK? Não tem nada a ver com ele me irritar.

Ele deu um passo adiante, fazendo com que nossos corpos ficassem perigosamente perto. Desviei o olhar dos olhos penetrantes dele. Eu me foquei na parede atrás dele, tentando não pensar em como ele fazia eu me sentir quando estava perto desse jeito.

— Você não faz ideia se ele está comendo ou sequer correndo atrás dela. — A voz dele grave e indiferente. — Mas você não consegue ficar longe.

Fechei os olhos com força e rezei para ter forças para superar este momento e o resto do dia sem perder a cabeça.

— Erica.

— O quê?

Mantive meu olhar abaixado, incapaz de olhar para ele. Eu não podia dar a ele o que ele precisava. Eu mal estava sobrevivendo às consequências do meu término com Blake. Eu não tinha coração sobrando para dar a outra pessoa.

— Você pode me ouvir antes de ir correndo para os braços dele?

Eu me arrepiei levemente com o jeito como ele disse aquilo. Eu não gostava nada de como aquilo soava.

— O que você tem a dizer?

A expressão dele abrandou ligeiramente, como se ele sentisse minha irritação.

— Sei que isso é complicado. Você e eu. Mas por mais que você queira ignorar, existe algo entre nós. Eu posso sentir e sei que você também. Eu gosto de você e não consigo suportar ver esse cara torturando você, arrancando seu coração.

Suspirei.

— Acredite em mim quando eu digo que você realmente não entende pelo que estou passando.

— A única coisa que não entendo é por que você não consegue admitir que sente algo por mim. Por que você insiste em lutar contra isso?

Eu não conseguia dar a ele uma resposta fácil para aquela pergunta.

— Não sou tão cego a ponto de não ver o que eu faço com você.

Ele passou delicadamente o polegar pela minha bochecha direita.

— Talvez você esteja superestimando seu efeito nas mulheres — menti.

Ele causava algo em mim. Eu não fazia ideia do porquê. Desde que havia conhecido Blake, nenhum outro homem me chamava a atenção, mas James estava bem na minha frente, impossível de ignorar.

Ele deu uma risada leve.

— Você fica vermelha toda vez que estamos próximos assim, como se precisasse de ar quando estou por perto. — O polegar dele deslizou pelo meu maxilar e passou por cima do meu lábio inferior. — E a maneira como você abre os lábios quando... Eu mal consigo me segurar para não beijar você agora. Porque em algum lugar lá no fundo, eu sei que você me quer também.

O ar saiu de mim em uma lufada. No segundo em que meus olhos se ergueram para encontrar os dele, a boca dele estava em mim, me beijando com movimentos suaves e carinhosos que me deixaram sem ar. Fiquei tensa, esperando que a voz na minha cabeça começasse a gritar comigo, mas ela não gritou. Talvez estivesse tão cansada de lutar quanto eu. Algo dentro de mim se deixou levar. Em meio a todas as dúvidas, eu me dei permissão para querer James neste instante, pelo tempo que o instante durasse. Quando ele me abraçou com mais força, me curvei na direção dele e envolvi seu pescoço com os braços.

— James — sussurrei o nome dele, deixando que aquele som pairasse sobre mim.

Tentei não pensar em todas as diferenças dele para Blake. O cheiro, a sensação de seu corpo pressionado contra o meu.

— Vou fazer você esquecê-lo. Apenas me deixe entrar, Erica — sussurrou ele entre beijos.

As mãos dele estavam em todo lugar, toques delicados e hesitantes, mas, em vez de fogo, elas deixavam um arrepio na minha pele. Tremi ao repensar nas palavras dele. *Apenas me deixe entrar.*

*Não.* A vozinha tinha energia suficiente apenas para se pronunciar. Os lábios de James tentaram em vão me persuadir a voltar, mas o que eu havia sentido no calor do momento passou. O fogo que havia me atingido e dominado meus sentidos com tamanha rapidez havia se apagado com a mesma velocidade.

E foi então que eu soube. Blake era o único que eu deixaria entrar em meu coração. De alguma forma, ele havia criado raízes na minha alma, e isso não mudaria, independente da quantidade de encontros lascivos com James.

— Qual o problema?

Balancei a cabeça.

— Não posso fazer isso.

— O que eu preciso fazer? Por favor, só me diga.

— Você não quer ficar com alguém como eu. Deus sabe, nem eu mesma quero ficar comigo mesma na maioria dos dias.

Eu me endireitei e dei um passo para trás, tentando colocar um pouco de distância entre nós.

— Por que você não me deixa julgar isso por conta própria?

— Não há nada que você possa fazer, James. Não posso ser o que você quer que eu seja. Isso... Isso não é justo com você.

— Quer parar? Não me afaste porque você está assustada com o que está me fazendo sentir. Posso cuidar dos meus próprios sentimentos.

— Então talvez eu esteja assustada comigo mesma. Você tem razão. Me sinto atraída por você. Não posso negar isso, mas você precisa entender que eu não *posso* amar você.

A verdade daquelas palavras me atingiu enquanto eu as proferia. Eu não era capaz de amar mais ninguém agora, ou possivelmente nunca, não importava o quanto essa pessoa fosse maravilhosa.

— Não estou pedindo que você me ame. Estou pedindo que você nos dê uma chance. Você não faz ideia do que poderíamos ser porque sequer nos deixa começar.

Fechei os olhos com força. Por semanas eu ficara me segurando com o equivalente emocional de uma fita adesiva. Tudo que eu queria era alguém que me ajudasse a me recompor, mas James não era essa pessoa.

— Você o quer. Você vai sair correndo para os braços dele.

Ele ficou me encarando por um bom tempo, com uma expressão marcada pela frustração que parecia borbulhar sob a superfície.

— Não vou correr para os braços dele.

— É patético ver você fazer isso — disse, direto. — Correr atrás dele quando eu estou bem aqui. Eu *quero* você. Estou perdendo a cabeça de tanto te querer e tudo em que você consegue pensar é em conseguir outra chance com ele.

A raiva brotou dentro de mim com aquela presunção.

— Não estou correndo atrás dele, James. Eu o larguei. *Eu o larguei.* OK? Parti meu próprio coração. Isso tudo é culpa minha e você não sabe de nada. Então fique fora da minha cabeça e do meu coração e guarde seus julgamentos para você mesmo, porra.

Torci os dedos em uma tentativa de amenizar o tremor que corria por meu corpo agora.

Ele pareceu relaxar, seus ombros caíram levemente. Sua expressão ficou mais amena.

— Não consigo entender por que você paga pau para uma pessoa que bateu em você.

— O quê?

Franzi o cenho. Será que eu tinha ouvido direito?

— Meu pai também tinha a mão pesada. Reconheço uma surra quando a vejo, acredite em mim. Mas, por Deus, não consigo entender por que você toleraria isso, não importa o quanto você goste dele.

— Eu... Meu Deus. James, aquele dia... Merda.

Deixei minha cabeça cair nas mãos. Eu estava tão ocupada lidando com meus próprios sentimentos que em momento algum pensei no que ele poderia imaginar ao me ver daquele jeito. Não era de se espantar que ele odiasse Blake tanto assim.

Dei um passo para frente e coloquei as mãos no peito dele. Eu não queria brigar com ele daquele jeito e ele precisava acreditar em mim.

— Blake nunca bateu em mim. Juro. Por favor, acredite em mim quando digo que toda essa situação é mais complicada do que você pode imaginar.

Minha declaração não teve o efeito desejado. Ele se afastou e minhas mãos caíram com o movimento dele.

— Se você diz, Erica...

A expressão de derrota no rosto dele acrescentou uma culpa impossível ao meu estado emocional já dilacerado. Ele se virou e desapareceu pelo corredor, voltando ao escritório.

***

Eu não fazia ideia do que iria dizer se Blake por acaso estivesse no escritório. Ele iria ouvir umas poucas e boas quanto ao que eu estava pensando e sentindo, de um jeito ou de outro.

Marchei pelo corredor central com velocidade e foco suficientes para fazer cabeças se virarem, meus saltos fazendo barulho enquanto eu andava. Entrei como uma tempestade no escritório dele, ignorando o cumprimento de Cady e batendo a porta assim que o vi à sua mesa. Ele se virou na cadeira.

— Erica, eu não esperava você tão cedo.

— Vá se foder.

Fui até a lateral da mesa dele, pronta para dizer poucas e boas.

Ele se levantou elegantemente e me encarou.

— Achei que você tivesse eliminado a possibilidade de foder na mesa quando terminou comigo. Se você mudou de ideia quanto a isso, vou admitir que ainda estou interessado.

— Não avançou muito com a Risa?

Ergui as sobrancelhas e meus lábios formaram uma linha fina.

— Não tanto quanto ela gostaria.

Apertei o maxilar. As palavras dele me cortaram como mil pequenas facas. Como ele podia ter mudado desse jeito? Ele sempre foi frio assim? Respirei fundo e me preparei para a briga.

— Você pode comer quem quiser, mas fique longe das minhas funcionárias.

— Você mesma parece estar adotando uma postura bastante liberal quanto a relacionamentos no ambiente de trabalho.

— Não sei quantas vezes precisarei dizer a você, James e eu somos amigos.

— Ah, é?

— Sim — insisti. Eu não sabia por quê, mas realmente queria que ele acreditasse.

— Me parece que ele está perdidamente apaixonado por você.

— Então agora você está usando Risa e Sophia para se vingar de mim, para me deixar com ciúmes? É isso?

— Está funcionando?

Ele se aproximou, prendendo-me entre ele e o final da mesa. Me encostei na mesa, sentindo-me instável.

— Por quanto tempo eu devia esperar por você, Erica? Ou você só veio aqui para ganhar um pouco de prazer?

Ele deslizou a mão pela minha coxa até a calcinha.

Bati na mão dele.

— Eu não costumava odiar você.

Engoli em seco para amenizar o aperto na minha garganta.

O olhar frio dele mudou. Ficou escurecido de emoção.

— Me amar não era suficiente. Você precisava me deixar desesperado.

Meneei a cabeça, confusa.

— Né? Então talvez não fosse amor.

— Blake...

Eu me encolhi com a insinuação. Como ele podia sequer duvidar?

— Você mal consegue dizer, Erica.

Minha boca se abriu, mas as palavras travaram. Eu queria dizer a ele que o amava, o odiava e sentia falta dele desesperadamente. Explicar o quão cansada eu estava desta separação dolorosa e desgastante.

— Diga — vociferou. — Se existe algo que vale a pena ser dito, preciso que você me diga agora.

Lágrimas não derramadas queimavam meus olhos.

— Por que você esperaria por mim?

— Por que não consigo fazer diferente — confessou. Ele passou as mãos pelos cabelos já bagunçados. — Meu Deus, você realmente pensou que eu simplesmente ia parar de querer você? Assim, do nada? Apertar um botão e mudar tudo? Que eu não sentiria nada?

Fechei os olhos com força, embora continuasse sentindo o olhar dele me queimando. Ele colocou a mão na minha nuca, aproximando nossos rostos. Meus olhos se abriram com a respiração áspera dele nos meus lábios. Meu coração palpitava dentro do peito. A expressão dele ficou mais severa, pintada com toda a raiva e frustração que eu havia incitado.

— O que quer que tenha tirado você de mim, vou consertar, eu prometo.

— Você não pode consertar isso, Blake.

— Claro que posso. Farei qualquer coisa para ter você de volta. Você entende? *Qualquer coisa.*

As lágrimas queimaram e escorreram pelas minhas bochechas. A súplica naqueles olhos intensamente verdes tomou conta de mim, encobrindo todo o resto. A dor por detrás deles penetrou na minha alma. A expressão dele amenizou e ele secou minhas lágrimas, beijando o caminho que elas tinham traçado pelo meu rosto.

— Você é a única, Erica. Nunca houve mais ninguém.

— Mas...

— Nem Risa, nem Sophia. Ninguém chega perto. Acredite em mim, ninguém jamais chegará. Se não conseguirmos fazer isso dar certo... — Ele me apertou com um pouco mais de força. — Não consigo nem pensar nisso. Que Deus me ajude, eu vou continuar tentando até você ceder. Diga, gata, por favor.

A súplica gentil posta em palavras me despedaçou.

— Diga — sussurrou Blake, me beijando docemente.

— Eu te amo — As palavras saíram em um soluço. Lutei contra a vontade de desabar completamente, fortalecida pela pressão, que diminuiu levemente ao dizer aquelas palavras. — Eu te amo tanto.

Ele respondeu me erguendo do chão e me colocando na beirada da mesa.

— Então não desista de nós. Faça amor comigo, porra. Por favor, gata. Me deixe amar você.

Ele deslizou as mãos pelas minhas coxas, amarrotando o tecido do vestido à medida que o fazia subir. Blake silenciou quaisquer pensamentos de recusa com outro beijo mais intenso, devorando minha boca com movimentos famintos e urgentes. Entrelacei as mãos atrás da cabeça dele, indo de encontro à sua determinação.

— Meu Deus, eu preciso de você — rosnou ele, se afastando.

Em um movimento ágil, ele arrancou a camisa e me despiu da minha calcinha, tomando cuidado para manter os saltos altos.

— Blake, o escritório — sussurrei, vagamente ciente de que estávamos quebrando uma regra não registrada de não foder no escritório dele.

— Não tô nem aí. Preciso estar dentro de você mais do que preciso respirar neste momento. Não ligo se ficarem sabendo.

Com um braço, ele derrubou as coisas da mesa no chão. Tudo caiu fazendo um barulho alto. Ele me empurrou para trás, veio para cima de mim e enrolou minhas pernas confortavelmente em sua cintura. Ele me cobriu de beijos fervorosos, chupando meu pescoço até minha pele pinicar com um desejo quente. Ele abaixou a parte de cima do meu vestido, libertando meus seios. Ele pegou meu mamilo com a boca, circundando a ponta sensível com a língua e repetindo o movimento no outro.

— Eu achei que ia ficar louco quando vi você me dar as costas ontem à noite.

— Eu não queria ir, Blake.

— Eu não conseguia dormir de tanto que desejava você. Queria me afundar todo em você, ouvir você gritar.

Gemi, com o desejo espesso em minhas veias. Eu me mexi ansiosamente debaixo dele, desesperada por mais contato. Lutei com o cinto, o desafivelei e empurrei a calça jeans para baixo para libertar o pau dele. Frenética por ele, ergui os quadris, indo de encontro a ele enquanto ele escorregava facilmente para dentro de mim. Ele girou os quadris, me reclamando como sua enquanto eu me esticava em torno dele. Ele me preenchia por completo. Sua respiração ofegante se igualava à minha.

Ninguém nunca me fizera sentir daquele jeito e ninguém jamais faria.

Ele tomou minha boca, a língua buscando a minha com movimentos aveludados profundos, até que eu mal conseguisse respirar. Gemi quando ele retrocedeu e, então, penetrou mais fundo.

— Diga de novo.

O comando saiu dos lábios dele em um grunhido estrangulado.

Ele segurou meu quadril e investiu de novo, tão fundo.

— Eu te amo, Blake — Solucei com o prazer daquilo. — Ó, Deus, você é tão gostoso. Isso é tão gostoso.

Como se algo invisível disparasse, a lâmina fina de controle caiu de seu rosto. Eu não conseguia mais identificar as linhas familiares de comedimento na expressão dele. Só aquele animal intenso que precisava me possuir. Ele me penetrava rapidamente. A fricção de seus movimentos ferozes me deixava louca. Eu agarrava tudo — o cabelo dele, os ombros, a beirada da mesa. Qualquer coisa que me sustentasse enquanto eu deslizava perigosamente em direção ao êxtase.

Ele pegou minhas mãos entre as dele e as segurou com força acima da minha cabeça, com firmeza suficiente para que eu não conseguisse escapar. Meus seios se projetaram, atormentados pelo contato com os pelos macios de seu peito. Gemi e gritei coisas ininteligíveis. Perdi o controle no prazer.

Nossos corpos colidiam um no outro, escorregadios e rijos com a tensão que nos constringia em espiral. A queimação lenta do meu desejo estava se acalmando, o fogo tomando conta à medida que eu me agarrava desamparadamente a ele. Os quadris de Blake batiam em mim sem misericórdia. Beijos apaixonados vorazes que eu correspondia plenamente como uma pessoa que havia sido privada deles e agora estava faminta.

— Caralho, caralho, caralho. Erica. Goze, gata. Não posso parar.

As palavras dele me levaram diretamente ao orgasmo. Soltei um grito embriagado, meus dedos enroscados apertado com os dele. Os olhos dele nunca deixaram os meus enquanto ele atingia seu prazer, e as fibras de seus músculos estavam estendidas ao extremo. Os gomos tensos de seu abdômen se contraíram mais uma vez antes de um espasmo causar tremores ao seu corpo vigoroso.

Meu corpo zuniu. Meu peito se expandiu com calor e eu inalei o cheiro dele, me deliciando com nossa proximidade repentina e feroz. O amor — uma onda inebriante, pulsante e possessiva de amor — me segurou em suas garras. Tudo que eu tinha tentado esquecer e reprimir quando ele estava perto de mim voltou com tudo, ultrapassando meus sentidos. Com as testas unidas, recuperamos o fôlego em meio a beijos lentos e apaixonados.

Ele ficou imóvel por um minuto e ergueu os olhos.

— Droga.

— O quê?

— Tenho uma teleconferência em alguns minutos, senão eu levaria você para casa e terminaria isso — Ele lamentou. — Deixa pra lá, vou pedir para Cady reagendar.

Ele endureceu dentro de mim, impossivelmente pronto novamente. Eu me contraí em resposta, perplexa com quanto eu já precisava dele de novo. Eu queria me fartar de tudo de que havia sentido falta por tanto tempo.

Aí a realidade ressurgiu lentamente. Isso tinha sido incrível. Sexo incrível, de arrancar o coração e fazer os dedos dos pés se dobrarem, mas não resolvia as coisas. Pressionei as mãos no peito dele com delicadeza.

— Me deixe usar o seu banheiro.

Ele saiu de dentro de mim. Mordi o lábio, suprimindo a dor daquela perda. Com a ajuda dele, desci da mesa e me recompus o suficiente para escapar para o banheiro adjacente. Fechei a porta e me limpei. Como iríamos resolver isso agora?

Antes que eu pudesse começar a pensar nisso, ele bateu na porta. Eu me recompus rapidamente e o encontrei na porta.

— Tudo bem?

— Claro — Passei nervosamente por ele. — Vou deixar você voltar ao trabalho, eu acho.

Eu mal tinha passado por ele quando ele me puxou para perto.

— E se eu não quiser deixar você ir ainda?

Evitei seus olhos, incapaz de não relaxar no calor do corpo dele.

— Me deixe ver você hoje à noite.

Ele fez uma pausa, me penetrando com seu olhar.

Contemplei uma resposta. Ele tinha acabado de me estraçalhar emocionalmente e desmentido meu blefe com relação a todo o lance da separação. O que mais eu podia dizer para mantê-lo longe que fosse crível e aceitável? Ele era a personificação da perseverança.

— Não acho que seja uma boa ideia.

Os olhos dele se arregalaram levemente.

— Voltamos a isto?

Suspirei. Estávamos muito longe de voltar ao normal. Eu não estava nem perto de poder contar a ele tudo que ele não sabia.

— Você está me matando com esta merda, Erica. Depois do que acabamos de fazer, você não vai me deixar levar você para sair?

Tentei pesar minhas opções, as possibilidades e todas as coisas que podiam dar errado. No meio desse processo de pensamento penoso, Blake me beijou. Eu o beijei de volta, enrolando o tecido da camiseta dele na mão enquanto o puxava mais para perto. Tudo se dissolveu, da mesma forma magnífica que se dissolvera antes.

Concordei com a cabeça sem pensar, embriagada com o sabor dele mais uma vez. Antes que eu pudesse me libertar para ir embora, ele voltou a falar.

— Quanto à Risa...

Meu olhar se ergueu para encontrar o dele. Fiquei instantaneamente sóbria de apreensão quanto ao que ele podia dizer.

— Não é o que você pensa.

— Ah, não?

*Então que diabos era aquilo?*

— Ela não é leal a você.

— Como assim?

— Você disse que queria cometer os próprios erros, então estou deixando que você cometa. Faça seu dever de casa. Você vai descobrir.

# CAPÍTULO 18

NA CAMINHADA DE VOLTA, PRENDI meu cabelo para não parecer que eu havia sido fodida em uma mesa de escritório. Voltei para o escritório e ignorei o olhar de culpa de Risa na minha direção. Eu não conseguia fazer contato visual com ela. Assim que passei a divisória, James estava atrás de mim.

— Como foi?

Seu tom tinha uma pitada de dureza, remanescente do ciúme amargo que eu havia deixado claro que sentia de Blake. Suspirei, desejando não ter escolhido vir para cá.

— Bem. Estamos numa boa agora.

— Dá para ver — ele disse baixinho, passando o polegar por um ponto sensível no alto do meu pescoço. Ele meneou a cabeça e se virou para ir embora tão rápido quanto tinha entrado ali.

Eu me sentei e abri a caixinha de pó compacto. No espelhinho, vi um hematoma violeta do tamanho de uma moeda de 25 centavos onde a mão de James tinha tocado.

Meu rosto esquentou. *Que droga, Blake.*

James era implacável em seu ciúme e agora estava obviamente puto por eu ter ido lá e feito exatamente o que ele havia dito que eu faria.

Afundei na cadeira, perplexa. E pensar que um dia eu tinha me preocupado com a política do escritório. Eu teria sorte se James não pedisse demissão antes que eu tivesse uma chance de encher Risa de porrada por correr despudoradamente atrás do meu ex, ou o que quer que Blake fosse oficialmente agora. Diante disso, eu era incrivelmente grata pelas vidas geralmente sem muitos acontecimentos sociais de Sid e Chris. Eu tinha criado drama o suficiente para todo o escritório sem ajuda de ninguém.

Esperei até todo mundo ir embora, às cinco. Pela primeira vez em um bom tempo, James não ficou até mais tarde. Eu sabia que ele estava chateado quando não se dava ao trabalho de dar tchau. Tranquei a porta e fui até a mesa de Risa. Dei uma olhada na papelada dela com cuidado. Tudo parecia estar em ordem. Contratos, anotações, materiais impressos.

Eu me sentei na cadeira dela e mexi o mouse. A tela do computador se acendeu e comecei a fuçar os arquivos. Cliquei no e-mail dela e vasculhei as dezenas de mensagens entre ela e os clientes, nós duas e o restante da equipe. Tudo parecia normal. Torci para que Blake não tivesse me enviado em uma caça às bruxas só para justificar o almoço deles.

Chequei os e-mails enviados por ela e dei uma olhada em algumas páginas. Parei em um e-mail para Max intitulado "Arquivos".

*Max,*
*Aqui estão os arquivos que você pediu.*
*Bjs,*
*Risa*

Havia várias planilhas anexadas com todos os dados dos nossos usuários, juntamente com documentos confidenciais que eu tinha compartilhado com ela quando nos encontramos com Alli semanas atrás.

Meu queixo caiu. Eu trouxera Risa para cá e compartilhado todos os recursos com ela, ensinado tudo que eu sabia e dado a ela a oportunidade de ser alguém importante na base da nossa empresa. Tínhamos alguns conflitos de personalidade, tudo bem, mas isso era demais.

Liguei imediatamente para Sid.

— Oi, você pode mudar a senha do e-mail da Risa?

— Claro. O que está acontecendo?

— Não sei direito ainda, mas parece que ela está se aliando a Max, o cara que era para ser nosso investidor originalmente.

— Não entendo.

— Ela mandou para ele um *dump* do banco de dados do site e todas as informações de contato do nosso patrocinador, além de uma série de dados financeiros da empresa que eu havia compartilhado com ela após contratá-la.

— Que isso... Por quê?

— Não sei, mas não tenho um bom pressentimento quanto a isso.

— Você conversou com ela?

— Ainda não. Me mande a nova senha, que eu vou fuçar um pouco mais hoje à noite. Quero descobrir o máximo que eu puder sobre isso antes de falar com ela, mas já posso adiantar que ela não vai vir trabalhar na segunda-feira.

— Está bem. Vou fazer isso agora.

Desliguei e continuei soltando fogo pelas ventas. Por mais furiosa que eu estivesse com ela esta tarde, Risa ultrapassara um novo limite do qual não podíamos voltar atrás.

***

Tomei um banho rápido no apartamento e escolhi algo para vestir. Eu não fazia ideia do que iríamos fazer, então decidi pôr uma blusa sem mangas e uma saia curta e florida que Alli havia acidentalmente esquecido durante sua visita. Eu não tinha muita escolha a não ser deixar o cabelo solto, visto que Blake havia me marcado com um chupão. Fiz uma maquiagem suave e enrolei algumas mechas de meus cabelos loiros, fazendo ondas praianas, e me dei por satisfeita.

Dei uma olhada para a rua abaixo, satisfazendo os resquícios da minha paranoia de que o Lincoln ainda estaria à espreita, mas não vi sinal algum do carro. Talvez isso houvesse chegado ao fim. Se fosse o caso, escapulir com Blake talvez fosse viável.

Mas Blake provavelmente não estaria interessado em um relacionamento às escondidas comigo sem algum tipo de explicação. As coisas entre nós estavam mudando de novo e tudo parecia fora do meu controle.

Mandei uma mensagem para Blake avisando que estava no apartamento e ele desceu alguns minutos depois. Abri a porta quando ele bateu e ele me envolveu em seus braços antes mesmo que eu pudesse dizer "oi". Ele me levantou do chão, inclinando a cabeça para um beijo. O sorriso dele era contagiante. Abaixei a cabeça para beijá-lo docemente, com minhas mãos tocando seu rosto. Ele me fez prisioneira de seu beijo, me induzindo aos movimentos apaixonados de sua língua, até que eu estivesse sem ar e o quisesse de novo.

Ele finalmente me abaixou, mantendo nossos corpos próximos.

— Perfeita.

Meu rosto ficou quente com a palavra. Eu me sentia todas as coisas, menos perfeita, há muito tempo. Como ele poderia pensar isso?

— Aonde vamos? — perguntei, ávida por tirar o foco das minhas supostas qualidades.

— Você vai ver. Melhor irmos logo. É um trajeto meio longo.

Depois de navegar um pouco pelo tráfego do fim de semana, chegamos ao litoral e seguimos para o norte. A paisagem da cidade foi mudando à medida que entrávamos em cidades suburbanas menores. Diferentemente das mansões de Cape Cod, as casas de praia do norte da cidade eram mais históricas e pitorescas. Quanto mais longe íamos, mais impressionantes elas ficavam. Saímos da estrada principal e entramos em Marblehead Neck, um bairro exclusivo que se estendia até o mar. Cada casa era majestosa à sua própria maneira, grandiosas tanto no tamanho quanto na arquitetura. Entramos em uma ruazinha circular que levava a uma casa de tijolos extensa com vista para o oceano e a cidade de Boston. Alguns outros carros estavam estacionados por ali, ao lado da casa.

Ficamos sentados no carro por um instante. Blake segurou minha mão apertado.

— Você vai me contar onde estamos?

— Esta é a casa dos meus pais.

Minhas sobrancelhas se ergueram.

— Ah.

— Eles estavam com vontade de conhecer você. Supus que esta seria uma hora boa.

Dei uma checada no espelho. Isso era tudo tão repentino.

Ele deu um sorriso de canto de boca.

— Você está perfeita, gata. Não se preocupe. Eles vão adorar você.

Ele abriu minha porta e atravessamos o caminho de tijolos até a entrada principal. A mãe de Blake atendeu um pouco depois.

— Erica!

Ela sorriu e me puxou para dentro com um abraço caloroso.

— Erica, esta é minha mãe, Catherine.

Catherine era uma mulher pequena, com cabelos loiros curtos, bronzeada. Tinha olhos azul-claros que lembravam os meus próprios. Ela deu um passo para trás, sorrindo.

— Querida, estávamos *morrendo* de vontade de conhecê-la! Blake tem guardado você só para ele. — Ela lhe deu um tapa brincalhão antes de pegar minha mão. — Venha, entre. Quero que você conheça Greg.

Ela nos guiou até a ampla cozinha onde o pai de Blake estava tirando travessas do forno. Greg estava usando um avental sobre a calça jeans e uma camiseta. Agora eu sabia de quem Blake aprendera aquele estilo.

— Greg, venha dizer "oi" à Erica.

O pai de Blake tirou as luvas de forno e o avental e se juntou a nós na entrada da sala. Alto, com cabelos castanhos ficando grisalhos, ele era bonito e tinha um sorriso gentil, seus olhos brilharam quando encontraram os meus. Enxerguei muito de Blake nele.

— Uau. Belo trabalho, filho. — Ele riu calorosamente e me surpreendeu com um abraço forte. — É maravilhoso finalmente a conhecer. Blake fala muito bem de você.

Fiquei sem palavras com o elogio. Na verdade, eu não conseguia falar desde que tinha entrado na casa dos Landon. Tudo isso era uma sobrecarga total.

— Espero que você goste de frango à parmegiana — disse Greg, preenchendo o silêncio com facilidade.

— Adoro.

Sorri calorosamente.

— Ah, é verdade. Blake nos disse que você é uma cozinheira fenomenal. Droga, espero que eu esteja à altura.

Blake riu enquanto pegava duas cervejas na geladeira.

— Está bem, pessoal. Menos. É sério. Quer respirar um pouco de ar fresco? Senão esses dois vão literalmente sufocar você com perguntas e elogios.

— Não me parece uma ideia tão ruim assim — brinquei.

Os pais de Blake pareciam ser incrivelmente gentis. Mas eu estava definitivamente me sentindo sufocada.

— Vão, vocês dois. Está todo mundo lá fora, na varanda — disse Catherine.

Blake pegou minha mão e atravessamos a ampla sala de estar e saímos em uma varanda que se alastrava por toda a extensão da casa, com vista para o oceano.

Heath e Alli se viraram na nossa direção de onde estavam, perto da cerca.

— Ora, ora!

Alli cruzou os braços defensivamente e me deu uma olhada brusca.

*Ah, merda.* Ela tinha razão quanto a me caçar.

— Oi — respondi, com timidez.

Ela se afastou da cerca e se aproximou, apontando para mim com seu dedo de unha recém-feita na manicure.

— Não me venha com "oi", Erica. Você está em uma grande enrascada. Tem noção do quanto eu tenho me preocupado com você? Quem deixa de ligar para a melhor amiga durante semanas? Digo, é sério...

— Calma, gata. Ela acabou de chegar.

Heath colocou a mão no ombro dela e deu um aperto leve.

Recuei um pouco, me apoiando no corpo de Blake, torcendo para que ele, de alguma forma, pudesse me salvar da ira de Alli. Ela estava exagerando completamente, para não mencionar o climão que estava criando.

— Algo mais que você queira pôr para fora? Agora é a hora — eu disse, brincando apenas em parte.

Ela virou os lábios em um meio-sorriso.

— Adorei essa saia em você. Quero de volta.

Dei uma risada e, antes que pudesse dizer qualquer coisa, ela veio até mim e me abraçou. Eu a abracei de volta, percebendo o quanto sentia falta dela.

— Nunca mais faça isso.

— Desculpe.

Minha voz ficou abafada no ombro dela.

Eu andava escondendo a verdade de tantas pessoas há tanto tempo que, às vezes, nem sabia mais quem eu era.

— Desculpas aceitas — deu um passo para trás. — Agora, quer explicar para mim o que diabos está acontecendo?

Olhei para Blake e voltei a olhar para ela.

— Vamos conversar depois, está bem? Tenho certeza de que os pais deles não estão interessados no meu drama.

— Eu não diria isso — intrometeu-se Heath, com olhos arregalados. — Um aviso cordial. Você vai ter sorte se conseguirmos terminar o jantar sem uma sabatina sobre por que você e Blake não estão mais juntos.

Meus olhos se arregalaram ansiosamente. Isso estava parecendo cada vez mais uma intervenção que poderia acabar em lágrimas e em reabilitação para mim também. Ninguém podia compreender plenamente o quão frágil eu tinha estado nessas últimas semanas. Eu havia sido desgastada ao ponto de pensar seriamente se estava perdendo anos de vida com todo o estresse.

Blake me deu um beijo no rosto e sussurrou no meu ouvido.

— Não se preocupe. Vou mantê-los ocupados. Apenas relaxe e se divirta.

Catherine se juntou a nós, agora com Fiona. Ela estava perfeita, com uma blusa listrada azul-petróleo e um short branco curto.

— Erica, fico tão feliz que você tenha vindo — disse, me abraçando apertado.

Minha garganta se fechou de emoção. Abraços demais. Eu não conseguia suportar que todas aquelas pessoas estivessem tão felizes com a minha presença. Antes que eu pudesse pensar demais no assunto, Catherine anunciou que o jantar estava pronto. Todos nos acomodamos na mesa do lado de fora, no outro lado da varanda. Eu me sentei entre Alli e Blake, o que era um alívio.

— Erica, nos conte sobre sua família — Catherine deu início enquanto começávamos a comer.

— Mãe — disparou Blake.

— O quê?

Ela sacudiu a cabeça, os olhos arregalados, e olhou de volta para mim.

— Está tudo bem. Bom, minha mãe morreu de câncer quando eu tinha 13 anos. Meu padrasto casou de novo enquanto eu estava longe, no colégio interno, então não tenho muitos parentes próximos.

— Oh, querida, lamento muito.

Dei de ombros, sem querer parecer emotiva ou chateada com relação a isso. Além do mais, eu mal tinha começado a contar.

— Obrigada. Mas está tudo bem. Agora posso escolher minha família aonde quer que eu vá.

Alli sorriu e se inclinou levemente para o meu lado.

Greg terminou de comer uma garfada de salada.

— Nos conte sobre sua empresa. Blake nos disse que você é de uma espécie rara de mulheres entendidas de tecnologia.

Dei uma olhada para Blake, cujos lábios haviam se curvado em uma careta irritada. Greg abriu a boca, mas antes que ele pudesse falar, Heath pigarreou.

— Desculpe interromper você, pai, mas temos um anúncio a fazer.

O sangue se esvaiu do rosto de Catherine. Alli se apressou em falar.

— Decidi voltar para Boston.

— Ah, nossa.

Catherine riu, colocando a mão no coração como se estivesse estado prestes a ter um ataque cardíaco.

Meu próprio coração sentiu uma explosão de felicidade com a novidade. Virei na cadeira para olhar para ela.

— Meu Deus, você está falando sério?

Ela assentiu com a cabeça.

— É oficial. Heath e eu conversamos sobre isso esta semana. Vou começar a procurar emprego e mudar assim que puder.

— Isso é maravilhoso — exclamou Catherine, com um sorriso caloroso.

Greg bombardeou Heath com sugestões de apartamentos na cidade e eu cutuquei Alli.

— Estou procurando uma diretora de marketing. Você por acaso estaria interessada?

Ela franziu o cenho e se recostou na cadeira.

— Está falando sério?

— Na real, estou sim. As coisas não deram certo com a Risa. Vou deixar você a par dos detalhes mais tarde, mas basta dizer que estamos cortando laços completa e irrevogavelmente.

— Uau. Nesse caso, sim.

— Mesmo? Você tem certeza de que é isso que quer fazer?

— Está brincando? Passei os últimos dois meses trabalhando 12 horas por dia para estilistas temperamentais. Voltar para o Clozpin seria como férias de verão em comparação a isso.

— Mas eu achava que você queria seguir carreira na moda.

Ela me deu um sorriso irresoluto.

— Era o que eu pensava também. Acho que às vezes você não percebe o que tem até perder. De fato, tive um pouco de perspectiva e aprendi um monte, mas essa mudança parece a melhor coisa em todos os sentidos. Heath vai ser mais feliz aqui, a família dele está aqui para apoiá-lo e você está aqui. Eu não conseguiria pensar em motivos melhores para me mudar.

— Você não vai ouvir nenhuma objeção de mim. É óbvio que eu estava morrendo para que você voltasse desde que você tinha ido embora. E, francamente, após o incidente com Risa, sinto como se nunca mais pudesse confiar em outra pessoa para esse cargo que não fosse você.

— Não se preocupe. Vamos resolver tudo. Nós construímos essa empresa. Não tem ninguém melhor para fazê-la crescer.

— Um brinde a isso.

# CAPÍTULO 19

SUSPIREI DE ALÍVIO QUANDO SAÍMOS do jantar agitado com a família de Blake e escapamos para a praia, na parte baixa. Deixei as sandálias na escada e caminhei com Blake de pés descalços pela orla até o sol começar a se pôr.

— Desculpe. Eles são completamente malucos — murmurou ele.

— Está tudo bem. Eles são muito gentis, na verdade — Uma felicidade silenciosa borbulhou dentro de mim com a mudança repentina desta noite. — Isto pode parecer estranho, mas por que você não me apresentou aos seus pais antes? Você sabe, quando as coisas não estavam tão bagunçadas entre nós.

— Como Heath disse, eles são enxeridos e sufocantes. Por um lado eu não queria dividir meu tempo com você e, por outro, eu sabia que, assim que eu apresentasse você a eles, seria o fim.

Meu coração ficou um pouco apertado.

— O fim?

— Agora que eles a conhecem, vão ficar me enchendo sem parar com relação a você. Não pense, nem por um segundo, que este foi o seu último jantar com a família Landon.

Dei uma risada.

— Olhe só para você, sr. Angústia. Você fala como se eles fossem um fardo. Você é extremamente sortudo.

Nossos olhos se encontraram e ele pegou minha mão enquanto caminhávamos.

— Não foi isso que eu quis dizer. Eles sempre foram ótimos. Acho que eu estava apenas preocupado demais em estar com você o tempo todo para perceber que você provavelmente curtiria isso mais do que eu geralmente curto.

— Sei que não tenho muito com o que comparar, mas eu daria tudo para ter uma família como a sua, sabia? Jamais os coloque para escanteio, Blake. Tudo pode mudar em um instante.

— É, você tem razão.

À nossa frente, no limite da imensa propriedade, havia um gazebo. Subimos alguns degraus velhos de madeira na praia. Dentro, a estrutura era ornamentada e oferecia uma vista impressionante do céu. A luz do dia estava se esvaindo e o ar do oceano esfriava ao nosso redor. Eu me sentei perto de Blake e ele me envolveu com o braço enquanto nos acomodávamos para admirar a paisagem. Repousei a cabeça no ombro dele enquanto ele desenhava círculos em meu braço.

— Você tinha razão quanto à Risa — disse, depois de um tempo.

— Sim. Você encontrou o que estava procurando?

— Acho que sim. Minha pergunta é: como você sabe?

Ele permaneceu em silêncio.

— Blake.

Ele puxou o ar lentamente por entre os dentes, provocando um assobio.

— Você não vai gostar.

— E daí? Me conte.

Ele afastou as mechas de cabelo que caíam sobre seu rosto, mas elas caíram de volta.

— Hackeei sua conta de e-mail.

Congelei.

— O quê?

— Eu estava preocupado com você.

— Essa é uma invasão de privacidade enorme, Blake! Por que...

— Confie em mim, eu não era o único preocupado com você. Marie chegou a me procurar a certa altura para me interrogar sobre o que eu tinha feito para deixar você tão chateada.

Meu queixo caiu. Marie. Que droga.

— Eu só queria dar uma geral no seu e-mail para ver se havia alguma coisa com a qual eu devia me preocupar. Enquanto eu estava lá, dei uma olhada nos e-mails de Risa e de Sid, por pura curiosidade, já que você tinha me banido do negócio momentaneamente.

— E você viu os e-mails dela para Max?

— Não diga que eu não lhe avisei.

— Mas eu não entendo por que aquelas informações específicas seriam úteis para ele.

— Sabe aquela empresa de investimentos sobre a qual você me falou... aquela que estava mandando os cheques altos para Trevor? Levei um tempo para superar todas as camadas da privacidade corporativa, mas finalmente consegui rastrear as pessoas por trás.

— E... ?

— Parece que nosso amigo Max está usando o nome da empresa como fachada para financiar as tentativas de Trevor. Ele basicamente está pagando Trevor para manter o grupo e ser um pé no meu saco em tempo integral.

— Mas os ataques cessaram.

— Não sei ao certo por quê, mas meu palpite é de que, quando ele conseguiu abrir um canal com Risa, comprometer o site provavelmente estava sendo mais prejudicial do que benéfico. Um esforço em vão, talvez.

— Mas por que ele precisaria dos nossos dados?

— Não faço ideia. Você já conversou com ela?

— Não, ainda não. Mas não tenho certeza se ela vai me contar quando descobrir que vai ser demitida. — Pensei por um instante, tentando colocar as peças no lugar. — Ela foi atrás de você para a reunião de hoje?

— Não, eu entrei em contato com ela.

— Ah.

— Eu queria sondá-la. Com muito pouco esforço, convenci Risa a sair da sua empresa e vir trabalhar para mim, e fizemos planos para um jantar mais íntimo no fim de semana. Ela estava disposta a abandonar o navio, dar para o seu ex e se meter na minha empresa antes mesmo de pagarmos a conta.

— Você é um cuzão.

Comecei a me afastar, mas ele me puxou de volta.

— O quê? Foi tudo um teste. Obviamente, não estou interessado. Relaxe, gata.

— Por que isso seria tão óbvio? Poucos dias atrás, Sophia estava caindo em cima de você e eu não vi você protestar.

— Você não precisa se preocupar com Sophia.

— Claro.

Eu me levantei e fui até o outro lado do gazebo. Apoiei minhas mãos no guarda-corpo, segurando com força à medida que a nova raiva se espalhava.

— Sophia estava aqui a trabalho, como eu disse. Fora nossas ações da empresa dela, não há nada além de amizade.

Eu me virei para encará-lo.

— Talvez para você, mas ela está no limite da obsessão. Você tem noção do quanto ela deve ter ficado feliz quando soube que eu finalmente estava fora do caminho? Ela provavelmente está contando os dias até poder ser submissa a você de novo. E, só para constar, não gosto nada de você falando sobre nossa vida sexual com ela.

As sobrancelhas dele se uniram.

— Como assim?

— Sophia me contou sobre a sua conversinha com ela.

Tentei não soar tão amargurada quanto eu me sentia, mas não consegui evitar. O fato de ele ter confidenciado à Sophia me machucava mais do que eu queria admitir.

— Ela disse algo para você?

— Sim, ela parecia realmente desolada pelo fato de eu ser aparentemente incapaz de satisfazer o seu lado pervertido.

O sarcasmo era palpável agora.

Ele expirou pela boca.

— Desculpe.

— Sei que posso não ser a pessoa mais experiente nesse "estilo de vida", como ela costuma chamar, mas nunca pensei que você fosse do tipo que sai contando sobre sua vida sexual — e a dos outros — por aí, especialmente para ela.

— Ela perguntou sobre você. Eu contei que tínhamos terminado e ela perguntou se você era submissa. Não entrei em detalhes, mas eu estava uma bagunça na época. Ela estava tentando ser amiga.

— Amiga? Está de brincadeira comigo?

— Eu entendo. Você está com ciúmes. Ela também tem ciúmes de você, mas eu não posso cortá-la da minha vida. Você vai acabar se deparando com ela de vez em quando com nossos negócios.

Comecei a ir embora.

Ele se levantou de imediato para me impedir.

— Erica, espere.

— Não quero mais conversar sobre isso. Vamos voltar para a casa.

Ele ficou parado na entrada e bloqueou minha passagem.

— Eu não sabia o que pensar sobre o motivo de você terminar comigo, OK? Achei que eu talvez tivesse sido bruto demais na última noite que passamos juntos e essa não era uma conversa que eu pudesse ter com muitas pessoas. Francamente, ainda me preocupa que esse *tenha* sido o motivo pelo qual você se foi.

A lembrança daquela noite invadiu meus pensamentos. A intensidade de deixar que ele me machucasse, de querer desesperadamente que ele o fizesse. *E se eu for longe demais e isso for algo do qual a gente não consiga voltar?* As palavras dele ecoaram em mim. Se ele achou que esse era o motivo de minha partida, tentei imaginar quanto isso o havia magoado.

Meneei a cabeça.

— Não foi por isso.

Ele pareceu relaxar um pouco.

— Agora eu consigo ver que não deveria ter conversado com ela sobre isso e sinto muito. A partir de agora, ela está completamente fora da nossa vida pessoal. Não importa o que aconteça.

— Também foi por causa da linda amizade de vocês que ela estava caindo em cima de você no jantar beneficente?

Ele fez uma careta e se virou, olhando para além de mim.

— Meu Deus, Erica. Sabe, você terminou comigo, e eu é que estou me explicando.

Ele tinha razão. Inspirei e tentei adotar um linha menos acusadora.

— Você disse que queria ficar comigo, não importavam as circunstâncias, então, se isso é algo que eu devo considerar, acho que mereço saber o que realmente está acontecendo entre vocês dois.

Ele hesitou, com o olhar fixo em mim, como se estivesse me analisando. Comecei a ficar preocupada. Aquele enjoo familiar se espalhou rapidamente enquanto eu imaginava o que eles tinham feito juntos. E eu só tinha a mim mesma para culpar. O que tivesse acontecido entre eles somente ocorreu porque eu o afastara.

— Quando ela percebeu que não estávamos juntos, ela não deixou passar nenhuma oportunidade de tentar ficar comigo. Eu a rejeitei, é claro. Não importava o que estava acontecendo entre mim e você, eu jamais poderia voltar para ela, Erica. Nosso relacionamento nunca foi completamente satisfatório e você sabe, até certo ponto, como ela é. Tente imaginar conciliar um relacionamento com isso. Ela é um pesadelo.

Eu não podia discutir. Eu ficava imaginando frequentemente como eles haviam conseguido ficar juntos por tanto tempo, mas as pessoas mudavam, para melhor ou para pior. Talvez Sophia não tivesse sempre sido aquela vadia ardilosa quando eles estavam juntos, mas eu não queria dar a ela o benefício da dúvida.

— Então...

Inclinei a cabeça, esperando que ele continuasse.

— Desde que eu e ela terminamos, ela manteve o costume de ficar pegando em mim daquele jeito. Honestamente, eu nunca tinha pensado muito nisso até que você aparecesse naquela noite, e àquela altura estava claro quanto você estava com ciúmes. Fiz uma aposta.

— Você queria me deixar com ciúmes.

— Nada mais estava funcionando. — Ele passou as pontas dos dedos na minha bochecha. — Mas parece que deixar você insanamente enciumada funciona. Vou ter que me lembrar disso na próxima vez que você decidir que precisamos de "espaço".

Ele fez um sinal de aspas com os dedos.

Eu me peguei sorrindo, mas o sorriso logo desapareceu. Blake estava falando sobre todas aquelas coisas do passado. Nossos problemas ainda não estavam nem perto de terem acabado.

Procurei pelas palavras certas.

— Blake...

Ele me silenciou.

— Tenho a sensação de que você vai me dizer algo que eu não quero ouvir, então, em vez disso, que tal você me beijar?

Inclinando-se sobre meus lábios, ele me beijou, e eu permiti. Saboreei o doce na língua dele. Eu o inspirei juntamente com o ar salgado e deixei que o oceano lavasse todas as coisas sobre as quais não quiséssemos conversar ou ouvir. Ficamos parados ali pelo que pareceu uma eternidade, simplesmente nos beijando. Deixamos que nossas mãos vagueassem, ávidas, mas não frenéticas. Por hora, eu estava contente por estar perto assim dele. Eu poderia fazer isso por horas.

A noite havia quase caído por completo, então vozes se aproximaram.

— Ei, pombinhos — chamou Heath. — Nossa mãe vai vir procurar por vocês logo. A sobremesa está pronta.

Blake resmungou e revirou os olhos. Dei uma risada e me aconcheguei em seu ombro, encabulada e completamente tensa para interagir.

— Preciso de um minuto — sussurrei.

— Nem fale. Estou tão duro que dói.

— Mmm, conheço a cura para isso.

Eu me esfreguei nele, e sua ereção pressionou meu quadril por debaixo da calça jeans.

— Você realmente não está ajudando. Eu pegaria você agora mesmo, mas, se minha mãe nos visse, acho que eu não conseguiria conviver comigo mesmo.

Respirei fundo e dei um passo relutante para trás. As ondas do oceano quebravam perto do guarda-corpo à medida que a maré subia. Alli e Heath caminharam de mãos dadas de volta para a casa. Eu estava muito feliz pelo retorno de Alli. Nós poderíamos fazer isso com mais frequência, todos nós. Talvez.

— Aonde vocês dois foram? — perguntou Catherine quando voltamos à casa.

— Eles estavam se pegando no gazebo — soltou Heath.

Blake deu um soco no ombro dele. Heath retaliou até que eles estivessem rindo e se engalfinhando no chão da varanda como animais selvagens.

— Meninos! Meninos! Meu Deus, francamente. Greg, venha controlar esses meninos!

Catherine ficou vermelha, com uma mistura de risada e vergonha passando por seu rosto.

Alli, Fiona e eu estávamos todas morrendo de dar risada enquanto eles continuavam a luta a uma distância mais segura de onde estávamos sentadas. Greg apareceu com uma panela gigante de água e jogou neles.

Eles xingaram e finalmente se afastaram. Quando Blake voltou, ele trazia um sorriso bobo no rosto. Ele se aproximou para me dar um abraço, se esforçando ao máximo para me deixar molhada também.

— Blake, pare!

Dei uma risada.

— Só estou tentando dividir as coisas contigo.

Meu celular tocou. Empurrei Blake de um jeito brincalhão e peguei o telefone da bolsa. Congelei. Era Daniel. Dei uma olhada em volta, meio que esperando ver Connor, mas estávamos completamente isolados. Ele provavelmente estava me ligando para me dar uma bronca quanto à entrevista, mas essa era última coisa na qual eu queria pensar.

Ignorei a chamada e tentei pensar em como lidaria com essa mudança entre Blake e mim. Estávamos recaindo com tudo e rapidamente aos nossos antigos hábitos, ao ritmo normal do nosso relacionamento. Eu estava na casa dos pais dele, pelo amor de Deus, tendo uma noite ótima com aquela família incrível. Isso estava muito longe do âmbito de um comportamento aceitável para Daniel.

Ele ligou de novo e eu desliguei o celular. Não me importava. Eu tinha tanto amor à minha volta agora. Entre Blake e mim, Heath e Alli, em meio àquela família calorosa e atenciosa, como é que eu podia permitir que a maldade de Daniel penetrasse em algo que parecia tão certo, tão bom? Eu o empurrei para longe da minha mente, não disposta a deixar que ele arruinasse o melhor dia que eu tive desde que dissera adeus a Blake. Eu não queria pensar naquela parte da minha vida, pelo menos não agora.

Passamos o resto da noite conversando e ouvindo a família de Blake contar histórias embaraçosas sobre cada um. Rimos, bebemos e curtimos a noite linda. Blake não saiu do meu lado em momento algum, segurando minha mão no colo dele possessivamente, como se tivesse medo de me deixar, nem que fosse por um segundo. Não me importei, pois me sentia igual.

Um pouco alta de toda a bebedeira, dei tchau para todo mundo. Alli, Fiona e eu dissemos "eu te amo" umas as outras não menos que uma dúzia de vezes. Heath serviu de testemunha, reafirmando a declaração conosco todas as vezes com sua sobriedade sempre paciente. Catherine me apertou em um abraço firme que pareceu durar uma eternidade. Eu a abracei de volta. Abraços eram bons. Blake finalmente nos separou. Saímos e eu cambaleei um pouco na direção do carro.

Entramos e eu me aconcheguei em Blake, dando um beijo no pescoço dele e mordendo o lóbulo de sua orelha.

— Eu quero você.

— Você está bêbada, mas eu com certeza vou me aproveitar de você. Essas são circunstâncias justificáveis.

Dei uma risada.

— Ótimo. Você deveria estacionar em algum lugar e me comer no carro.

— Uau, gata. Continue falando assim e talvez eu faça isso mesmo. Primeiro, vamos colocar seu cinto de segurança, OK? — Blake arrancou. — Depois, tire sua calcinha.

Dei um sorriso malicioso e a escorreguei por entre minhas pernas, eufórica por qualquer que fosse o plano que Blake estivesse maquinando.

Ergui os olhos de meus esforços para colocar o cinto bem a tempo de ver um sedã preto estacionado do outro lado da rua. Virei no banco. Os faróis se acenderam e o carro começou a nos seguir enquanto serpenteávamos de volta para as estradas principais. Meu olhar fixou-se no retrovisor lateral. Pisquei e tentei afastar a tontura. Eu não estava esperando por isso. O carro continuou nos seguindo a uma distância segura.

— Você está bem? Você não esteve quieta assim a noite toda.

Meu coração acelerou à medida que a realidade fria da situação se tornava clara. Com esta noite e minha tentativa de manipular a entrevista, Daniel ficaria furioso. Liguei o celular. Ele havia ligado mais duas vezes, sem deixar recado na caixa postal.

A complacência que eu sentira antes se foi. Todos os meus medos poderiam se tornar reais, tudo porque não consegui me manter longe. Entrei em pânico, meu corpo tremia descontroladamente. Tudo estava desabando agora.

— Qual o problema? Quer que eu pare?

— Não! — gritei! — Dirija, vamos sair daqui.

*Deus me ajude, o que foi que eu fiz?*

Uma mão de Blake apertou o volante com mais força e ele aproximou a outra para segurar a minha.

— Certo, este é o acordo. Você precisa conversar comigo agora, ou vou voltar para a casa.

Ele parou em uma placa de "Pare".

— Só dirija. Não é seguro. Eles estão nos seguindo. Vá!

Essa seria a pior maneira de acabar com um porre, especialmente se acabássemos mortos.

— Quem, exatamente, está nos seguindo?

Meneei a cabeça, abraçando a mim mesma com força, como se eu fosse me despedaçar se soltasse.

— Erica, pelo amor de Deus! Quem?

— Daniel — Minha voz era um sussurro. — Eles têm nos vigiado.

Blake ficou olhando para a estrada, com uma expressão ilegível. Ele aumentou a velocidade quando chegamos à via rápida. Estávamos passando muito do limite de velocidade, passando voando por ruas secundárias até chegarmos à nossa. Ele estacionou e me ajudou a sair.

De alguma forma, tínhamos conseguido despistar Connor. Ou isso ou ele simplesmente desistira de nos seguir. Não que isso importasse muito agora. De qualquer maneira, ele sabia que eu estava com Blake.

Entramos no apartamento de Blake e ele me colocou no sofá e me trouxe água. Meu corpo se acalmou um pouco, mas eu estava repleta de um tipo vazio de desespero — a escuridão desconhecida que eu vislumbrara tantas vezes pensando se Daniel mudaria de ideia quanto a nos poupar. Disse "nos" porque se qualquer coisa acontecesse com Blake, eu não sei ao certo se conseguiria viver.

Enquanto eu bebia, Blake fez uma ligação da cozinha. A voz dele era grave e a ligação foi curta. Ele voltou e se sentou à minha frente na mesa, acariciando minha coxa.

— Podemos conversar sobre isso agora?

A voz dele era mais suave.

Eu não sabia o que mais tinha a perder ao contar para ele. Ele merecia o direito de se proteger, agora que eu havia trazido a mira de Daniel de volta para ele.

— Daniel matou Mark — contei.

A expressão dele não mudou.

— Cheguei a essa conclusão sozinho, Erica.

— Você o ameaçou e ele ficou irritado com isso. Ele não vai deixar isso para lá.

Mordi o lábio, contendo as lágrimas que ameaçavam cair.

— Não estou preocupado com Daniel.

— Mas deveria. Ele vai matar você, Blake! Ele disse que eu tinha que terminar tudo com você ou ele iria "eliminar você da equação permanentemente". Agora ele sabe e... Isso é péssimo. Você não entende.

— Então foi por isso.

O olhar dele era penetrante, trespassando minha alma.

Engoli seco e assenti em silêncio com a cabeça.

— Por que você não me contou?

Sacudi a cabeça.

— Você não sabe como ele é. Ele é cruel, violento. Você não faz ideia do que ele é capaz. Ele matou o próprio filho, meu Deus! Eu tinha que tentar proteger você dele.

— Tenho informações que expõem não apenas Mark, mas ele também. Eu não fazia ideia de que ele mataria Mark. Não que eu não esteja infinitamente feliz por ele ter partido. Se eu soubesse que ele ia tomar esse caminho, provavelmente não o teria ameaçado daquele jeito.

— Que informações?

Ele expirou.

— Não parece haver mais nenhum amor entre vocês, então acho que não há mal em contar.

— O que é?

— Daniel tem encoberto os abusos de Mark há anos. Você nunca prestou queixa à polícia quando ele estuprou você, mas muitas outras mulheres prestaram. Ele pode molhar a mão de quantas pessoas quiser para fazer os problemas irem embora, encobrir toda merda, mas ele não conseguiu fazer tudo desaparecer com alguém tão prolífico quanto Mark. Quando eu disse a ele que poderia tornar algumas informações facilmente acessíveis, para a imprensa, por exemplo, você pode imaginar que ele não ficou muito feliz.

— Mais motivo ainda para ele matar você. Ele usou você como porta de entrada para a minha vida. Ele quer que eu faça parte dessa campanha política fodida, extraoficialmente, é claro. Ele ia me ajudar a lhe devolver o dinheiro do investimento para que eu pudesse largar a empresa.

— E você concordou com tudo isso?

As sobrancelhas dele se ergueram, como se eu tivesse enlouquecido. Talvez eu tivesse.

— Eu... Ele não me deu escolha, Blake. Ele disse que ia *matar* você. Eu tenho tentado descobrir uma maneira de contornar isso esse tempo todo, mas ele não facilita. Ele é horrível e... persuasivo. Me afundei no sofá, sem querer sequer mencionar o fato de que ele tinha sido violento comigo.

— Beba.

Tomei mais alguns goles, desejando que Blake falasse algo.

— Vou até ele, Blake. Posso tentar convencê-lo de que esta noite não foi o que pareceu ter sido. Ele sabe que podemos acabar nos encontrando. De alguma forma, vou fazê-lo entender, bolar uma desculpa. E aí só vamos ter que ser discretos, descobrir como... Sei lá...

— Não. Não vou ficar me escondendo para ficar com você.

— Então o que vamos fazer?

— Ele está contando que você vá reagir como tem reagido, porque você me ama. Mas ele não está contando comigo causando tantos problemas para a eleição dele que ele vai estar ocupado demais para pensar em qualquer outra coisa.

— Não entendo.

— Vou vazar as informações. Simples assim.

— Mas…

Engoli em seco, repentinamente travando uma batalha. Eu me preocupava com Daniel, o suficiente para que a ideia de arruinar a campanha dele me incomodasse. Por quê? Por que eu me preocuparia quando ele havia tornado minha vida um inferno? Ele tinha me ameaçado de morte e muito mais.

— Tem que haver outro jeito.

— Então assuma publicamente que você é filha dele.

— Como isso seria menos prejudicial à carreira dele?

— Ter uma filha ilegítima da qual você supostamente nunca soube é bem menos prejudicial do que encobrir múltiplos estupros de seu enteado. Poderia ser uma descoberta amistosa. Não é como se você o estivesse extorquindo, nem nada assim. Então podemos nos casar e ele teria que bancar o bonzinho, porque eu seria genro dele. Que tal essa retaliação?

Meus olhos se arregalaram.

— O quê?

Ele deu um sorriso torto.

— É muita maluquice?

— Sim, é completamente maluco. Tente novamente.

Meu coração de repente estava quase saindo do peito. Depois de ter ficado apavorada com Connor nos seguindo e ouvir aquelas últimas palavras, fiquei completamente sóbria.

Ele deu uma ligeira risada, mas seu sorriso logo desapareceu.

— Não estou muito animado para andar por aí sabendo que há um alvo em mim, Erica, mas podemos frustrá-lo com essa jogada. As informações que tenho devem tê-lo assustado, porque senão ele não teria matado alguém para impedir que eu as divulgasse.

— Ele disse que havia feito isso por mim. — Dei uma risada fraca. — Acho que ele pensou que eu ficaria impressionada por ele ter feito. Que merda, não é?

— Ele provavelmente fez isso por você mesmo, mas nós dois sabemos como ele é. Ele não faria algo assim sem calcular todos os riscos e todas as recompensas possíveis.

Olhei pela janela, para o céu noturno iluminado pelas luzes da cidade. Será que ficaríamos aprisionados desse jeito até que soubéssemos que era seguro de novo? Quando seria seguro de novo?

Ele se inclinou para frente e passou um dedo pela minha bochecha, virando meu olhar para ele novamente.

— Nada mais vai se meter entre nós, está bem, gata?

Os olhos dele eram sombrios e sérios. Concordei com a cabeça. Era isso que eu queria também.

— Não posso perder você daquele jeito de novo. Eu ficaria louco.

— Eu também.

Podia-se dizer que eu já atingira certo nível de loucura na ausência dele.

— Depois que a gente descobrir como lidar com Daniel, quero que você venha morar aqui em cima comigo, tudo bem? Ou podemos procurar um lugar para nós, não me importo.

Fiz uma pausa.

— Não posso simplesmente ficar no apartamento, como antes?

— Não. Não é perto o suficiente. Você me deve ao menos isso depois de ter desaparecido e destruído minha vida nessas últimas semanas.

Eu queria protestar, mas não conseguia pensar em ficar longe dele nem por um minuto neste momento.

— Como é que vamos sair dessa? Não consigo suportar. Não posso perder você.

— Você não vai me perder. Não vou a lugar algum. Contrato uma equipe da *SWAT*, se precisar, OK? Não vamos pensar nessa merda agora. Tudo que quero que você pense é em estar aqui comigo, agora.

Respirei fundo.

— Venha. Vamos para a cama. Ele não vai vir atrás da gente esta noite. Vai ter que passar por Clay e seus amigos antes.

Concordei com a cabeça, me forçando a me acalmar. Eu confiava que Clay saberia lidar com Connor. Eu gostava de Clay e abominava Connor, então a ideia deles se enfrentando era atraente, para falar a verdade.

Blake quis se levantar, mas eu o puxei para o sofá comigo. Enrolei os braços no pescoço dele e o abracei forte, como se alguém pudesse aparecer e arrancá-lo de mim. Ele me abraçou de volta, apertando os braços em torno da minha caixa torácica. Eu o inspirei, me sentindo reconfortada com seu aroma familiar.

Lutei contra a tempestade de emoções; o alívio por tê-lo comigo novamente se misturava ao medo constante de perdê-lo de novo. Joguei a perna em cima da dele, entrelaçando nossos corpos de maneira que ele não podia sair.

— Me desculpe — solucei. — Isso é tudo minha culpa.

Fechei os olhos com força e lutei contra as lágrimas.

— Shh, gata. Não pense assim. Vai ficar tudo bem agora — Ele tirou o cabelo do meu rosto, passando a mão pela pequena marca que ele havia deixado no meu pescoço. — Você estava tentando me proteger. Eu sei disso agora. Aprecio o esforço, mas nada valeria ter passado pelo que passamos. Você não gosta de mim comandando sua vida e eu não gosto de você tomando decisões radicais como essa sem mim. Então talvez possamos concordar em resolver essas coisas juntos no futuro. O que você acha?

Eu me afastei e ele secou a lágrima que escorreu em meu rosto, me beijando docemente.

— Faça amor comigo, Blake.

O calor percorreu seus traços. Ele tirou minha blusa e meu sutiã e me moveu, me deitando no sofá. Lentamente, tirou minha saia, me deixando nua e aberta para ele.

Os lábios dele se abriram um pouco.

— Eu quero você assim, todas as noites. Nua e esperando por mim.

Ele se levantou e tirou a camiseta, jogando-a longe. Ele abaixou a calça até o chão, revelando o homem perfeitamente escultural debaixo das roupas. Fiquei olhando fixamente para ele, admirando ambiciosamente o corpo que eu tinha passado a amar, a desejar.

Ele se abaixou, se acomodando entre minhas coxas. Ele deslizou pelo meu corpo, com sua ereção dura na minha barriga enquanto ele me beijava do ombro ao pescoço. As mãos dele idolatravam minhas curvas, com lentidão e reverência, deixando rastros de fogo em seu caminho. Eu me mexi com a ânsia aguda entre minhas pernas.

— Quero sentir você dentro de mim — disse, sem ar.

Seu corpo perfeitamente viril cobriu o meu com certa moderação enquanto ele circundava minha abertura. Segurei a carne quente do pau dele e o posicionei na minha entrada. Ele prendeu a respiração quando me penetrou lentamente. Arrastei os dedos ávidos pelas curvas dos peitorais dele, contornando os círculos macios de seus mamilos até que eles enrijecessem sob meu toque. Ele me deu um pouco mais. Escorreguei as mãos até a bunda dele e afundei as unhas em sua pele.

— Ah, Deus.

Ele se moveu para frente bruscamente, se enraizando com ainda mais firmeza dentro de mim.

Gemi, me curvando com a plenitude.

Ele se abaixou, investido com delicadeza mais uma vez. Ele contornou o cume da minha orelha com a língua.

— Você é uma menina má.

Gemi de prazer.

— Você gosta de mim assim.

— Achei que você quisesse que eu fizesse amor com você.

— Quando você está dentro de mim, você está me amando e eu estou amando você. Não é assim que funciona?

Ele hesitou e, então, me deu um beijo intenso e apaixonado, me lambendo e me devorando com sua boca enquanto se movia dentro de mim com investidas constantes. Eu me contraí impotentemente em torno do pau dele. O calor se espalhou por mim e meus quadris giraram delicadamente debaixo dele.

Então ele me ergueu, de modo que eu montei nele, seu pau enterrado nas minhas profundezas.

— Cacete. — Engoli um ofego forte. Nessa posição, ele ia bem fundo. Uma névoa fina de suor cobria minha pele. Girei os quadris, encontrando meu ponto de apoio. — Eu achava que você não gostava desta posição.

— Você não está me ajudando.

Sorri.

— Tem certeza?

Ele lambeu o lábio inferior e eu me aproximei para pegá-lo entre os dentes. Chupei e beijei fervorosamente. Ele gemeu e ergueu meus quadris. Ele estava só com a pontinha para dentro quando me puxou com força para baixo, me preenchendo. Arfei com a doce dor do pau dele me penetrando.

— Ó Deus. — Eu me agarrei a ele, estabilizando a mim mesma com as mãos em seus ombros. — Você está tão fundo.

Ele me segurou pela nuca e me puxou para um beijo; movimentos intensos, fodendo minha boca delicadamente com a língua. Ele segurou meus quadris com firmeza, me puxando mais um pouquinho para baixo.

— Não posso viver sem isto, Erica. Sem você.

O ar saiu de mim, mas ele o engoliu com outro beijo devorador.

— Você não vai precisar. Eu prometo. Eu juro — Deslizei os dedos pelos cabelos dele, pressionando os seios contra o peito dele. — Eu te amo, Blake. Você é o único. Meu único amor.

Eu me ergui novamente, e minhas coxas bateram nele com força. Ele me atingiu no fundo de novo, esticando os tecidos sensíveis de dentro de mim. As mãos dele me seguraram ansiosamente e seu rosto se contraiu com uma tensão agonizante. Ele me ergueu, me movimentando vigorosamente em seu pau, de novo e de novo, até que minhas coxas se estremecessem.

— Blake — Minha voz era uma súplica. — Você está perto? Quero gozar com você.

As bochechas dele coraram de calor e ele apertou o maxilar enquanto metia em mim.

— Agora, gata. Me sinta gozar dentro de você.

As palavras dele foram um gatilho; vê-lo se perdendo, enterrado em mim. Meu corpo inteiro tremeu com o poder do orgasmo que se espalhou por mim. Minha cabeça caiu para trás enquanto ele chegava ao êxtase com um grito e uma última investida, nos levando além do limite.

# CAPÍTULO 20

ACORDEI COM O CORPO QUENTE de Blake enrolado no meu. Eu me espreguicei e ele deu beijos lentos e preguiçosos ao longo do meu tronco. Dormir — um sono realmente de descanso, sem pesadelos — para acordar com as mãos e a boca de Blake em mim. Isso era o paraíso.

Ele se aninhou no meu pescoço, chupando minha pele com delicadeza.

— Chega de chupões — avisei.

Ele riu no meu pescoço.

— Eu não sabia quando realmente veria você de novo. Tinha que deixar minha marca.

— Sim, você se fez notar.

Ele ficou imóvel e me virou para olhar para ele.

— James viu?

Pausei.

— Viu, sim.

A expressão dele era indiferente, mas eu vi a emoção berrando atrás de seus olhos.

— O que exatamente ele significa para você?

Mordi o lábio, pensando nas palavras que não iriam deixar Blake soltando fogo pelas ventas de ciúme.

— Pense nele como minha Sophia. É um amigo que quer mais, mas só um amigo.

— Se ele quer você, então eu o quero longe. Você pode encontrar outra pessoa para fazer o que ele faz.

Revirei os olhos.

— E eu quero Sophia longe. Então provavelmente nós dois seremos contrariados por um tempo.

— Isso é completamente diferente. Sophia mora em Nova York. Você trabalha cara a cara com ele quase todos os dias. Se eu tivesse alguém no meu escritório tentando dar pra mim todos os dias, você enlouqueceria.

Suspirei.

— James e eu não temos uma história, e ele é uma boa pessoa. Ele não está armando um complô para me afastar de você. — Eu achava que não, de qualquer forma, apesar dele certamente não ser fã de Blake. — Podemos deixar isso para lá por hora?

— Não consigo suportar que ele tenha tocado em você.

— Então não pense nisso, porque não tem importância.

Ergui a cabeça para beijá-lo, rezando para que ele nunca soubesse que James havia me beijado também. Eu me deitei de volta e contornei o maxilar dele. Seu rosto parecia mais ameno, mais descansado. Talvez ele também não estivera dormindo bem, sem mim.

— Por falar em trabalho, preciso me encontrar com a Risa em algum momento e esclarecer aquela bagunça.

— Não dá para esperar até segunda?

— Talvez. Mas ela provavelmente vai ficar pensando em por que não consegue acessar seu e-mail, caso ela trabalhe fora do expediente.

— Deixe-a pensar. Seu tempo é mais bem gasto na cama, comigo. Temos que compensar o tempo perdido.

— É?

— Eu estava pensando em beijar você da cabeça aos pés até que você implorasse para eu parar. E preciso reservar ao menos uma hora para lamber a sua boceta. — Ele escorregou a mão até meu sexo. — É, pelo menos uma hora. Vamos ver, o que mais?

Dei uma risada.

— Está bem, eu entendi, mas é melhor eu descer e me limpar.

— Bobagem. Você pode tomar banho aqui. Roupas não são necessárias. Quero você pelada na minha cama o dia todo. Vou amarrar você, se precisar. Você sabe que eu vou.

Ele parecia sério, mas o esboço de um sorriso passou por seu rosto.

— Vamos ter que encarar a realidade eventualmente, você sabe.

— Não corte o clima.

Ele desceu pelo meu corpo e circundou meu mamilo com a língua, movimentando-a até que um calor familiar começasse a ferver na minha barriga.

Ofeguei e arqueei a coluna com o movimento, deslizando as mãos pelos cabelos dele. Ele escorregou um dedo para dentro do meu sexo, curvando-o no ponto que me deixava louca.

— Eu nem pude usar meus brinquedos em você. E você está bem encrencada por ter causado toda essa merda.

Gemi e ergui os quadris para aprofundar a penetração dele. Eu queria o Blake dominante. Ali estava ele.

Meu celular tocou, interrompendo o momento. Ainda nas garras de Blake, me estiquei para pegá-lo. *Sid. Graças a Deus.*

— Oi.

— Oi, uh, a polícia está no apartamento.

— O quê?

— Eles têm umas perguntas sobre um cara, Mark MacLeod. Disseram que você o conhecia?

— Merda. Está bem. Já desço.

Blake deslizou outro dedo para dentro de mim e fechou os dentes em torno do meu mamilo. Meu cérebro derrapou, tentando decidir em qual direção meu corpo deveria se mover. Tentei afastar Blake, mas ele estava firme e imóvel, os olhos brilhando maliciosamente.

— Ah, você está aqui? — perguntou Sid.

Minha respiração falhou.

— Sim, estou na casa de Blake. Me dê alguns minutos.

Desliguei e Blake pegou meu outro mamilo com a boca, suas bochechas se esvaziaram em uma chupada longa e deliciosa.

Dei um leve empurrão nele.

— Levante-se. Preciso ir.

— Por quê? Quem era?

Ele me soltou e eu escapuli, colocando as roupas da noite anterior. Minha mente estava a mil. Daniel havia insinuado que a investigação estava praticamente encerrada. *Que diabos eles estavam fazendo aqui?*

— Era Sid. A polícia está lá embaixo. Eles querem conversar comigo.

Ele se sentou rapidamente.

— Vou com você.

— Não.

— Erica, essa é uma das coisas para as quais talvez seja melhor eu estar lá.

— Não, Blake. A resposta é não. Eu vou lidar com isso. Não quero você lá. Por favor, me diga que você vai me dar ouvidos desta vez.

Ele hesitou.

— Por que você acha que eles estão aqui? Eles vão perguntar sobre Daniel. O que você vai dizer a eles?

— Vou resolver isso, OK?

***

Tentei em vão acalmar meus nervos antes de entrar no apartamento. Eu estava um pouco menos arrumada que na noite passada, mas eles com certeza não se importariam com aquilo. Rezei para que Blake cumprisse sua promessa de ficar lá em cima, porque eu não confiava que ele ficasse quieto na frente da polícia.

Entrei e os dois homens me cumprimentaram. Um era alto e magro, cabelos castanho-claros, e o outro era mais baixo e barrigudo, com cabelos quase totalmente grisalhos. Ambos pareciam bastante amigáveis, o que me deixava grata, visto que eu estava apavorada pela perspectiva de falar com eles.

O alto falou primeiro.

— Desculpe aparecer assim tão cedo. Sou o detetive Carmody e este é o detetive Washington. Estávamos querendo falar com você sobre seu envolvimento com Mark MacLeod.

Meu envolvimento?

— Como assim?

Washington colocou a mão na jaqueta e tirou uma série de fotografias grandes que pareciam ter sido tiradas no evento de gala. Nelas, eu e Mark estávamos dançando, o braço dele envolvendo firmemente minha cintura. Minhas costas estavam para a câmera. Em outra, a boca dele estava a poucos centímetros da minha orelha, um sorriso presunçoso em seu rosto. Aquela era a cara que eu não tinha visto (e ficara contente por isso) quando ele estava me dizendo quanto me queria de novo. Suprimi uma careta quando me lembrei da voz dele e de sua respiração na minha pele aquela noite. Ergui os olhos calmamente e esperei que eles continuassem.

— Estas fotos foram tiradas por um jornalista pouco tempo antes de ele morrer. Convidados identificaram você aqui na foto, com ele. Você o conhecia bem?

Meneei a cabeça.

— Não, eu não o conhecia nada bem. Eu o tinha encontrado algumas vezes por causa de um acordo comercial que eu fiz envolvendo a empresa dele.

— Ele parece mais que um conhecido aqui — disse Washington.

— Sim, claro. Ele estava flertando bastante. Eu lhe concedi uma dança, mas não o vi depois disso. Ele parecia bastante legal, mas eu não estava interessada.

— Como ele estava se comportando naquela noite?

— Ele deu em cima de mim, como eu disse. Ele parecia bêbado. Não sei. Só conversamos por alguns minutos antes da dança, e depois eu fui embora do evento cedo. Não estava me sentindo bem.

Os dois se entreolharam. Carmody enfiou as fotos de volta no envelope e Washington me olhou de cima a baixo novamente. Tentei não me inquietar ou parecer nervosa.

— Acho que estou confusa. Ele se matou, certo? Vocês estão tentando descobrir por quê?

As palavras saíram apressadas de mim e meu coração disparou.

Carmody falou.

— Quando o filho de uma figura proeminente morre repentinamente, temos que cumprir nossas devidas obrigações. Estamos tentando descartar todas as outras possíveis causas da morte.

— Ah. Não pensei nisso. Achei que a investigação havia sido encerrada.

— Ainda não, infelizmente.

Carmody deu de ombros.

— Tem algo mais que talvez você possa nos contar?

— Acho que não. Gostaria de poder. Sinceramente, fiquei realmente chocada com a notícia.

Isso era verdade.

— Você não é a primeira pessoa a dizer isso, esse é o motivo pelo qual estamos conversando com qualquer um que talvez o conhecesse bem.

Concordei com a cabeça.

— Sinto muita pena dos pais dele. Eles devem estar arrasados.

Tentei parecer tão empática quanto podia. Eu não conseguia acreditar nas palavras que estavam saindo da minha boca ou quão facilmente eu havia incorporado o papel apropriadamente ignorante de uma espectadora inocente nesta situação. Talvez as semanas tentando me convencer a ser alguém que eu não era tivessem feito isso comigo.

— Eles estão. É péssimo. Porém, às vezes, não há respostas para a conduta das pessoas. De qualquer forma, obrigado por seu tempo e desculpe pelo incômodo.

Washington colocou a mão no bolso e pegou um cartão de visitas.

— Aqui está meu cartão. Ligue se pensar em alguma coisa, está bem?

— Farei isso, com certeza.

Eles foram embora e eu desabei em um banco no balcão, grata por ter sobrevivido ao interrogatório sem desmoronar. Eu sinceramente não achava que eles suspeitassem de alguma coisa, e por que suspeitariam? Eu não tinha ligações com Mark que pessoas fora de um círculo próximo a mim pudessem descobrir.

Assim que eles se foram, Blake apareceu.

— O que aconteceu?

— Nada. Eles tinham fotos de Mark e eu dançando no evento de gala. Eles queriam saber como tínhamos nos conhecido. Expliquei que éramos apenas conhecidos e que ele estava dando em cima de mim. Eles pareceram satisfeitos e foram embora.

— Então eles não acreditam que a morte de Mark foi um suicídio?

— Não tenho certeza. Eles não pareciam pensar em algo diferente. Me pareceu que estavam fazendo batidas em um monte de becos sem saída, prontos para desistir. Mas não faço ideia.

— Está bem, volte para cima.

— Me deixe tomar um banho e vou subir quando estiver pronta.

Por mais que eu quisesse estar na bolha quente e segura que Blake provinha depois de semanas de separação, eu precisava de um minuto com meus pensamentos.

Ele parou por um segundo.

— Certo, não demore.

Ele me deu um beijo e saiu.

Entrei no chuveiro e me lavei. Pensei em voltar lá para cima, onde nos esconderíamos. É claro que ficar na cama com Blake o dia todo não era exatamente uma inconveniência, mas eu sabia por que estávamos sendo discretos. Até então, as únicas soluções na mesa eram assumir publicamente que eu era filha de Daniel, uma saga cujas complicações eu não conseguia sequer pensar em antecipar, ou Blake chamar atenção para os esquemas duvidosos que certamente arruinariam a campanha de Daniel e possivelmente toda sua carreira. Eu tinha dificuldades em aceitar qualquer uma como uma opção viável.

Tirei a toalha e dei uma olhada pela janela. Connor estava estacionado na rua, quase fora do meu alcance. Uma onda de emoção explodiu dentro de mim e eu soube o que precisava fazer.

Coloquei uma calça jeans e uma camiseta e enfiei um par de tênis. Rabisquei um bilhete rápido e deixei no balcão antes de correr escada abaixo. Saí do prédio. Clay estava montando guarda apoiado no Escalade.

— Srta. Hathaway.

— Clay. Quanto tempo. De volta à ativa, pelo que vejo.

— Sim, senhora.

— Bem, boa sorte. Estou indo no mercado. Volto rapidinho.

Ele concordou com a cabeça. Comecei a descer a rua rapidamente. Eu só tinha alguns minutos para fazer o que precisava fazer. Atravessei a rua e bati na janela de Connor. Ele a abriu, me fitando com olhos severos.

— Me leve até ele.

— Entre.

Entrei pela porta de trás e deixei que ele me levasse.

***

Eu não fazia ideia de para onde estávamos indo até avistar os reservatórios familiares da indústria de concreto Boston Sand and Gravel. Pegamos diversas estradas secundárias sob o emaranhado de vias rápidas até chegarmos a uma área isolada, salpicada por vagões de trens e depósitos que ficavam vazios no fim de semana.

Daniel estava apoiado em seu Lexus SUV, vestindo uma calça cáqui e uma camisa branca. Ele estava fumando de novo. Ele deveria parar de fumar, pensei inutilmente. Ele se afastou do carro e caminhou na minha direção. Dei uma olhada em volta. Estávamos completamente sozinhos agora. Com o viaduto acima de nós, ninguém me ouviria se eu gritasse. Saí do carro, lutando contra a vontade de correr na direção oposta. Apesar de todos os motivos que ele havia me dado para não bater de frente com ele, eu estava determinada a fazê-lo.

Ele sacudiu as cinzas do cigarro e ficou parado à minha frente com os braços cruzados. Os lábios dele formavam uma linha firme.

— Connor me contou que você tem andado para cima e para baixo com Landon. Eu tinha bastante certeza de que tínhamos nos entendido quanto a isso.

— Ele também contou que a polícia apareceu lá esta manhã?

Os olhos dele se arregalaram e se voltaram para Connor. Pela primeira vez na vida, vi emoção no rosto de Connor. Ele parecia... aturdido.

— Eu não os vi, senhor. Desculpe.

Daniel olhou para mim.

— Ele devia estar fazendo uma pausa para um café. Não tem problema, eu tive uma conversinha com eles.

— O que você disse a eles?

Esperei, na intenção de que a expectativa o irritasse. Os lábios dele se estreitaram.

— É melhor você começar a falar.

— Eles tinham fotos do Mark dançando comigo no evento de gala.

— O que você disse a eles?

Fiquei olhando fixamente nos olhos dele, mantendo minha expressão o mais estável e indiferente possível.

— O que você disse a eles, cacete?

Ele segurou meus ombros e me sacudiu.

— Me solte. — Me debati para me livrar dele, sem ar por conta da adrenalina que bombeava pelas minhas veias. — Não toque em mim. *Nunca*.

Vi Connor se mexer com o canto do olho. Ele estava a postos, como se estivesse pronto para agir ao comando de Daniel.

— Eu menti, Daniel. Menti como uma profissional. Você teria ficado orgulhoso. E sabe por quê?

— Mate minha curiosidade.

— Porque por mais que eu tenha passado a odiar você, por alguma razão inexplicável, eu ainda me importo com você. Me importo com a sua vida e a sua liberdade, e até me preocupo com a porra da sua campanha idiota. Meu dedo está no gatilho e eu não consigo atirar. — Respirei, tentando manter o tremor sob controle. — Porque eu não sou isso. Eu nunca serei como você. Nunca vou jogar esse jogo só por prazer doentio e ganancioso.

— Tenho certeza de que esse não é o único motivo.

— É o único motivo. Não tenho mais medo de você.

Ele me deu uma olhada arrepiante, seus lábios se curvaram em um rosnado.

— Talvez você devesse ter.

— Mando você para a cadeia por assassinato antes de você me matar, Daniel. Ah, e não nos esqueçamos da obstrução da justiça.

Os olhos dele se estreitaram ligeiramente.

— É, Blake me contou tudo sobre isso. Como é saber que todos aqueles esforços imensos que você empreendeu para acobertar Mark abriram caminho para ele fazer o que fez comigo, da mesma maneira que fez com tantas outras meninas?

O maxilar dele se contraiu.

— Obrigada por isso, pai.

Ele se encolheu levemente ao som daquela palavra. Eu o estava deixando irritado, e isso me encorajou.

— As ameaças, as manipulações, você tentando me assimilar ao seu mundo. Toda essa merda vai parar agora. Hoje.

Ele soltou uma risada curta.

— O que lhe dá essa ideia?

— Quando minha mãe morreu, eu não tinha ninguém. Ninguém — Minha voz vacilou, mas engoli em seco para manter a emoção sob controle. — Ela me dera todo amor que podia dar, pelo tempo que pôde. E daquele momento em diante, eu tive que descobrir como me virar sozinha. Eu ditei as regras. Me virei com tudo. Mesmo quando pessoas como

Mark surgiram na minha vida, ameaçando destruir tudo, eu sobrevivi. Eu prosperei. E você não vai tirar isso de mim. Vim longe demais para viver sob o comando de alguém. De você ou de Blake. De quem quer que seja.

Ele se voltou para Connor, que, então, se afastou alguns passos, ficando longe do alcance de nossas vozes. Relaxei um pouco.

— Você parece bastante certa disso. Eu entendo que você está tentando ser forte aqui, mas acho que conversamos sobre como me sinto com relação a pessoas me ameaçando.

— Não estou ameaçando você. Estou argumentando com você, porque você não fez nada além de ser irracional desde o começo. Você não acha que mereço ser ouvida, se esse contato significa alguma coisa para você?

A expressão dele não mudou. Ele não ia ceder facilmente.

— Eu percebi uma coisa hoje. Você tem tornado minha vida um inferno desde que Mark morreu e eu teria feito qualquer coisa para impedir isso. Mas não posso ver você ir para a cadeia ou mesmo ver sua campanha desmoronar sob as minhas mãos. E você não pode apagar sua própria filha. Em algum lugar nesse seu coração gelado, você se importa comigo. E você pode se importar comigo e confiar em mim sem ser meu dono. Não é bem uma valsa de pai e filha, mas acho que, em uma versão fodida da realidade, isso é amor.

Ele não deu indicação alguma de que queria falar, então continuei. Eu jogaria todas as cartas na mesa. Não tinha mais nada a perder.

Minha voz ficou mais baixa. Eu estava quase gritando até agora.

— Sei que você amou minha mãe. Vejo nos seus olhos toda vez que falamos dela.

Ele se encolheu, seu maxilar se contraindo.

— Não fale comigo sobre Patty. Você não sabe nada sobre isso.

— Não sei o que aconteceu entre vocês dois, mas sei que, se vocês tivessem ficado juntos, minha vida teria sido muito diferente. Nenhum de nós pode mudar essas circunstâncias agora. Mas tentar assumir o volante da minha vida a esta altura do jogo não vai funcionar para nenhum de nós, confie em mim. Se você ainda sente um pingo de amor por ela, ou arrependimento pelo que você deixou para trás, estou implorando que você desista disso tudo e seja o tipo de homem que ela queria que você fosse antes de você dispensá-la.

Os lábios dele se abriram ligeiramente e ele olhou para além de mim. Capturei um lampejo de emoção; a dor que eu achava ter entendido mal quando falei com ele sobre minha mãe. Eu estava apostando na chance de que, em algum lugar do coração dele, ele ainda a amasse. O suficiente para me amar.

Ele soltou um respiro lento.

— Nunca teria dado certo. Eu fiz um favor a ela ao terminar tudo. Ela não teria sido feliz com essa vida.

— E por que eu seria?

Joguei as mãos para o alto, exasperada.

Ele enfiou as mãos no bolso e olhou para mim de novo. Um longo momento se passou entre nós. Olhar nos olhos azul-claros dele me encheu de emoções conflitantes. Um pai, uma filha, e cá estávamos, brigando e nos ameaçando. Nossos corações estavam repletos de raiva e desconfiança. Sob tudo isso, devia haver algo que valesse a pena proteger, mas estava tão fraco e enterrado tão fundo na sujeira que eu mal conseguia acreditar que existia.

Ele parou de me olhar e pegou outro cigarro. As mãos dele tremiam um pouco enquanto ele o acendia.

— Então, você disse o que queria. E agora?

Suspirei.

— Chega de vigilância. Nunca mais quero ver a cara do Connor de novo. E chega de ameaças. Fique longe de Blake e de mim a não ser que, em algum momento, eu sinta que possa confiar em você de novo.

— Ele sabe de tudo agora, suponho.

— Não se preocupe com ele. Sei que é difícil confiar em mim, mas não estou realmente lhe dando uma escolha.

— Talvez seja nele que eu não confio.

— Machucar você seria me machucar. E ele me ama demais para fazer isso.

Ele fez uma pausa.

— E se ele parar de amar você?

Aquelas palavras pairaram sobre mim. Eu passara dias em agonia com medo de que exatamente isso tivesse acontecido. Eu dei muitos motivos a Blake para ele parar de me amar, e ainda assim ele não havia desistido de nós.

— Eu jamais darei a ele motivo para isso.

— E o trabalho na campanha, suponho que você esteja esperando se livrar disso também?

— Se eu souber que posso confiar em você para parar com essa loucura, eu vou ajudá-lo. Conversei com Will e elaboramos um bom plano, que vai permitir que eu dê consultoria à sua equipe sem abrir mão da minha empresa. Ele pareceu achar que seria uma ótima solução, mas queria repassar a você. Estou assumindo que ele não fez isso.

Ele balançou a cabeça e um sorriso torto ergueu seus lábios.

Franzi o cenho.

— O quê?

— Eu sinceramente não sei dizer se você se parece mais comigo ou com ela a esta altura.

Não pude conter um sorriso pequeno.

— É, às vezes eu fico pensando nisso também.

Eu me agitei um pouco. Toda aquela conversa havia se tornado um tanto surreal. É sério que eu acabei de vencer uma discussão com Daniel Fitzgerald?

— Ouça, tenho que voltar antes que Blake mande uma patrulha de busca.

— Ele não sabe que você veio?

— Deus, não. Tive que sair escondida do apartamento e passar por um monte de guarda-costas. Ele provavelmente está enlouquecendo neste momento.

Seus olhos se estreitaram um pouco.

— Bom, acho que não vou precisar me preocupar que ele não cuide de você.

Dei uma risada.

— É, isso não é problema, confie em mim.

Ele expirou pesadamente e sacudiu as cinzas do cigarro.

— Está bem. Vamos deixar isso para lá por hora, mas eu gostaria de me encontrar com você novamente em breve para falar de logística.

Hesitei, sentindo o tom autoritário na voz dele que ameaçava nos levar de volta ao ponto onde tínhamos começado.

— Eu te ligo. Francamente, preciso de um tempo para colocar meu relacionamento e minha empresa de volta nos eixos depois de tudo isso.

Ele concordou com a cabeça.

— Está bem. Connor vai levar você de volta para casa. Supondo que você não se importe com isso.

— Sim, desde que ele não esteja planejando me matar e jogar meu corpo num rio.

***

Liguei para Blake no caminho de volta. Ele havia me ligado dezenas de vezes desde que eu tinha saído e eu sabia que ele estaria desesperado.

— Erica, onde é que você está, porra?

— Estou indo para casa. Por favor, se acalme.

— Por onde você esteve? Você me deixa um bilhete dizendo para eu não me preocupar e daí desaparece completamente?

— Você não está se acalmando. Estarei em casa em dez minutos. Diga à equipe da SWAT para recuar.

— Onde você está?

— Estou bem. Está tudo bem, prometo.

Connor me deixou no fim da rua. Por mais que eu quisesse ver Clay e seus amigos atacando Connor, isso não combinava muito com o espírito de paz que eu estava tentando cultivar com Daniel. Eu me aproximei da entrada do apartamento. Blake estava andando para cima e para baixo feito um doido, berrando palavras acaloradas para Clay e outro homem musculoso vestido de preto.

Assim que os olhos dele pararam em mim, ele correu na minha direção. Eu estava esperando que ele começasse a fazer um escândalo, mas, em vez disso, ele me prendeu em um abraço que me deixou sem ar de tão apertado.

Ele me soltou o suficiente para me olhar nos olhos. O rosto dele estava tenso, sua pele esticada pelos ângulos de seus belos traços. A mão dele tremia ligeiramente quando ele segurou meu rosto.

— Nunca mais saia assim de novo. Me prometa.

Concordei com a cabeça e engoli em seco, me sentindo menos corajosa e mais culpada a cada momento que passava.

— Me prometa, Erica.

— Prometo. Me desculpe. Eu tinha que vê-lo e esclarecer as coisas.

Os olhos dele se arregalaram ligeiramente.

— O quê? Ver quem?

— Daniel.

Ele se afastou e passou as mãos pelas mechas finas de seus cabelos.

— Você está brincando comigo. Por favor, diga que isso é uma piada.

— Está tudo bem agora. Eu debati com ele. Ele ficou puto, é claro, mas acho que finalmente consegui dobrá-lo e fazê-lo entender minhas razões. Ele vai nos deixar em paz.

— Como você sabe? E se ele só estiver apaziguando você? E se ele... Meu Deus, Erica. Não consigo acreditar que você fez isso.

Pensei nisso por um segundo. Meu encontro com Daniel podia ter dado totalmente errado, completamente diferente de como tinha sido. Blake jamais se perdoaria se algo tivesse acontecido comigo.

— Ele é meu pai, Blake. Ele é horrível, às vezes, mas não me machucaria — Suspirei, grata por finalmente conseguir acreditar nisso. — Chegamos a um consenso. Ele prometeu recuar.

— E você acreditou nele?

— Eu acredito nele.

***

Passei o resto do sábado regurgitando minha conversa com Daniel para Blake, tentando fazê-lo acreditar que iríamos ficar bem. Ele ainda estava cético, mas ao menos eu o convencera de que ele não precisava vazar nenhuma informação prejudicial ao público agora. Fiz Blake jurar por nosso relacionamento.

Risa e eu concordamos em nos encontrar no Mocha no domingo de manhã. Ela suspeitaria de que algo estava errado, mas eu precisava vê-la pessoalmente. Era minha melhor chance de conseguir mais informações sobre o que ela e Max estavam tramando por debaixo dos panos.

— Oi.

Ela se sentou na cadeira à minha frente, elegante e delicada, como sempre.

Inclinei a cabeça para o lado e fiquei olhando para ela, como se a estivesse vendo pela primeira vez. De certa forma, eu estava. Estava vendo a pessoa que ela tinha sido esse tempo todo, sabendo o que eu sabia agora.

— Estou bem decepcionada, Risa. É isso que está acontecendo.

Ela empalideceu um pouco.

— Como assim?

— Estou curiosa. Por quanto tempo você planejava continuar fingindo ser parte da equipe antes de virar a casaca? Seria na hora em que a oportunidade surgisse ou você e Max tinham um plano a longo prazo?

Ela hesitou.

— Não sei bem do que você está falando.

— Eu vi que você mandou os arquivos para Max, então você pode começar a ser honesta comigo. O que quero saber é como você foi de amar o seu emprego e se importar com minha empresa a compartilhar informações confidenciais com um terceiro que planejava uma vingança, porque eu sinceramente não entendo.

O semblante dela mudou; uma amargura se espalhara pelo seu rosto.

— É mesmo? O que você não entende, Erica? Trabalhar com você tem sido um pesadelo desde o primeiro dia. Todo mundo acha que você é essa grande visionária que construiu a empresa, mas onde você estaria sem pessoas como eu? Tenho ralado por você, e para quê? Para você ganhar todo crédito?

Franzi o cenho.

— Desculpe, mas esse não é o seu trabalho?

— Vai ser quando Max e eu começarmos nosso próprio site. Já está em construção e vamos levar os patrocinadores conosco, então se considere avisada.

Soltei uma risada repleta de puro choque. A traição dela era muito mais grave do que eu tinha esperado.

— Uau, Risa. Você realmente se superou. Max também, aparentemente. Nunca subestime o poder da inveja.

Max não pararia por nada até superar Blake. Eu me arrependi de um dia ter duvidado dos avisos de Blake.

— Chame do que quiser. Boa sorte em se reerguer depois disso. Você vai se arrepender.

— O que você não está percebendo é que o sucesso da empresa não tem a ver com você. Não tem a ver nem comigo. Qualquer um de nós poderia sair, e a empresa sobreviveria. Você era parte de uma equipe, mas acho que perdeu completamente a noção do que isso significa. Boa sorte em administrar uma empresa com uma filosofia baseada em inveja e desonestidade fraudulenta.

— Vá pro inferno — vociferou Risa.

Eu me levantei para ir embora. Eu tinha ouvido tudo de que precisava. Fiz uma pausa antes de ir.

— Ah, Risa. Mais uma coisa.

— O quê?

Deixei que um sorriso lento ocupasse meu rosto.

— Blake me pediu para dizer que ele não está interessado.

# AGRADECIMENTOS

ESTE LIVRO É DO MEU marido. Obrigada por me trazer lanchinhos e me fazer *shakes* de proteína quando eu me recusava a parar de escrever. Obrigada por ser o bom pai, o chef de cozinha e levar as crianças para o futebol para que eu pudesse correr atrás de outro sonho. Obrigada por ser meu melhor amigo, meu maior fã e por me deixar falar sem parar sobre tudo.

Não consigo imaginar ser quem eu sou hoje, ter feito tudo que fiz sem você ao meu lado em cada passo do caminho, me ajudando a acreditar que tudo é possível. Quem nos tornamos e a vida que construímos juntos são melhores que qualquer outra vida que eu poderia ter imaginado. Por isso, serei eternamente grata.

Eita. OK, secando os olhos... Quem é o próximo?

Apesar de escrever ser um esforço bastante solitário para mim, quando eu de fato saio da minha caverna, há pessoas cujo apoio e entusiasmo me dão o estímulo de que preciso para seguir adiante!

Obrigada à minha mamãe por seu amor incondicional.

Obrigada, Susan, pela sua amizade, pelo seu apoio e por amar ficção apimentada tanto quanto eu.

Agradecimentos especiais à minha editora, Helen Hardt, por não deixar passar *nada* e por me inspirar a deixar o capítulo dez bem mais pervertido do que eu tinha planejado originalmente. Ainda fico vermelha.

Lauren Dawes, obrigada por seus olhos de águia!

Obrigada aos meus seguidores no Twitter pelos disparos na escrita que me motivaram nas partes difíceis e a todos os meus colegas das mídias sociais que me tornaram tão popular e amada!

Muito, muito obrigada aos muitos fãs que me mantiveram motivada nessa jornada. Seu entusiasmo me dá propósito e uma sensação boa quando eu mais preciso! Vocês, meninas, são verdadeiras estrelas, pura e simplesmente.

A HISTÓRIA DE BLAKE E ERICA CONTINUA
NA SEQUÊNCIA DA SÉRIE HACKER

# *Intensidade máxima*

# CAPÍTULO 1

MEU TELEFONE TOCOU.

B: *Saio do trabalho em vinte minutos.*

Coloquei o celular no silencioso, ignorei a mensagem de Blake e voltei meu foco novamente para Alli. Ela colocou uma mecha dos seus longos cabelos castanhos atrás da orelha e continuou atualizando a equipe quanto às estatísticas semanais da nossa *startup* virtual, o Clozpin. Ouvi atentamente, feliz por tê-la de volta no time.

Alli havia voltado a Boston há poucas semanas, mas estava finalmente dividindo uma cidade e um apartamento com Heath de novo. Heath estava feliz, ela estava feliz, e eu estava animadíssima por tê-la retomando o cargo de diretora de marketing depois do fiasco com Risa. Convidei Alli para voltar antes mesmo de demitir Risa pelo vazamento das informações confidenciais sobre a empresa.

Eu me encolhi só de pensar naquilo. Alli era uma fonte de otimismo, mas a traição de Risa ainda me machucava. Eu não tivera notícias dela desde nosso último encontro e, de alguma forma, o silêncio entre nós me enchia mais de medo do que de qualquer outra coisa. Eu queria duvidar da capacidade dela de começar um site concorrente com Max, nosso quase-investidor e inimigo declarado de Blake, mas o desconhecido me preocupava. E se eles conseguissem roubar nossos anunciantes? E se eles conseguissem construir algo que fosse realmente melhor e satisfizesse uma necessidade que o Clozpin não satisfazia?

Com o dinheiro que Max estava injetando, aliado às informações internas que Risa coletara diretamente de tudo que eu havia aprendido em minha breve aventura como CEO da empresa, tudo era possível. E algo na maneira como ela nos deixou, com tanta raiva e ressentimento, fortaleceu todas as inseguranças que eu tinha com relação a administrar um negócio. Eu ainda estava dando meus primeiros passos, sem sombra de dúvida. Queria acreditar que conseguiria me virar sozinha e, em muitos sentidos, eu consegui, mas ainda tinha muito a aprender.

Outra mensagem chegou no meu celular, distraindo-me tanto quanto a outra ao vibrar sobre o tampo de vidro da mesa de reuniões.

B: *Erica?*

Revirei os olhos e digitei uma resposta rapidamente. Eu sabia que ele iria me encher o saco até que eu lhe desse atenção.

E: *Estou em uma reunião. Ligo mais tarde.*

B: *Quero você nua na minha cama quando chegar em casa. Melhor você ir embora logo.*

E: *Preciso de mais tempo.*

B: *Vou estar dentro de você em uma hora. Seu escritório, nossa cama, a escolha é sua. Resolva* aí.

O ar da sala ficou repentinamente frio demais contra minha pele quente. Tremi e meus mamilos enrijeceram, raspando desconfortavelmente na blusa. Como ele fazia isso? Algumas palavras bem colocadas, mesmo que enviadas por mensagem de texto, me fizeram ficar de olho no relógio.

— Erica, tem mais alguma coisa que você queira repassar?

Meus olhos se fixaram nos de Alli. Ela arqueou a sobrancelha como se desconfiasse de que eu não estava prestando atenção. Tudo em que eu conseguia pensar eram as consequências de deixar Blake esperando e a resposta física a essa expectativa já estava se tornando difícil de ignorar. Afastei meus pensamentos das promessas de Blake e voltei ao presente.

— Não, acho que por hoje é só. Obrigada a todos.

Peguei minhas coisas rapidamente, ansiosa para entrar em movimento. Gesticulei para dispersar o restante da equipe e eles voltaram às suas estações de trabalho. Alli me seguiu até passarmos pelas divisórias de meu escritório.

— O que está rolando com Perry? Não quis tocar no assunto durante a reunião, já que a situação é um tanto esquisita.

— Nada demais. Ele me mandou outro e-mail, mas eu ainda não respondi.

Eu não teria tempo de entrar nos pormenores daquela situação agora se quisesse cumprir o prazo de Blake.

— Você está pensando em aceitá-lo como anunciante?

— Ainda não sei.

Eu ainda estava em conflito quanto a isso.

Os grandes olhos castanhos de Alli se arregalaram.

— Blake sabe que ele entrou em contato com você?

— Não.

Encarei-a com severidade, deixando claro, sem palavras, que eu não queria que ele soubesse. Na última vez em que eu vi Isaac Perry, Blake o prensara contra a parede pelo pescoço, ameaçando castrá-lo se ele ousasse tocar em mim algum dia de novo. Eu não queria justificar o péssimo comportamento de Isaac naquela noite nem queria perdoá-lo, assim como Blake não queria. Mas negócios eram negócios.

— Ele não vai ficar feliz se você acabar trabalhando com Isaac.

Enfiei o laptop na bolsa.

— Você acha que eu não sei disso?

As associações mentais de Blake atrapalhavam mais decisões corporativas estratégicas do que eu queria admitir.

Alli se apoiou na mesa.

— Então o que você vai fazer? Perry deve estar oferecendo algo impressionante se você ainda não o dispensou de vez.

— O Grupo Perry Media representa uma dúzia de publicações multimídia por todo o globo. Não estou dizendo que confio nele, mas ao menos posso ouvir o que ele tem a dizer.

Ela deu de ombros.

— O que você achar melhor para a empresa, seja lá o que for, eu vou apoiar. Também não me importo em lidar diretamente com ele, se você se sentir mais confortável assim.

— Obrigada, Alli. Mas prefiro chegar à raiz disso eu mesma. Podemos conversar mais sobre isso depois? Preciso ir. Blake está me esperando.

— Ah, vocês vão sair?

Ela ficou animada imediatamente, e sua persona corporativa desapareceu, substituída pela melhor amiga energética que tornava todos os dias um pouco mais alegres.

— Hum, temos planos. Vejo você mais tarde — respondi, sem querer parecer enigmática antes de sair do escritório e dar uns "tchaus".

Um minuto depois, estava fora sob o calor externo do início de agosto. O tráfego da hora do rush se arrastava e meu telefone começou a tocar antes que eu pudesse dar os primeiros passos para casa. Resmunguei e peguei o celular na bolsa. Blake podia ser enlouquecedoramente persistente. Quando olhei, um número de Chicago apareceu na tela.

— Alô? — atendi, hesitante.

— Erica?

— Sim, quem é?

— Sou eu, Elliot.

Coloquei a mão na boca, abafando a surpresa que tive ao ouvir a voz de meu padrasto.

— Elliot?

— Você tem um minuto? É uma hora ruim?

— Não, está tudo bem. — Empurrei a porta do Mocha, o café no térreo, para sair do calor. — Como você está? Não falo com você há uma eternidade.

Ele deu uma risada.

— Tenho estado ocupado.

Sorri comigo mesma. Fazia muito tempo que eu não ouvia aquele som.

— É claro. Como estão as crianças?

— Estão muito bem. Crescendo rápido demais.

— Aposto que sim. Como está Beth?

— Está bem. Ela voltou a trabalhar, agora que as crianças estão na escola, então está bastante ocupada. Nós dois estamos. — Ele pigarreou e deu um respiro audível. — Escute, sei que não tenho sido muito bom em manter contato. Sinceramente, me sinto péssimo quanto a isso. Eu realmente queria ter ido à sua formatura. As coisas estavam simplesmente frenéticas por aqui...

— Não tem problema, Elliot. Eu entendo. Tem muitas coisas acontecendo por aí.

— Obrigado. — Ele suspirou silenciosamente. — Você sempre foi muito sensata. Mesmo quando era mais nova. Às vezes, penso que você tinha mais controle do que eu. Sei que sua mãe teria orgulho da mulher que você se tornou.

— Obrigada. Espero que sim.

Fechei os olhos, permitindo que uma lembrança de minha mãe tomasse conta da minha mente. Apesar da fachada de força que eu sustentava, meu coração doía com a memória — tempos em que nós três éramos felizes. Aquele tempo tinha sido interrompido ab-ruptamente quando minha mãe foi diagnosticada com câncer, uma doença que se alastrou com uma velocidade alarmante e a tirou de nós cedo demais.

Apesar de nossas vidas terem seguido rumos diferentes depois da morte dela, eu torcia para que Elliot tivesse encontrado a felicidade com sua nova esposa e seus filhos. Mesmo que isso tenha custado qualquer chance de uma infância normal para mim. O colégio interno e, depois, a faculdade, haviam me criado. Mesmo assim, eu não conseguia imaginar outra coisa. Essa era minha vida, até uma vida que estava finalmente começando a ganhar forma, agora que eu concluíra os estudos, e que me levara até Blake.

— Tenho pensado muito na Patricia esses dias. Não consigo acreditar que já faz quase dez anos. A vida escapa da gente, às vezes. Isso me fez perceber há quanto tempo não nos falávamos.

— É verdade. Esses últimos anos passaram voando. Especialmente nos últimos tempos. Eu era louca se achava que estava ocupada antes.

Entre a empresa e meu relacionamento com Blake, minha vida havia virado de cabeça para baixo algumas vezes. Bem quando as coisas começavam a se acalmar, ela parecia arremessar algo novo.

— Bom, vou ver se conseguimos ir até Boston em breve. Não consigo suportar a ideia de deixar dez anos se passarem sem... você sabe, algum tipo de consideração. Nós devemos ao menos isso a ela.

Minha boca se curvou em um sorriso triste.

— Seria legal. Eu adoraria.

— Ótimo. Vou ver o que posso fazer.

— Me avise quando escolher a data, que eu me organizo aqui.

— Perfeito. Vou conversar com Beth em breve e aviso o que decidirmos.

— Vou aguardar ansiosa. Eu adoraria ver você de novo e, é claro, conhecer sua família.

*Sua família.* As palavras soaram estranhas quando saíram de mim.

— Cuide-se, Erica. Eu entro em contato.

Despedi-me, mas no segundo em que desliguei, outra ligação apareceu. Meu coração acelerou quando vi o número de Blake.

*Merda.*

***

Entrei no apartamento e larguei minhas bolsas no balcão da cozinha. As luzes estavam desligadas, mas o sol da tarde espiava por entre as janelas acortinadas. Quando entrei na sala de estar, ouvi a voz de Blake.

— Você está atrasada.

Virei e o vi no bar do outro lado da sala. Ele estava sem camisa, descalço, e segurava um copo meio vazio. O rosto dele estava isento de emoções, mas, mesmo assim, de alguma forma, cheio de uma intensidade que me deixou louca imediatamente. Seus olhos verdes pareciam brilhar sob a luz fraca da sala. Seu maxilar estava apertado, relaxando apenas brevemente para tomar um gole.

— Desculpe, recebi uma ligação...

— Venha aqui.

Deixei que minhas próximas palavras evaporassem sem serem ditas. Não íamos discutir a ligação inesperada de Elliot, pelo menos não agora. Havia algo de errado na maneira como ele me olhava, com o tom impiedoso em sua voz ao pronunciar aquelas duas palavrinhas.

Caminhei lentamente na direção dele até que estivéssemos a centímetros de distância e o calor irradiasse entre nós. Blake era inegavelmente maravilhoso, beleza masculina aperfeiçoada. Alto e magro, seu corpo fazia meu cérebro entrar regularmente em curto-circuito. Desta vez não foi diferente. Toquei no peito dele, incapaz de resistir à nossa proximidade. Seus músculos se contraíram em resposta.

— Tire a blusa — ordenou ele.

Analisei seus olhos por um instante, mas não encontrei humor algum. Ele estava parado à minha frente como uma estátua, uma peça de arte lindamente esculpida, fria e imóvel. Deslizei os dedos levemente sobre o abdômen dele, escorregando-os até o cós da calça jeans, na altura de seus quadris.

— Você está bem? — murmurei.

Eu já o tinha visto daquele jeito antes. Ele não precisava me contar, porque eu já sabia que algo ou alguém o tinha tirado do sério hoje.

Ele se encolheu, de maneira quase imperceptível.

— Vou ficar melhor em um minuto.

Sabendo o que o faria chegar lá, tirei minha blusa e a larguei no chão.

— Melhor?

Inclinei a cabeça, esperando despertar o amante brincalhão dentro dele.

Seus olhos não mudaram, férreos como nunca.

— Não me faça esperar de novo, Erica.

A voz de Blake era surpreendentemente grave. Prendi a respiração, tentando, em vão, controlar as reações do meu corpo a ele. Aquela mistura potente de desejo e expectativa cresceu dentro de mim. Os detalhes do dia ficaram difusos ao fundo, secundários perante o presente e o homem dominador que estava a instantes de matar sua vontade sexual e iria usar o meu corpo muito bem para isso.

Desci a mão até o contorno duro da ereção dele e o toquei por cima do tecido desgastado de sua calça.

— Estou aqui agora. Me deixe compensar.

Ele segurou meu pulso.

— Você vai, pode ter certeza.

Olhei para Blake por entre os cílios. Ele me soltou e colocou a mão no meu peito. Contornou a borda de renda do sutiã e a pele por debaixo dela. O mero contato me esquentou. Abaixou o bojo do sutiã bruscamente, segurou meu seio livre com a mão e passou o polegar pelo mamilo. Eu me curvei na direção dos movimentos circulares lentos à medida que uma centelha de desejo se instalava na minha barriga.

Gemi e ele beliscou com força. Puxei o ar por entre os dentes, mas não o afastei. O lábio dele se curvou para cima e um lampejo de terrível travessura passou por seus olhos.

— Tire a roupa e se debruce na mesa.

O brincalhão havia chegado, junto com outra pessoa.

Franzi o cenho na direção da sala de jantar e da grande mesa de madeira de demolição no meio dela. Antes que eu pudesse discutir, ele bateu na minha bunda e me deu um empurrão delicado naquela direção. Eu me movi rapidamente e tirei a saia, o sutiã e a calcinha. Fiquei olhando para a mesa, apoiando as mãos na madeira texturizada quente. No meio da mesa, havia cordas enroladas em uma pilha.

— Abaixe — disse ele em um tom severo.

Ele colocou a mão entre as minhas clavículas e me empurrou mais para baixo. Deslizei as mãos à minha frente, expirando bruscamente quando meu corpo tocou na mesa fria, a parte de cima das minhas coxas pressionadas com firmeza na beirada. A expectativa me mantinha refém, me roubava toda capacidade de enxergar sentido em qualquer coisa além da certeza de que Blake estava assumindo o controle agora.

E eu dei isso a ele.

Assim que eu saí da minha rotina profissional e entrei no apartamento que agora dividíamos, eu entrei em guerra com quase todos os meus instintos. Entreguei todo o controle ao homem que eu amava, confiando que ele cuidaria de nós dois. Ele sempre cuidava, mas às vezes eu não conseguia resistir à vontade de revidar só um pouquinho, para que ele soubesse que eu ainda estava ali, lutando.

Ele passou uma mão fria na minha bunda. Fiquei tensa em resposta ao simples toque. Mordi o lábio, me preparando para o que sempre vinha depois.

— Você se atrasou vinte minutos. Sabe o que isso significa?

Antes que eu pudesse falar, a mão dele acertou minha bunda com tudo. Choraminguei com a dor aguda. Então, a ardência se dissolveu, liberando um calor feroz pelo meu corpo. Eu me curvei, empurrando-o de volta.

— Você vai me castigar? — perguntei baixinho.

— É isso que você quer?

— Sim.

A docilidade das minhas respostas ainda me surpreendia, considerando quão longe tínhamos ido e como eu adorava esses aspectos sombrios que encontrávamos um no outro. Admitir quanto eu gostava disso ainda exigia certa dose de coragem.

— Que sorte a sua. Você vai ganhar vinte palmadas. Quero que você conte. Não se esqueça, ou vou pegar o cinto.

Sem demoras, ele bateu na minha bunda de novo, com força suficiente para ecoar pela sala. No segundo em que prendi a respiração, me apressei em falar.

— Um.

— Isso mesmo.

Ele deu mais uma.

— Dois.

Com cada palmada punitiva, eu ficava mais apertada e mais molhada, uma circunstância que eu ainda não conseguia compreender bem. Mas apanhar me deixava louca pra caralho. Quando chegamos nos números de dois dígitos, eu estava agarrada à mesa com as unhas, mais do que pronta para o prazer que viria depois da dor deliciosa.

*Vinte.*

Suspirei e relaxei sobre a mesa. O alívio foi curto, já que Blake agarrou meu rabo de cavalo e me forçou a levantar.

— Levante.

Eu me endireitei e ele me virou. Abriu a boca como se quisesse falar, mas, em vez disso, aproximou nossos corpos. A pele dele queimava sob a minha, e, de repente, eu o queria ainda mais. Ele colou os lábios nos meus em um beijo bruto. O aroma de uísque se misturou ao cheiro de almíscar dele. Abri os lábios, convidando-o, querendo o sabor dele na minha língua. Ele puxou meu rabo de cavalo delicadamente, interrompendo o contato.

— Você é gananciosa demais.

Fiz bico.

— Você é mimada e não me ouve.

— Eu ouço — insisti.

— Talvez até ouça, mas não obedece porcaria nenhuma. A brincadeira acabou. Você precisa aprender e, esta noite, eu vou ensiná-la.

Lutei contra o medo que se espiralou no meu estômago. Medo do desconhecido.

— Me desculpe.

— É um bom começo. Suba na mesa.

Hesitei por um segundo e, então, rapidamente subi na beirada. Ele meneou a cabeça e me empurrou para trás.

— Para o meio. Rápido.

Ergui as sobrancelhas, mas não o questionei, me movi hesitantemente para o meio. Enquanto eu o fazia, ele deu a volta na mesa e tirou a corda do meu caminho.

— Deite.

Obedeci e ele segurou meu pulso, estendendo meu braço até o canto da mesa. Com uma velocidade e uma destreza chocantes, ele amarrou meus braços aos pés da mesa. Enquanto ele se dirigia aos meus tornozelos, puxei a corda, testando sua amarração. Sem chance.

Ele amarrou uma perna, e depois a outra, até que eu estava completamente aberta na mesa.

— Assim é melhor.

Ele deu um apertão de leve na minha panturrilha.

Minha pele esquentou até as bochechas à medida que a percepção da minha vulnerabilidade se instalou. Eu queria dizer a ele que aquilo era demais. As palavras estavam na ponta da língua, mas eu já estava molhada e desejosa por ele, por qualquer coisa que ele estivesse tramando naquela mente pervertida. Para aumentar ainda mais minha inquietação crescente, Blake se afastou até ficar fora do meu campo de visão.

— Aonde você vai?

Tentei esconder a ansiedade na minha voz.

— Não se preocupe. Não vou embora. Não quando você está aberta assim pra mim, como um banquete.

Ouvi gelo batendo no interior de um copo e, então, o ruído baixinho de líquido o enchendo. Ele voltou e ficou parado à minha frente, levando o copo à boca, escondendo o espectro de um sorriso em seu lindo rosto. Algo na sua expressão prometia que eu sofreria uma tortura lenta em breve. O desejo que pulsava em mim duplicou. Eu estava completamente à mercê dele.

Segundos que pareceram minutos se passaram. Meus seios se moviam no ritmo da minha respiração, que havia acelerado enquanto eu esperava. Pelo quê? Eu não fazia ideia, mas as possibilidades me entusiasmavam.

Ele ergueu o copo mais uma vez, virou o conteúdo, e o largou ruidosamente na mesa entre minhas pernas. Ele colocou a mão dentro dele e barulhinho do gelo foi seguido pelo choque silencioso do frio na minha pele. Ele traçou um caminho lento e molhado pela pele sensível da parte interna da minha coxa. Tremi, contraindo-me, enquanto ele subia dos meus quadris para a minha barriga. O cubo foi derretendo lentamente no meu umbigo enquanto ele pegava outro.

Ele deu a volta na mesa, vindo para o meu lado. Com o cubo seguinte, ele circundou meus mamilos, demorando-se em cada um deles. No limite da dor, suprimi meu protesto. Eu não podia arriscar mais castigos se isso fosse retardar sua jornada para dentro de mim. Ele usou os lábios, substituindo o frio amortecedor do gelo pelo calor molhado de sua boca. Seus dentes morderam as pontas enrijecidas enquanto uma mão fria encontrava seu lugar entre minhas coxas.

Ele emitiu um ruído apreciativo, deslizando facilmente por minha entrada, provocando meu clitóris.

— Você gosta quando eu amarro você, gata?

Lambi meus lábios secos, assentindo rapidamente com a cabeça. Eu gostava? Não tinha certeza. Tudo que eu realmente sabia era que não queria que ele parasse. Eu não queria dizer nada que o impedisse de me dar o prazer que só ele conseguia. Ele me mantinha a ponto de bala, um estado tão elevado e tão impotente que era quase insuportável. Eu me mexi nas amarras, a corda machucando minha pele.

— Pare de lutar, Erica.

Ele se endireitou, me privando de seu toque e de sua proximidade.

— Achei que você estivesse com pressa — reclamei, tentando conter o desejo que ardia dentro de mim com mais ferocidade a cada minuto que se passava. Malditos fossem ele e sua corda.

Ele sorriu.

— Eu estava, embora a ideia de punir você amenize o senso de urgência. Agora, eu só estou me divertindo.

Fechei os olhos. Meu peito se expandiu com um respiro fundo e eu me obriguei a relaxar. Enquanto o fazia, senti um choque gelado entre minhas pernas.

Gritei, de surpresa e de uma sensação que eu ainda não estava convencida de que era desconforto. Meu clitóris estava latejando sob o gelo enquanto ele manuseava sobre meu sexo, entre meus lábios. Soltei o ar quando Blake o afastou das partes mais sensíveis e mergulhou a ponta delicadamente na minha entrada. Quando eu achei que talvez ele me desse uma trégua, o toque suave deu lugar ao gelo. Por quanto tempo ele conseguiria fazer isso comigo e manter seus próprios desejos sob controle? Por quanto tempo *eu* conseguiria fazer isso? Eu estava prestes a explodir e gritar.

— Blake, não posso... Não posso mais fazer isso. Você está me matando.

— Como você se sente ao esperar... ao querer?

Apertei o maxilar, tentando me distrair da dor terrível entre minhas coxas. Me contorci contra minha vontade, sabendo que isso não o deixaria mais perto de me foder.

— Estou odiando.

— Acha que devemos parar?

— Sim — respondi, o desespero claro em minha voz.

Ele se aproximou, roçando os lábios na pele sensível do meu pescoço. Ele contornou a curva da minha orelha com a língua, uma tortura lenta e única.

— Implore.

Minha pele se arrepiou toda. Curvei meu peito para cima, para o nada, visto que ele mal estava me tocando agora.

— Me diga o quanto você quer isso. Preciso das palavras.

— Blake... Por favor, só me foda.

— Isso parece uma ordem. Quero uma súplica.

Gemi e ele se afastou, sem tocar mais em mim em lugar algum.

— Blake!

Eu estava furiosa e desesperada.

— *Submeta-se.*

Fiquei abalada com o tom severo na voz dele.

— Você precisa se submeter a mim, Erica, se quiser gozar. Chega de joguinhos. Chega de me testar.

Engoli em seco, lutando contra o instinto de me enervar com a ordem dele. *Submeta-se*. Minha garganta se fechou, como se aquela palavra tivesse se alojado ali e não fosse descer até que eu a aceitasse. Aquela palavra significava tanto. Submeter-me era mais fácil quando eu o estava persuadindo a conseguir o que ele precisava de mim. Agora ele estava conseguindo o que queria. Ele não estava pedindo e não estávamos negociando.

Fechei os olhos, esforçando-me para ouvir a voz na minha cabeça que me dizia para relaxar, para me deixar levar.

— Você não está facilitando as coisas.

Eu queria que ele entendesse minha resistência, que fizesse vista grossa para ela, talvez. Mesmo quando ele dava uma de dominador comigo, às vezes me dava espaço para revidar.

— Passei o dia todo apagando incêndios. Quero voltar pra casa, pra você, e não quero ter que castigar você toda vez. Se precisar, eu vou fazer isso, mas não vou sempre pedir com jeitinho e tornar as coisas fáceis. Então é melhor você se acostumar a se submeter. Você está pelada, amarrada à mesa e a um passo de gozar. Você quer gozar?

— Sim, muito.

— Então *implore*.

— Por favor...

A súplica saía fraca de meus lábios.

— Estou ouvindo, Erica. Por favor, o quê?

— Por favor, me faça gozar. Quero suas mãos em mim. Faço qualquer coisa... Eu juro.

— Você vai estar em casa, nua, quando eu pedir da próxima vez?

— Vou.

As pontas dos dedos dele roçaram em meu clitóris latejante. Inspirei bruscamente e ergui os quadris para ir de encontro ao toque dele, mas ele se afastou de mim com a mesma rapidez com que tinha chegado.

— Promete?

— Prometo. Meu Deus, farei qualquer coisa.

— E eu não vou ter que lhe dar instruções sobre como se submeter de novo, vou?

— Não — prometi, sacudindo a cabeça enfaticamente.

O calor da mão de Blake irradiou onde eu tanto precisava dele. Resisti à vontade de aproximar meu corpo mais alguns centímetros. *Que inferno, isso é tortura.*

Cada célula do meu corpo se tensionou na direção do toque dele e, mesmo assim, eu não tinha controle algum.

Essa era a realidade que eu relutava em aceitar. De alguma forma, eu precisava confiar que ele que nos levaria lá. Com essa percepção, algo dentro de mim relaxou. Enfraqueci sobre a mesa, não mais lutando contra as amarras. Meus músculos se renderam, mas minha mente girava, tão sem controle quanto meu corpo; ambos o queriam desesperadamente.

Então, ele me tocou. Cobrindo meu sexo com a mão, ele me segurou com firmeza.

— Isto é meu. Você não vai gozar a não ser que eu queira. Você entendeu?

Eu o encarei, desorientada com meu próprio desejo. Eu estava a segundos de gritar de tão crítica que era a minha situação, como se, de alguma forma, as frustrações do dia dele tivessem passado diretamente para mim.

— Serei o que você precisar.

Os olhos dele ficaram um pouco mais amenos com a minha concessão. Então, ele me penetrou com dois dedos. Meu maxilar se abriu, soltando um ofego de alívio. Ele girou dentro de mim, explorando minhas profundezas molhadas. Tremendo, contraí-me em torno dele, querendo mais, porém grata por simplesmente ter alguma coisa. Ele movimentou os dedos delicadamente e massageou meu clitóris com o polegar em círculos rápidos.

Soltei um gritinho com a potência daquele movimento, aliviada e envolvida novamente de imediato. Meus nervos retornaram à vida, e minha carne quente estava pronta para ele novamente. Céus, o homem tinha o dom de me deixar dolorosamente ciente de quanto meu corpo ansiava pelo seu toque. Eu me segurei quando meus quadris se ergueram um pouquinho, involuntariamente.

*Implore.* A exigência ecoava na minha cabeça, sensual e impiedosa. Meu peito palpitava. O sangue pulsava por minhas veias, cantarolando em meus ouvidos. Os princípios de um orgasmo irrefreável engatinhavam dentro de mim e eu não ia deixá-lo escapar. Nem por orgulho, nem por nada no mundo.

— Não pare. Estou implorando, por favor, não pare.

— É isso que eu quero ouvir, gata. Você me quer inteiro aí?

— Céus, sim.

— Quer que eu deixe você gozar primeiro?

Um redemoinho de cores passou por trás dos meus olhos e todos os meus músculos se tensionaram de expectativa. Meus olhos se abriram de súbito quando percebi que ele ainda não havia me dado permissão explícita para gozar. Fui de encontro ao olhar sombrio de Blake, suas pálpebras semicerradas com o mesmo tipo de desejo que estava me inundando naquele exato momento.

— Por favor, deixe. Blake, por favor.

Ele se abaixou e tomou minha boca em um beijo bruto. Nossos lábios se apressaram um sobre o outro, as línguas se batiam e chupavam. O tempo todo os dedos dele continuaram seus movimentos, me fodendo delicadamente, me levando ao ápice. O prazer ardente tomou conta de mim, como se o único sentido do mundo viesse dos locais em que nossos corpos se encontravam, do prazer que ele estava me concedendo. E eu estava tão grata quanto desesperada para tê-lo. Um calor arrebatador me assolou. Comecei a tremer com o esforço para não gozar.

— Ó Deus — choraminguei, perdendo a noção da realidade, de tudo. — Por favor, por favor, por favor.

— Goze, Erica. Agora — disse ele roucamente na minha boca, seu toque íntimo se aprofundando.

Ofeguei por ar, curvando-me em cima da mesa. Presa pela corda, eu não podia acelerar nada, controlar nada. As palavras, a ordem, haviam me deixado nua. Eu era uma propriedade. *Dele*. À mercê e ao comando de Blake, cheguei ao limite com um gemido. Fechei as mãos em punhos, presas com força e esticadas enquanto o clímax me rasgava por dentro.

O mundo ficou em silêncio naquele instante perfeito. Eu ainda estava tremendo quando ele saiu de mim. Os dedos dele se puseram a trabalhar, afrouxando a corda em torno dos meus tornozelos. Em algum momento após o orgasmo delirante, senti alívio com essa nova liberdade. Segundos depois, ele estava totalmente despido, cobrindo meu corpo com o dele. Ele engatou minhas pernas em torno de sua cintura e, com a cabeça grossa de seu pau na minha entrada, penetrou-me alguns centímetros.

— Estou tão duro que chega a doer. Vou foder você fundo, tão fundo que na próxima vez você não vai esquecer a quem você pertence, gata. Vou fazer você gozar de novo e de novo, até que você confie em mim para dar a nós o que nós dois queremos.

Minha voz estava perdida em delírio. Eu estava zonza, mal estava preparada para o que ele iria me dar a seguir. Os músculos do seu tronco ficaram duros e tensionados quando ele enrolou o braço na minha cintura. Seus olhos verdes estavam sombrios e dilatados e se fixaram nos meus. Foi então que eu o vi — o homem, e o animal que habitava sob a superfície.

Ele precisava daquilo. Ele precisava de mim daquele jeito.

— Blake. — Lambi os lábios, agora secos pela minha respiração acelerada. — Me beije... Por favor.

A tensão no olhar dele e a determinação dominante deram lugar a algo diferente.

E eu o senti quando nossos lábios se encontraram, com mais cuidado agora do que antes, mas não com menos paixão. Amor. Eu reconhecia. Com todas as suas perversões e seus problemas enlouquecedores de controle, eu amava aquele homem. Tanto quanto ele precisava daquilo, eu precisava ser aquilo para ele.

— Eu te amo.

As palavras saíram apressadamente de mim quando interrompi nosso beijo.

Aqueles olhos intensos queimaram nos meus mais uma vez. O desejo que vibrava pelo corpo dele pareceu emudecer por um instante. Então, ele se abaixou de novo. Seus lábios roçavam carinhosamente nos meus.

— Não consigo respirar sem você, gata. Você me destrói e então me reconstitui de novo. Você aceita tudo, e ainda me ama por isso.

O questionamento nos olhos dele e a dúvida naquelas últimas poucas palavras partiram meu coração um pouquinho.

— Blake... sou sua. Eu quero isso. Quero cada parte de você.

Minha garganta se fechou, por razões totalmente diferentes agora. Desejo e um amor de esmagar a alma se espalharam por mim, irradiando entre nós.

Nossos lábios se encontraram novamente e ele investiu para dentro de mim, mergulhando a língua na minha boca ao fazê-lo. Meu sexo se contraiu em torno dele, dilatando--se em volta de seu pau grosso. E então, ele estava afundado em mim. Estávamos tão perto que nossas almas se uniam ao mesmo tempo em que uniam nossos corpos. Ele retrocedeu e investiu novamente, atingindo-me mais fundo. Ofeguei. O corpo dele era rijo em cima do meu, tremendo com o esforço que ele fazia para se conter. Eu sentia aquilo também, aquela necessidade de explodir, de ser tragada por esse desejo selvagem.

O calor queimava nos olhos dele enquanto ele colocava a mão na minha nuca, apoiando o peso do corpo no cotovelo. Travei os tornozelos em torno da cintura dele enquanto seu bíceps se flexionava na minha cintura. Então, ele penetrou com força, exatamente como eu queria que ele fizesse. A fricção da entrada dele me arremessou para o limite do orgasmo. Meu queixo caiu com um grito silencioso que encontrou sua voz enquanto ele metia em mim.

Forte. Rápido. Impiedoso e bruto. Uma das muitas maneiras como eu adorava tê-lo.

O ritmo implacável me fez gozar de novo rapidamente. Meu sexo se contraiu ao redor dele enquanto me agarrava aos seus quadris com as coxas. Um clímax se seguia ao outro até que ele começou a gozar comigo. Ele pressionou os quadris nos meus, prendendo-nos à mesa em uma corrida fanática pelo êxtase... Meu nome estava em seus lábios.

PUBLISHER
*Kaíke Nanne*

EDITORA DE AQUISIÇÃO
*Renata Sturm*

EDITORA EXECUTIVA
*Carolina Chagas*

COORDENAÇÃO DE PRODUÇÃO
*Thalita Aragão Ramalho*

PRODUÇÃO EDITORIAL
*Jaciara Lima*

COPIDESQUE
*Rafael Surgek*

REVISÃO
*Samuel Gonçalves*
*Thamiris Leiroza*

DIAGRAMAÇÃO
*Lúcio Nöthlich Pimentel*

CAPA
*Maquinaria Studio*

Este livro foi impresso em São Bernardo do Campo, em 2015,
pela Intergraf, para a Editora Agir.
A fonte usada no miolo é Impressum, corpo 10,5/14.
O papel do miolo é avena 80g/m², e o da capa é cartão 250g/m².